일본 여명기 대중문학 비평

일본대중문화총서 04

일본 여명기 대중문학 비평

미타무라 엔교 지음 ─ 하성호 · 김보현 옮김

보고사
BOGOSA

　본서 〈일본 여명기 대중문학 비평〉은 1933년 한분샤(汎文社)에서 발간한 미타무라 엔교(三田村鳶魚)의 『대중 문예 평판기(大衆文藝評判記)』의 일부를 번역한 역서이다. 『대중 문예 평판기』는 일본 대중 문학사에서 저명한 작가의 작품을 미타무라 엔교가 비평한 것으로 오사라기 지로의 『아코 로시(赤穂浪士)』, 하지 세이지(土師清二)의 『푸른 두건(青頭巾)』, 나오키 산주고(直木三十五)의 『남국 태평기(南国太平記)』, 시라이 교시(白井喬二)의 『후지산에 드리운 그림자(富士に立つ影)』, 하세가와 신(長谷川伸)의 『붉은 박쥐(紅蝙蝠)』, 요시카와 에이지(吉川英治)의 『나루토 비첩(鳴門秘帖)』, 하야시 후보(林不忘)의 『오오카 정담(大岡政談)』, 나카자토 가이잔(中里介山)의 『대보살 고개(大菩薩峠)』, 사사키 미쓰조(佐々木味津三)의 『하타모토 다이쿠쓰 오토코(旗本退屈男)』, 시모자와 간(子母沢寬)의 『구니사다 주지(国定忠治)』를 각 1장으로 하여 총 10장으로 목차가 구성되어 있다. 본서는 이중 국내에 알려진 작가 오사라기 지로, 나오키 산주고, 하세가와 신, 요시카와 에이지, 나카자토 가이잔, 하야시 후보에 해당하는 6장을 번역한 역서이다.

　대중문학의 주요 장르인 시대 소설은 역사적으로 대중문학의 성립과 발전의 원동력과 같은 역할을 하였는데, 이를 증명하듯 『대중 문예 평

판기』에 수록된 작품들도 대부분 시대 소설이라는 것을 알 수 있다. 시대 소설은 '찬바라(チャンバラ) 소설', '마게모노(まげもの) 소설'이라고도 하는데 주로 무사들이 활동하였던 에도 시대를 소재나 무대로 삼은 소설을 가리킨다. 연극, 영화, TV 드라마 등의 경우에는 '시대극', 시대 소설이나 시대극은 총칭하여 '시대물'이라고도 한다. '마게모노'나 '찬바라'의 세계인 이 시대물 문화는 일본의 대중문화와 포퓰러 픽션을 대표하며 고단(講談)이나 로쿄쿠(浪曲), 나아가 제2차 대전 후에는 극화나 애니메이션을 통해 오랜 기간 사랑받아 왔다. 시대 소설은 1920년대 다이쇼 시대 후반부터 쇼와 초기에 등장하여 인기를 얻었는데 그것은 단순히 대중문학, 포퓰러 문학의 장르의 하나로 확립된 것은 아니다. 시대 소설에서 대중문학이라는 가치와 장르가 두드러지게 되면서 일본의 대중문학의 주요 장르에 그치지 않고, 대중문학의 성립과 발전에 기여하게 된 것이다.

1999년 주오코론신샤(中央公論新社)에서 문고판으로 발간된 『대중 문예 평판기』의 선전 문구 "당시 인기 작가들이 두려워한 에도 감시원 엔교의 시대고증"에서 알 수 있듯이, 미타무라 엔교는 『대중 문예 평판기』라는 제목에 걸맞게 철저한 시대고증을 통해 시대 소설을 신랄하게 비평하였다. 그가 『대중 문예 평판기』를 저술하게 된 경위는 본서의 '서(序)'에서 다음과 같이 밝히고 있다.

오늘날의 대중 소설은 반드시 사실을 내세우지는 않습니다. 아무튼 흥미 중심, 취미 본위이기 때문에 자유롭게 각색해 나가도 무방하지요. 사실에는 구속을 받지 않아도 괜찮지만 그것이 어떤 시대, 특히 소위 '마게모노'라 일컫는 에도 시대물 — 그것은 에도 시대뿐만 아니라 어떤 시대를 정해서 쓸 때는 언제나 마찬가지인데, 잠깐 수많은 '마게모노' 즉 에도물이라는 것에 대해 이야기해 보겠습니다. 에도물에만 해당되는 이야기가 아니라는 점은 거듭 당부를 드려야겠지만 어느 시대건 어떻게 쓰건 시대가 존재하는 이상, 아무래도 그 시대에 없었던 일들이나 있어서는 안 될 전개는 누가 뭐래도 용납할 수가 없습니다. 예를 들어 붉은 가죽끈으로 엮은 미늘 갑옷을 입은 사람이 장화를 신고 있거나, 무사의 예복을 입은 사람이 모자를 쓰고 있는 일이 용납될 수 없는 것과 마찬가지로, 아무리 사실에 구속되지 않는 이야기라 해도 저런 일은 용납될 수 없다고 생각합니다.

이와 같이 미타무라 엔교는 대중 소설이 픽션인 만큼 반드시 사실만을 다룰 수 없다는 것을 인정하면서도 에도 시대와 맞지 않은 문화 특히, 당시의 직위나 말투에 대해서는 엄격한 잣대를 들이밀고 있다. 독자가 아니라 에도 전문가의 견지에서 시대 소설에 접근한 이『대중 문예 평판기』에는 작품을 전면 부정하는 등 표현이 거친 부분도 다수 존재한다. 하지만 이러한 표현들은 당시 우후죽순으로 생겨나고 있던 시대 소설에 우려를 표명하고, 작품 속 오류를 바로잡으려는 저자의 시도이며, 에도학 일인자로서의 미타무라 엔교의 자부심의 표출이라 할 수 있을 것이다.

〈일본 여명기 대중문학 비평〉은『아코 로시』,『남국 태평기』,『붉은 박쥐』,『나루토 비첩』,『오오카 정담』,『대보살 고개』와 같이 영화화되는 등 국내에서 인지도가 있는 시대 소설로 구성하였다.『대중 문예 평판기』는 비평서이지만 일본 대중문학이나 시대 소설에 대한 이론보다는 그 내용 검증에 중점을 두고 있어, 사전 지식이 없는 독자들도 평이하게 읽을 수 있다. 특히 미타무라 엔교가 인용한 소설 속 대목들은 입문자에게는 시대 소설에 대한 흥미를 불러일으키기 충분하다. 본래 본 역서는 미타무라 엔교의 시대 소설에 대한 과감한 비판을 생생하게 한국의 독자들에게 전하기 위해 〈미타무라 엔교의 시대 소설 파헤치기〉라는 제목으로 발간하려 했으나 〈일본 여명기 대중문학 비평〉으로 정하게 되었다. 제목에는 담지 못했으나 이 역서를 접하는 독자들이 에도학의 일인자였던 저자의 시대 소설에 대한 애정을 만끽하기를 바라는 바이다.

차례

오사라기 지로(大佛次郎)의
『아코 로시(赤穗浪士)』

상(上)

먼저 오사라기 지로 씨의 『아코 로시』부터 시작하겠습니다. 이것은 이 책의 제목이 나타내는 대로 시대도 분명하며, 내용도 분명한 사실입니다. 하지만 또한 이 정도로 다양한 방면에서 잔뜩 각색된 이야기도 없지요. 연극이나 조루리(浄瑠璃)[1]의 주신구라(忠臣蔵)[2]조차 몇 종류가 있는지 알 수 없는 노릇입니다. 이 연극이나 조루리라는 것은 어느 것이나 취향을 본위에 놓고 흥미가 중심인 물건으로, 절제라는 것을 모릅니다. 그런 것들도 있다 보니 웬만한 것은 간과되어도 괜찮다고 생각하지요. 이보다 나은 것이 쓰여 있다면 그것만이 눈에 띄게 되는 셈입니다.

제일 먼저 나오는 것이 이 책(상권)을 펼치자마자 나오는 문구로, "쇼군(将軍)[3]이 퇴출하시는 것은 구레무쓰(暮六つ)[4]에 가까운 시각이다"라고 말하는데, 작자는 이 '퇴출(退出)'이라는 단어를 잘 모릅니다. 대신 쓸 수 있는 말은 얼마든지 있어요. 이것은 오토와(音羽)[5]의 고코쿠지(護国寺) 절에 갔다가 돌아오는 것을 보고 '퇴출'이라 한 것인데 '퇴출'이라

---

1 샤미센 반주에 맞추어 가락을 붙여 엮어 나가는 이야기.
2 아코의 마흔 일곱 무사가 주군의 원수를 갚는 이야기를 주제로 하는 조루리, 가부키, 교겐의 총칭. 「가나데혼주신구라(仮名手本忠臣蔵)」의 준말.
3 미나모토노 요리토모 이래 가마쿠라, 무로마치, 에도 막부에 이르는 무가 정권의 수장에 대한 칭호.
4 오늘날의 오후 6시 무렵. 계절에 따라 다르다.
5 도쿄도 분쿄구의 한 지역. 고코쿠지의 문 앞에서 에도가와바시에 이르는 지역.

는 말을 제대로 모르니 이렇게 쓴 것이며, 연극이나 조루리에서도 쇼군이 퇴출했다는 말은 일찍이 쓰인 적이 없습니다. 이렇게 말하면 작자가 뭐라고 할지 모르겠지만, 그 전에 조루리든 각본이든 좀 살펴본다면 뭐라고 써야 할지를 알 수 있을 거라고 봅니다.

그리고 쇼군이 돌아간 다음에 "경비가 풀림과 동시에, 기다리고 있었다는 듯이 바깥의 군중이 밀려들어 와 경내를 메웠다"고 썼습니다. 이러한 일도 결코 이 시대에는 없었던 일로서 쇼군이 왕래할 때에는 사람들을 물리치며, 쇼군이 지나갔던 곳에는 '시마리(締り)'라 하여 엄중히 경비를 섰으므로 어떤 시간에 쇼군이 돌아가더라도 그날 하루 거기에 필시 많은 사람이 들어찬다는 말은 들어 보지 못했습니다. 여기서는 저녁 무렵에 돌아갔다고 하는데, 경계를 풀려면 아무리 해도 서너 시간은 걸립니다. 그래서 그 사람들이 철수한 다음이 아니라면, 일반인은 들어갈 수 없었지요. 그런 식이었으니, 일단 언제 돌아가더라도 그날 하루는 떠난 자리가 어수선했기에 그 사찰이나 신사의 경내에 민중을 들이는 일은 없었던 것입니다.

이런 이야기보다 제일 이상한 점은, 고지인(護持院)과 고코쿠지를 하나로 보고 있는 점이죠. 역시 방금 내용의 뒷부분에 "간토 신의진언종(新義真言宗)[6]의 대본산, 고지인의 칠당 가람은 이 저녁놀 속에 소나무와 벚나무를 두르고 찬란하게 늘어서 있었다"라고 하는군요. 그런데 고코쿠지는 1681년(天和 1)에 세워져 그 후 1624년(元禄 10)에 관음당 등지가 증축되었는데, 그 총부교(総奉行)[7]를 맡은 이가 아키모토 다지마노카

---

6 고의진언종(古義真言宗)에 대해 구카이(空海)를 종조로 삼고, 가쿠반(覚鑁)을 파의 개조로 삼는 진언종의 한 파.
7 부교(奉行)는 무가의 직명. 정무를 분담하여 한 부분을 담당하는 사람이다.

미(秋元但馬守)였습니다. 그 시타부교(下奉行)로서 고코쿠지 쪽을 부담했던 것은 마에다 하치에몬(前田八右衛門), 사카이노 로쿠에몬(境野六右衛門) 두 사람입니다. 고코쿠지와 고지인이 병합되어 하나가 된 것은 1721년(享保 6년) 정월에 고지인이 불에 타고 난 뒤의 일이지요. 1624년에 고지인은 간다바시(神田橋) 다리 바깥에 있었으니, 오토와에 있었던 것은 아닙니다. 이런 일은 누구나 알고 있음에도 이 책에는 고지인이 오토와에 있었던 것처럼 쓰여 있지요. 도리어 고코쿠지에 대해서는 말하지 않고요.

그러고 나서 여기 모인 사람들의 차림새 등에 대해 쓰고 있습니다. 이 안에는 제법 음미할 필요가 있는 부분이 있을 법하지만, 그보다 더 큰 일 중에 제가 이해하지 못하는 부분이 잔뜩 있군요. "지금은 어엿한 개 의원이니, 터무니없는 소리를 해 보시오. 유배로 끝나면 다행이겠지만, 둘도 없는 목이 날아갈지도 모르오"(4페이지) 같은 소리가 쓰여 있습니다. 막부에 속한 개 의원이 있었다는 것은 사실이지만 의원이라는 작자가 다른 사람을 함부로 베는 일 따위는 거의 없었으며, 만약 불상사를 저질렀다 해도 유배를 간다느니, 목이 달아난다느니 하는 일은 결코 없었습니다. 무엇을 잘못 알고 이런 내용을 썼을까요. 6페이지에는 "몇 년 전 개 의원으로 발탁되어 부지가 딸린 야시키(屋敷)[8]까지 하사받게 되었다"고 쓰여 있습니다. 야시키를 하사받는다, 이 야시키라는 말은 어떤 말일까요. 부지가 딸리지 않은 야시키는 없을 테지요. 야시키가 뭔지도 모르나 봅니다. 일전에 연극에서 「하타모토 고닌오토코(旗本五人男)」에 대해 쓴 내용 중에, 하타모토[9]의 집으로 집세를 재촉하러 오는

---

8 가옥의 부지. 집을 지어야 할 땅. 무가의 주택을 말하기도 한다.

집 주인이 등장하는 대목이 있어서 저도 모르게 실소한 적이 있는데 여기에도 그와 똑같은 웃음거리가 있습니다.

그리고 8페이지를 보면, 고요키키(御用聞)[10]인 센키치(仙吉)가 수상한 자를 발견하여 곧장 체포하려 듭니다.

다시 수상한 자는 센키치가 오른쪽으로 우회하는 기척을 느끼고는, 몸을 열자마자 바로 칼을 뽑아 베려고 했으나, 그것을 눈치 채지 못할 센키치가 아니었기에 급히 뛰어 물러나며,

"위험하다!"

라고 외침과 동시에, 누에고치에서 나온 실처럼 센키치의 손에서 튀어나온 밧줄이 무사의 머리 위에서 빙글빙글 내려와 팔에 감겼다.

이런 대목이 나오는데, 이게 대체 무슨 소리입니까. '데사키(手先)'[11]라는 이들은 사람을 체포할 권한이 있지 않습니다. 오늘날로 치면 첩자 같은 것이니 사람을 체포할 수가 없어요. 이것은 도신(同心)[12]에게 딸린 존재로, 도신의 지시가 없으면 체포할 수 없습니다. 이것이 규칙인데 여기서는 형식범을 발견하고 바로 체포하려 하고 있습니다. 하기야 이런 일은 이런 류의 읽을거리나 활동사진 등에서 늘 저지르는 일입니다. 일전에 들은 이야기에 따르면, 체포를 하러 나간 이들이 짓테(十手)[13]를

9　에도 시대 쇼군 직속의 가신 중 녹봉이 1만 석 미만으로, 쇼군을 직접 알현할 수 있는 격식을 가진 무사. 직접 알현할 수 없는 경우에는 고케닌(御家人)이라고 한다.
10　에도 시대, 범인의 수사나 체포를 돕던 서민.
11　포리의 부하. 앞잡이. 정보원.
12　에도 시대, 요리키(与力) 아래에서 서무·경찰 등의 업무를 담당했던 하급 관리.
13　에도 시대 포리가 지니고 다니던 철제 곤봉. 약 50센티미터로 손잡이가 가까이에 갈고

들고 덤벼들어야 할 상황인데 바로 칼을 뽑아서 덤벼들었다는군요. 실제로는 그럴 리가 없다고 했더니, 짓테로는 도저히 활기가 오르지 않는다, 칼을 뽑아서 덤벼야 바로 칼싸움이 벌어져서 기세가 좋다고, 어떤 사람이 대답하더라는 얘기를 들었습니다. 그런 일은 에도 시대의 법제를 초월한 이야기로, 결코 있을 리 없는 일을 터무니없이 적은 것입니다. 그렇게 하지 않으면 사람들을 즐겁게 만들 수 없나 생각하니, 참으로 곤란한 일이라고 탄식할 따름입니다.

그리고 이번에는 수상한 자를 추적해 나가는 대목에서,

조금 앞에, 지신반 초소가 있어서 어둠 속에서 누르스름하고 뿌연 빛의 장지가 보인다.

센키치는 갑자기 생각이 난 듯이 그리로 달려갔다.

"영감, 영감……"

하며, 잠들어 있을 반타를 깨우고 있는 모양이다.

그 사이에 이쪽에서 문이 소리도 없이 열리더니, 아까 그 무사의 모습을 토해 냈다.(10페이지)

라는 내용이 써 있습니다. 지신반(自身番)[14]은 옛날부터 당연히 길가에 있었던 것인데, 반쪽 문으로서 위쪽의 절반은 기름 장지로 되어 있지요. 그것을 발견한 고요키키 센키치가 지신반 초소 안에서 자고 있을 반타를 깨우고 있다는 소리인데, 작자는 지신반 안에 반타가 있다고 생각한 모양입니다. 지신반이라는 것은 대개 각 조(町)[15]마다 있으며 거기

리가 달려 있음.

14 에도 시대, 에도 시중의 경계를 위해 각 동네 안에 설치된 초소.

에는 조야쿠닌(町役人), 즉 이에누시(家主)[16]가 교대로 근무합니다. 혹은 조다이(町代),[17] 고모노(小者)[18] 같은 이가 있어, 그 용무를 거기에서 처리합니다. 반타는 거기에 있지 않습니다. 반타라는 것은 '반타로(番太郎)'라는 존재인데 이들은 각 조마다 있는 문, 그 문의 수문장을 말합니다. 거기에서는 대개 잡화류를 팔거나, 막과자를 팔고는 했습니다. 이들은 마을의 사무 등과는 전혀 관계가 없는 존재로, 마을에 대해 조금만 알아도 반타로가 지신반에 근무하지 않는다는 것쯤은 금세 알 수 있을 텐데, 이렇게 써 놓으면 아무래도 반타가 지신반 초소에 있는 것처럼 보이지요.

마치키도(町木戸)[19]가 열리고 수상한 자가 나왔다고 하는데, 소리도 없이 열렸다고 하는 것은 마치키도의 구조를 모르기 때문에 나오는 이야기로, 일단 마치키도를 닫으면 제 시간이 될 때까지는 좀처럼 열지 않습니다. 비상시를 제외하면 여는 데 신경을 쓸 리가 없지요. 이 마을은 마나이타바시(俎橋) 다리로 나오기까지의 길이라고 하는데, 어느 마을이건 밤늦게 함부로 문을 열 리는 없습니다. 마치키도가 닫히는 문제 등도 자세히 조사해 보면 잘 알 수 있을 것입니다.

그러고 나서 이 수상한 자가 산반초(三番町) 거리를 걸어서 온마야타니(御厩谷) 쪽으로 내려와, 어느 저택으로 들어갔다고 하는데 그러고 나서 곧장 어머니를 불렀다고 쓰여 있습니다. 이것은 고지인의 공사 부교

---

15 시가의 구획. 중세도시에서는 상공업자가 구성했던 지역적 자치조직.
16 에도 시대의 집주인. 또는 그 대리인으로서 임대 관리 등을 하는 사람.
17 에도 시대, 시민에 대한 포고, 명령을 전달하고 세금 징수 등을 처리하던 마치도시요리를 보조했던 유급 관리.
18 무가의 잡일에 종사하는 사람. 혹은 신분이 낮은 고용인.
19 경비를 위해 에도의 거리마다 설치했던 나무로 만든 문. 밤에는 잠금.

를 맡았던 홋타 진에몬(堀田甚右衞門)의 아들 하야토(隼人)라는 이가 고 코쿠지 절에 불을 지르고 도망쳐 오는 부분의 기사입니다. 진에몬이라 는 사람은 건축하는 방법이 허술했던 바람에, 그로 인한 문책을 받아 미야케지마(三宅島)로 유배되었고 거기에서 죽었습니다. 그것이 참으 로 유감이었다, 그 울분이라도 풀어야겠다는 요량이 여기에서 보이지 요. 이 하야토 모자는 숙부의 집에서 식객으로 지냈다고 합니다. 이것 또한 이상한 이야기로, 부모가 유배되면 그 집안은 물론 망하고 그 아이 들은 대개 중추방(中追放)[20]을 당합니다. 그렇게 되지 않은 경우에는, 그 친척에게 맡겨지지요. 이를 맡은 쪽에서는 이들을 '오아즈카리(御預か り)'라고 부르는데, 오아즈카리된 인간을 그리 쉽게 여기저기 한가로이 다니도록 두지는 않습니다.

또 오아즈케(맡겨진 사람)에 대해 한 가지 생각해 본다면, 이 홋타 진에 몬이라는 자가 어느 정도의 신분이었을까요? 물론 이것은 이 책에서 꾸 며 낸 것이라서, 어느 정도의 신분인지를 작자가 생각해서 쓰지는 않았 겠지요. 고케닌 정도의 낮은 신분이라면 친척에게 맡겨서 앞서 말한 바 와 같은 처지가 되겠지만, 300석 이상의 녹봉을 받는 이라면 대개 다이 묘에게 맡겨지는 법입니다. 여기에서는 진에몬을 고케닌이라고 간주했 군요. 즉, 아주 낮다고 본 것이죠. 이 모자의 대화나 하야토라는 자가 말하는 것을 보면 그렇게 비천하지도 않아 보입니다. 고케닌급의 신분 으로 보이지가 않아요. 보아하니 이 대목은 아무리 소설이라고 해도 이 시대에 이런 일이 있었을 것으로 생각하기는 어렵습니다.

18페이지를 보면, 이번에는 다음 날 아침 장면에서 가마쿠라 하안에

---

20 에도 막부의 형벌의 일종. 논밭·가옥 등을 몰수하고, 죄인이 살던 곳·범죄지 및 주요 지역 출입을 금했다.

있는 센키치가 칫솔과 수건을 들고 목욕을 하러 나가는 대목이 있는데, 겐로쿠 시대에 아침 목욕이란 게 어디에 있었다고 생각하는 걸까요.

쾌나 우스꽝스러운 일들이 점점 벌어져서 개 의원인 마루오카 보쿠안 (丸岡朴庵)이 미쿠니야(三國屋)라는 상인의 부름을 받는데, 그 별장이 무코지마(向島)[21]에 있습니다. 22페이지 부분에, "제방의 벚꽃은 7푼 정도 피었는데, 성미 급한 꽃놀이배의 샤미센이나 큰북 소리로 수면을 들썩이며 몇 척씩 강을 오르내린다. 제방 위에는 물론, 시커먼 일꾼이 먼지를 뒤집어쓰고 시끌시끌하니 끝없이 줄을 잇고 있다"라는 내용이 써 있습니다. 이것 더 볼 것도 없이 스미다 제방에 대해 쓴 것인데, 애초에 무코지마에 꽃놀이를 가는 일이 겐로쿠 시대에 있었다고 생각하는 것 자체가 참으로 우스꽝스럽다고 생각합니다. 그곳은, 잘 아시다시피 1789년(寬政 1)에 나카스(中洲)의 신지(新地)를 치우면서 생긴 흙과 아사쿠사가와(浅草川) 강의 준설에서 나온 흙으로 제방을 쌓은 것인데 이듬해 1790년(寬政 2)에 벚꽃을 심었습니다. 애초에 거기에는 일찍부터 4대 쇼군이 몇 그루 벚나무를 심었고, 8대 쇼군이 또 1717년(享保 2)년과 1726년(享保 11)에 버드나무, 벚나무 따위를 심었어도 좀처럼 사람들이 찾을 만한 경치를 이루지 못했지요. 무코지마의 벚나무라는 것은, 누가 뭐래도 간세이 이후의 것입니다. 도다 모스이(戸田茂睡, 1629~1706)[22]의 『무라사키노 이치모토(紫の一もと)』 같은 것을 보면, 에도의 어디와 어디에 꽃놀이 장소가 있었는지를 알 수 있지요. 겐로쿠 시대의 무코지마

---

[21] 도쿄도 스미다구의 한 지구. 원래 도쿄시 35구 중 하나였다. 스미다가와 강과 아라카와 강 방수로 사이에 낀 고토(江東) 북부의 땅이자 공업지대. 원래 동쪽 교외의 경승지로 유명하다.

[22] 에도 시대 전기의 가학자(歌学者).

가 꽃놀이 장소가 아니었다는 것은, 어떤 책을 봐도 금세 알 수 있을 것입니다. 그런데 거기에 별장이 생긴 것 역시 무코지마가 벚꽃의 명소가 된 이후의 일로, 그 이전에는 별장 따위가 없었습니다.

그리고 이 별장으로 기라 고즈케노스케(吉良上野介, 1641~1703)[23]가 찾아왔음을 적고, "그는 와카나 다도의 스승처럼 근엄한 복장을 입은 노인으로, 가마에도 타지 않고 젊은 사무라이를 데리고 도보로 왔는데, 미쿠니야가 그 앞에 나서서 모래를 핥을 기세로 인사를 하고 있는 것을 보니, 어지간히 높으신 분이 은퇴하신 것처럼 보인다. 앙상하고 메마른 이목구비이지만 눈이 크고 번쩍거린다"(25페이지)라는 내용이 있는데, 가지바시(鍛治橋)에 저택이 있었던 기라 고즈케노스케가 무코지마까지 과연 걸어갈 수 있을까요. 시간의 문제도 있을 테고, 고케(高家)[24]의 필두인 고즈케노스케가 이때는 아직 은퇴를 한 것도 아닌데, 젊은 사무라이 하나만 데리고 조닌의 별장 따위를 찾아 나설 리는 없지요. 하물며 가지바시에서 무코지마 인근까지 걸어간다는 것은 누구도 생각지 못한 이야기로, 그것도 지체가 낮은 처지라면 또 모를까, 지체 높은 이가 놀러 가는데 뚜벅뚜벅 걸어갈 리가 없지요. 또한 이 저자는 고케의 수장이라는 것이 달마다 바뀌는 당번처럼 맡는 것으로 생각한 모양인데, 물론 이 또한 오류입니다.

가장 유쾌한 것은 간다가와(神田川) 강변의 '시노부(しのぶ)'라는 음식

---

23 기라 요시나카(義央, 요시히사라고도 한다). 에도 중기 막부의 신하. 고케로서 막부의 의례와 의식을 담당했으며, 통칭은 고즈케노스케. 1701년 칙사 접대역 아사노 나가노리(浅野長矩)에게 에도성 안에서 칼부림을 당하여, 부상을 입고 사직. 이듬해, 죽은 나가노리의 신하 오이시 요시오 등에게 살해당했다.

24 에도 막부의 직명. 막부의 의식·전례, 조정의 사절, 이세 신궁, 닛코 도쇼궁에의 참배, 칙사 접대, 조정 간의 여러 의식을 관장한 명문가들.

점에서 우에스기(上杉) 가문에 속한 이가 술을 마시고 있어요(39페이지). 겐로쿠 시대에 간다가와 강변뿐 아니라, 여기저기에 음식점 같은 것이 있었다고 생각하다니 참 재미있는 일입니다.

또한 고바야시 헤이시치(小林平七)에 대해 쓰면서 부연하기를 "고바야시 헤이시치라는(연극이나 나니와부시(浪花節)[25]에는 고바야시 헤이하치로라 되어 있다), 우에스기의 가신 중에 고명한 검사이다"라고 말합니다. 이 사람은 기라의 후다이(譜代)[26]의 가신으로 헤이시치가 아닌 헤이하치로 입니다만, 기라의 이름 한 글자를 받았습니다. 이름 한 글자를 받는다는 것은 이름을 댈 때 밝힐 글자를 받는 것으로 기라의 이름이 요시히사(義央)라 하고, 고바야시는 히사미치(央通)라는 사람인데 바로 기라 가문의 가로(家老)[27]입니다.

그리고 나서 이 '시노부'에서 홋타 하야토가 우에스기의 가신과 싸움을 벌여, 얼른 앞질러 가 있다가 그를 베었습니다. 그런 차에 또 고요키키인 센키치가 와서 이놈도 살해당하고 마는데, 이러면 오아즈카리가 평소처럼 술을 마시고 다니고 불을 지르기도 하며 다른 사람과 싸움을 벌이고 다니기도 한다는 얘기이니, 꽤나 방탕하게 돌아다닐 수 있었던 것처럼 보이는군요. 이러면 그를 맡은 이가 전혀 단속을 하지 않는 것처럼 여겨질 수밖에 없습니다. 지체가 낮아서 동료나 다름없는 신분인 자에게 맡겨졌다 해도 이렇게 단속이 안 될 수는 없을 테지요. 오아즈케뿐만 아니라, 죄인의 가족이 어떻게 되는지 전혀 모르니 이런 내용을 쓸

---

25 샤미센의 반주로 부르는 의리와 인정을 주제로 한 창(唱).
26 대대로 주인집을 모시는 것. 또 그 신하.
27 에도 시대에 다이묘의 중신(重臣)으로 가신(家臣)의 무사를 통솔하고 가무(家務)를 총괄한 직업. 하나의 번에 수 명 이상이 있었고 보통은 세습되었다.

수 있겠지요.

72페이지에 보면 기라의 집으로, 공가(公家)[28] 사람들의 향응을 명 받은 다테 사쿄노스케(伊達左京亮, 1682~1737)[29]나 아사노 다쿠미노카미(浅野内匠頭, 1667~1701)[30]가 온다고 적혀 있는데, 생각한 바가 있어 이렇게 썼다고 하면 그만이지만 상당히 무리한 생각이라서 있을 수가 없는 일입니다. 특히 이보다 조금 앞을 보면 다테는 가가기누(加賀絹)[31]와 단유(探幽)[32]의 족자와 황금 100매를 들고 왔다고 써 있어요. 거창하게 쓰는 편이 기라의 욕심을 표현하기 좋다고 생각했을지도 모르겠지만, 아무리 그래도 황금 100매는 이상하지요. 이 다테가 대단한 영주는 아니지만, 그래도 영주 본인이 갖고 올 리가 없습니다. 선물은 물론이요, 뇌물이라면 또 뇌물 나름대로 그런 것을 취급하는 사람들이 따로 있습니다. 선물을 영주 자신이 들고 가다니, 아무리 작은 다이묘라도 그렇게 값싼 영주님은 있을 수가 없지요.

또 아사노와 기라가 만날 때에, 기라는 고쇼(小姓)[33]가 내미는 긴 담뱃대를 받아, 직접 담배통에 담배를 채우고 피웠다는 내용이 나옵니다(47

---

28 막부에 출사하는 사람과 대비하여, 조정에 출사하는 사람들을 칭하는 말.

29 다테 무라토요(伊達村豊). 에도 시대 전기에서 중기의 다이묘. 이요노쿠니 이요 요시다 번 3대 번주.

30 아사노 나가노리(浅野長矩). 에도 중기의 아코 번의 영주. 1701년, 칙사 접대 임무를 맡았을 때, 에도성 안에서 기라 요시나카에게 상처를 입히고, 당일 할복하였으며 영지를 몰수당했다.

31 가가노쿠니(加賀国)에서 생산하는 비단, 순백의 고급 견직물과 비슷하며 씨실이 두껍고, 대부분은 염색을 해서 안감으로 사용한다.

32 가노 단유(狩野探幽, 1602~1674)는 에도 초기의 화가로 폭넓은 화법을 가지며, 막부의 화가로서 일문의 번영을 이루었다.

33 주군을 측근에서 섬기며 잡다한 일을 담당하는 무사.

페이지). 고케쯤 되면, 기라 같은 지위에 이는 다이묘나 마찬가지라 담배를 직접 채워서 피우는 일은 없습니다. 이런 일로 재미있게 여겨지는 대목은, 구모이 다쓰오(雲井龍雄)가 영주님 행세를 하며 유녀를 사러 갔다는 말이죠. 완전히 영주님으로 변장했지만 화장실에 갔을 때에 직접 손을 씻었기 때문에 유곽 사람이 눈치를 챕니다. 구모이 다쓰오는 변장이 들통나 도망치듯 돌아갔다는 이야기가 있습니다. 그와 마찬가지로, 녹봉이 1만 석 이하라도 고케의 필두인 기라 같은 사람이 담배를 직접 채워서 빠는 일 따위는 도저히 있을 수 없습니다.

79페이지를 보면 하야토라는 자가 마을 도장에 나와서 훈련을 거들고 있다고 써 있습니다. 오아즈케 처지인 하야토가 어째서 이렇게 태연하게 마을로 나와, 다른 사람에게 훈련을 시키고 있을까요. 이것도 말이 안 되는 이야기입니다. 이러면 또 험악한 이야기로, 고요키키 같은 이들이 "관명이오, 관명" 하며 거기로 뛰어 들어옵니다. 이런 것들이 활동사진이 선호하는 전개일 텐데, 터무니없는 이야기로서 오아즈케 중인 사람이라면 물론 저절로 그에 대한 처분이 있으며 그냥 로닌(浪人)[34]이라 해도 그렇게 함부로 관리가 마을 도장으로 들어가 "관명이오, 관명" 같은 소리를 할 수는 없는 것입니다.

중(中)

의사전(義士傳) 쪽은 어쨌든 자료가 있어서 좀 잘못된 것이 있더라도 그나마 나은 편이지만, 새로 추가된 홋타 하야토와 거미의 진주로(蜘蛛

34　중세~근세에 주인 집을 떠나 녹봉을 잃은 무사.

の陣十郎)라는 두 사람에 관한 이야기는 작자의 속에서 꺼낸 것, 혹은 버터 냄새가 나는 부분도 있으니 서양의 소재를 끼워 넣은 것일지도 모르는데, 그런 만큼 이 부분은 에도인지 일본인지 알 수가 없는 것들도 제법 됩니다. 한심한 대목이건 우스운 대목이건, 이 평론의 흥미는 오히려 이 작자가 날조한 이야기 쪽에 있습니다.

하야토가 개 의원인 마루오카네 첩의 집에 강도질을 하러 들어갈 때 (90페이지), "오시코미(押込)"라는 말이 쓰여 있는데, '오시코미'라는 말은 겐로쿠 사람들이 쓰지 않는 말입니다. 강도의 명칭도 여러 가지가 있어 야토(夜盜), 오도리코미(踊込)라고도 하지요. 여러 가지 이름이 있지만 그 또한 시대마다 말이 따로 있어서 늘 같지가 않습니다.

이 마루오카의 첩인 오치카(お千賀)와 하야토에 대해 이야기하는 대목에서, "하루노부(春信)[35] 같은 이가 그렸다면"(92페이지)이라고 형용하고 있습니다. 이 하루노부의 그림이라는 것은 그저 아름답다는 의미로 쓴다면 모를까, 이 무렵의 인간을 그리는 것으로 볼 수는 없습니다. 이런 부분은 작자가 하루노부의 그림이라는 것을 모르거나, 시대를 모르거나 둘 중 하나일 수밖에 없을 것 같군요.

그리고 나서 첩의 집의 울타리 밖을 야경꾼 영감이 "띠에 매단 초롱의 불빛을 희미하게 던지며, 일렁일렁 흔들고 다가온다"고 썼는데, 겐로쿠 무렵의 초롱이란 어떤 것이었을까요. 『인테이 잡고(筠庭雜考)』의 삽화라도 좀 살펴보면 짐작이 가는 이야기인데, "띠에 매단 초롱" 같은 것이 이 시절에 있을 리가 없습니다.

그리고 기가 막힌 것은, 이 야경꾼 영감이 때때로 멈춰 서더니 깜짝

---

35 스즈키 하루노부(鈴木春信, 1725~1770)는 에도 중기의 우키요에 화가로, 그림 달력 제작을 계기로 나무 인쇄 다색 판화 기술을 개발, 니시키에를 완성했다.

놀래 주듯 호들갑을 떠는 목소리로 "히노반"이라고 말했다고 써 있습니다. 야경꾼 영감이 "히노반"이라고 할 리가 없지요. 히노반(火の番, 화재 경비원)이라서 "히노반" 하고 부를 거라 생각했겠지만, 이럴 때는 "불조심"이라고 말하는 법이지, 히노반이 "히노반"이라고 말하는 일은 어떤 시절에도 결코 없었습니다. 이 얼마나 터무니없고 한심한 이야기입니까.

101페이지를 보면, 아사노 다쿠미노카미가 가타오카 겐고에몬(片岡源五右衛門)을 부르는데, "그 사이에 겐고에몬이 와서 복도에 엎드렸다"라고 나옵니다. 아무리 사정을 몰라도, 다이묘의 거실 — 그 바로 옆에 복도가 있다는 생각을 할 수 있다니요. 이것은 연극이나 다른 뭔가의 영향을 받아 이런 망상을 했을지도 모르겠군요.

그리고 또 아코의 오이시 요시오(大石良雄, 1659~1703)[36]의 집(103페이지)에서, 지카라(主税)가 정원에서 "아버님!" 하고 부릅니다. 벌써 열대여섯 살이나 된 지카라가, 아무리 부자 사이가 친하다 해도 방에 있는 아버지를 정원에 선 채로 부르는 무례한 짓은, 조닌이나 농민이라면 모를까, 1,000석 이상의 녹봉을 받는 신분에서는 있을 수 없는 일이지요. 정말로 무사의 생활에 대해 어둡다는 것을 알 수 있습니다. 또 다이자부로(大三郎)가 문 앞의 벌집을 보러 가는 것을 설명하며 "예, 하치스케(八介)에게 업혀 갔습니다(おぶさってまゐりました)"라고 지카라가 말합니다. "업혀 갔습니다"라는 말도 사용할 리가 없어요. 이러한 말도 무사의 생활이라는 것을 전혀 모르니 나오는 것이라고 봅니다.

---

36 에도 중기 아코 번 아사노가의 필두 가로. 통칭 구라노스케. 1701년 3월 주군 아사노 나가노리가 기라 요시나카에게 상처를 입혀 할복하고, 영지 박탈의 처분을 받자 동지와 함께 다음 해 12월 14일 밤, 기라 저택을 공격했다.

108페이지에 보면 이번에는 또 에도의 이야기로, 당사자의 도쿠로(唐獅子の藤九郞)라는 무뢰한이 "묘진시타(明神下)의 무네와리 나가야(棟割長屋)[37]에 살고 있다"고 써 있습니다. 겐로쿠 시절의 에도라 함은 신바시(新橋)에서 스지카이미쓰케(筋違見附)까지이며, 거기를 넘어서면 — 오늘날의 군(郡)에 속하는 지역입니다. 묘진시타라고 하면 간다의 묘진 신사 아래인데, 그 주변에 도저히 '무네와리 나가야' 같은 것이 있을 리가 없습니다. 또한 실제로 있지도 않았고요. 이 일대에서 유시마(湯島)까지 제법 얼굴이 알려졌다는 소리도 하는데, 그 주변에 상가가 잔뜩 있었다고 생각하는 것이 잘못이니 이런 무뢰한의 얼굴이 알려지느니 마느니 하는 일은 있을 턱이 없습니다. 그러고 보면 거미의 진주로의 은신처도 개 의원 마루오카 보쿠안의 첩의 집도 모두 유시마 부근이라고 나와 있는데, 그 주변이 첩의 집이 있을 법한 운치 있는 장소가 된 것은 메이지 유신 이후의 이야기로 그 이전에는 그런 장소가 아니었지요.

이 당사자의 도쿠로가 "어느 음식점에 얼굴을 내비쳐도, 먼저 여자들이 비위를 맞추며 술을 내 온다"고 써 있는데, 이것은 에도의 마치(町)[38]들, 즉 시타마치(下町)[39]에조차 요릿집 같은 것이 없었던 시절이므로, 당치도 않은 잘못이라고 생각합니다. 하물며 에도의 시외에, 시내에도 없는 음식점이 있을 리가 없어요.

또 도쿠로의 등에는 "전체에 모란과 사자의 문신이 새겨져 있다"라고 써 있는데 이 무렵의 문신이란 글자가 많았지, 이렇게 섬세하고 훌륭한

---

37 용마루 아래 공간을 양측으로 나누어 다시 양측 공간을 벽으로 막아서 여러 가구가 살도록 길게 지은 집.
38 인가가 밀집된 곳을 도로를 기준으로 나눈 한 구역의 명칭.
39 낮은 지대에 있는 시가. 상인·장인 등이 많이 사는 지역.

"모란과 사자" 같은 문신은 없었지요. 물론 채색 같은 것도 있을 리 없고요. 선으로만 그렸다 해도 이런 그림은 없어요. 이것도 말이 안 됩니다.

마찬가지로 이어지는 이야기에, 도쿠로가 "허리의 담배쌈지를 뒤적이면서"(111페이지)라는 대목이 있습니다. 이 뒤에 "곰방대 통을 빼면서"라는 말도 있으니, 마치 훗날의 곰방대 통이 달린 담배쌈지 같은 기분으로 다루고 있겠지만, 겐로쿠 시대의 담배쌈지가 어떤 것인지 전혀 모르니 이런 말도 안 되는 소리를 쓰는 거라고 생각합니다. 여기에도 또 하나 문신이 나오지요. 이것은 거미의 진주로 얘기인데, "허벅지를 메우고 무릎에 이르는, 먹물로 멋들어지게 바림을 살린 문신이었다"(114페이지)고 합니다. 문신의 바림은 정말 최근의 일이지, 도저히 겐로쿠 시대의 이야기라고 받아들일 수가 없습니다.

이 진주로에 대해 118페이지에 "거미의 진주로라면 다이묘를 들쑤시기로(大名荒し) 이름난 도적"이라고 써 있습니다. 그는 규슈의 로닌으로 솜씨도 있고 배짱도 있는 사내라고 하는데, 겐로쿠 시대에는 관청을 어지럽히는 도둑은 없었던 시절이에요. 어지간히 대담한 수법을 쓰기에, 관리들이 붙잡으려 해도 붙잡지 못하고 신출귀몰한 활약을 보이고 있습니다. "이런 이야기를 좋아하는 에도 토박이(江戸っ子)의 인기를 적지 않게 모았던 사내다"라고 써 있군요. 하지만 에도 토박이라는 말도 나온 지 얼마 안 된 말이며, 따라서 그런 사람들의 으스대는 모습이라는 것 또한 에도의 극히 후반에 이르렀을 때의 일입니다. 이런 곳에 에도 토박이니, 에도 토박이의 인기니 하는 얘기를 꺼내는 것을 보면 시대를 전혀 모른다는 걸 잘 알 수 있습니다.

그리고 또 개 의원네 첩의 집 이야기가 나오면서, "천 초롱의 부드러운 빛은 술로 흐트러진 방의 모양새를 비추고 있다"(126페이지)라고 써 있지요. 작자는 천 초롱이 언제부터 있었던 것인지 알고 있을까요. 그리고 그것이 어디에 있는지도 알고 있을지요.

이 첩의 저택 앞에 진주로의 은신처가 있는 모양입니다. 거기에 진주로가 하야토를 데리고 들어가자(135페이지), 그 첩 같은 이가 담배합(煙草盆)[40]을 옮겨 차를 냅니다. 이때 남편이 "자, 편히 앉으시길"이라고 말합니다. 어지간한 사무라이로 보이는 하야토가 책상다리를 하고 앉을 거라고 생각하는 것은 무례하기 그지없습니다. 언제가 됐든 에도 시대인 이상, 어지간한 무사가 "편히 앉는" 법은 없다는 것은 누구나가 알지요. 모르는 사람은 이 작자뿐입니다.

또한 앞에 나온 마루오카 보쿠안의 첩의 집에서 하야토가 숨어든 것을 보고 도둑이라며 난리를 피우자, 그 낌새를 채고 관리가 찾아옵니다. 마치카타(町方)[41] 관리인 것처럼 보이는군요. 그러더니 조금 있다가 "이 내 마치카타 사람은 보쿠안이 늘 쓰던 수법대로 몰래 금품을 받고" 운운(138페이지)합니다. 그렇다면 "마치카타"라는 말이 데사키나 메아카시(目明かし)[42] 같은 사람들처럼 들리기도 하는군요. 이 마치카타라는 말만을 놓고 도신이나 데사키 같은 의미로 쓰는 경우는 없으며, 마치카타란 무가 저택의 입장에서 보았을 때 쓰는 말입니다. 무사와 평민을 나누기 위해 쓰는 말이니 용례가 잘못됐지요.

그 다음은 칙사의 여관, 이것은 다쓰노쿠치(辰ノ口)의 효조쇼(評定所)를 이용하는 것이 상례로서 바로 그곳을 말합니다. 기라 고즈케노스케

---

40 끽연용 불을 담는 기구·재나 꽁초를 넣는 대나무 통 등을 올려놓는 바구니와 비슷한 작은 함.
41 에도 시대, 마치(町) 또는 조닌(町人)에 관한 일.
42 에도 시대에 방화·도적 그 외의 죄인을 붙잡기 위해 요리키나 도신의 휘하에서 활동했던 사람. 대부분은 이전에 가벼운 죄를 범한 경력이 있는 이들 중에서 채용됐다.

가 거기에 세워진 병풍을 보고 누가 갖고 왔느냐고 묻자 위병이 "아사노 다쿠미노카미 님께서……"(143페이지)라고 대답합니다. 향응사를 맡은 인물은, 그대로 여관을 맡아서 근무한다는 이야기이니 그 안에 위병이고 뭐고 없을 것입니다. 또한 누가 들고 왔느냐고 물을 필요도 없는 이야기지요. 만약 아사노의 가신 이외의 인물이 고즈케노스케에게 대답하는 거라면 "아사노 다쿠미노카미 공(殿)"이라고 말해야 합니다.

그러고 나서 또 아사노의 저택 장면이 나오는데, 급한 일이 있었겠지만 아직 자고 있는 다쿠미노카미의 침소 바로 근처까지 겐고에몬이 와 있습니다. 다쿠미노카미가 침소에서 "겐고에몬인가!" 하고 말을 겁니다. 겐고에몬도 거기에 대답하지요(160페이지). 이렇게 무례하고 버릇없는 상황은 없을 것입니다. 특히 재미있는 것은 "침소 가까운 곳까지 복도를 나아가자" 운운하는 대목이죠. 복도를 걷는 소리가 바로 다쿠미노카미에게 들리는, 초라하고 쩨쩨한 다이묘 저택이 있을 리가 없어요.

이 뒤에 이른 아침에 대해 이야기하며, "스지카이고몬(筋違橋門)까지 왔을 때에는 하안으로 가는 생선 장수의 위세 당당한 모습에 밤은 완전히 밝아 있었다"(155페이지)라고 쓰여 있습니다. 이것은 아마 어시장에 나갈 거란 생각으로 적었겠지만, 예의 이타후네 사건(板船事件)[43]으로 문제가 된 그 하안이 겐로쿠 시대부터 있었다고 생각하면 큰 잘못입니

---

43 일찍이 니혼바시 어시장에서 어류를 판매할 때 쓰인 널빤지를 '이타후네'라고 불렀다. 또한 바다에서 실어 온 어류를 육지에 올리기 위해 기슭에서 일단 거룻배에 싣는데 이 거룻배를 '히라타부네'라고 했다. 이타부네를 늘어놓을 권리, 히라타부네를 이용할 권리는 영업권의 상징으로서 판매, 양도, 임대까지 가능했는데 간토 대지진(1923년)을 계기로 어시장이 쓰키지로 이전하게 됨에 따라 구 니혼바시 어시장 영업자들의 이 권리가 위기를 맞게 되었고, 1924년에는 해당 사안에 관여했다고 알려진 시의원이 운영하던 가게가 어시장 영업자의 습격을 받기도 했다.

다. 그리고 또 진주로의 가게 ─ 잇코쿠바시 다리 옆의 고후쿠야(呉服屋)[44]에 대해 쓴 부분에, "포렴 안쪽에는 창고의 입구가 두 개 정도 나란히 있고"라는 대목이 나옵니다. 창고의 입구가 아니라 도마에(戸前)[45]겠지요.

그뿐만이 아닙니다. 규슈 로닌이자 도둑이라는 진주로가 ─ 앞에서는 '고후쿠야'를 한다고 했다가 뒤에는 '단모노야(太物屋)'[46]라고 쓰는데, 어느 쪽이 됐건 어엿한 상점의 주인이 되어 있군요. 신원과 정체도 알 수 없는 인간이 집을 빌리는 것도, 뒷골목 집이라면 모를까 대로변의 가게를 빌리는 일은 그리 쉬운 게 아닙니다. 이렇게 보면 진주로는 세대주로서 땅도 있고 집도 갖고 있는 모양이군요. 신원과 정체를 알 수 없는 인간이 세대주나 지주가 될 수는 없지요. 그래서 교호 시대 이후의 도둑 중에는 속임수를 써서 상점을 갖고 있던 놈이 있습니다. 그런 작자들 대부분은 사위로 들어가지요. 혹은 요시와라(吉原)[47] 언저리의 창가의 권리를 사서 끼어듭니다. 시타마치의 성실한 조닌의 집에는 좀처럼 끼어들 수가 없으니, 이렇게 감독이 엄하지 않은 쪽으로 우회하지요. 고후쿠야나 단모노야는 조합이 있으니 간섭이 성가십니다. ○○야 ○○베에의 동생이라거나, 오랜 세월 일했던 성실하고 정직한 고용인 같은 이가 아니라면, 고후쿠야니 뭐니로 변장하는 일은 불가능합니다. 신상을 어지간히 교묘하게 감췄던 교호 이후의 도둑이라도, 고후쿠야나 단모노야가 된 작자는 없습니다.

---

44 에도 시대에 견직물을 파는 가게.
45 창고 입구 앞에 만든 양쪽으로 여닫는 문.
46 면직물, 마직물을 파는 가게.
47 에도의 유곽.

161페이지에 야나기사와 데와노카미(柳澤出羽守, 1659~1714)[48]를 가리켜 "당시 와카도시요리(若年寄)[49]의 상석"이라고 써 놨습니다. 야나기사와가 와카도시요리였다는 얘기는 어디를 찾아야 나올까요.

　그 야나기사와와 기라의 대화 ── 야나기사와와 기라의 관계에 대해 여기에 써 있는 내용은 전부 날조이며, 사실이 아닙니다. 그것에 천착할 것까지는 아니지만, 여기에서는 기라와의 대화에 대해 이야기해 보도록 하지요. 고즈케노스케가 아사노를 평하며 하는 말로, "참으로 시골 다이묘라…… 예의 따위는 도무지 알지 못하는 모양입니다"(167페이지)라는 내용이 있습니다. 가마쿠라 시대나 무로마치 시대라면 몰라도, 에도 시대에 이런 말은 없을 것입니다. 만약 그렇게 따진다면, 누구나 영지가 있으니 시골 다이묘가 아닌 이는 한 사람도 없지요. 다들 시골 다이묘입니다. 겐로쿠 시대의 어떤 이야기에도 ── 조루리, 소설, 각본, 어떤 종류의 것을 찾아 봐도 '시골 다이묘'라는 말이 쓰이는 것은 거의 보이지 않습니다. 여기에서는 "물정을 모르는 다이묘"라는 의미로 쓰고 있는데, 어떤 의미이든 이 시절에는 '시골 다이묘'라는 말은 쓰지 않았어요.

　그러자 야나기사와가 또 기라의 말을 듣고, "그건 곤란하군…… 아직 젊은 사내이지만 마냥 겐키(元亀) 덴쇼(天正) 시대의 꿈을 꾸고 있는 모양이구먼"이라고 말합니다. 야나기사와는 쇼군의 바로 곁에서 중용되고 있는 인물로 이 사람의 입에서, 비록 작다고는 하지만 다이묘인 아사노 나가노리를 "젊은 사내"라고 노골적으로 부르는 것은, 험담이라고는

48　야나기사와 요시야스(柳沢吉保). 에도 중기의 막부 로주. 쇼군 도쿠가와 쓰나요시의 비서실장격인 소바요닌(側用人)을 거쳐서 로주로 승진했다.

49　에도 막부의 직명. 로주(老中) 다음의 높은 지위로 쇼군에 직속되어 로주 지배하 이외의 여러 관인, 특히 하타모토, 고케닌을 통괄했다.

해도 할 말이 못 됩니다. 또한 그 정도로 천박한 소리를 해서도 안 되고요. 이런 것들도 무사의 생활을 모르니 일어나는 일이지요.

야나기사와의 저택에 진주로와 하야토가 도둑질을 하러 들어가, 하야토가 혼자서 도망치는 대목에 "간다바시 고몬을 비껴나 진로를 동쪽으로 잡았다. 가까운 해자로 나와 헤엄을 쳐서 미쓰케(見附)⁵⁰ 밖으로 나갈 작정"(170페이지)이라고 나옵니다. 이것은 지리가 꽤 어려운데, 어떤 경로를 묘사한 것인지 알 수 없군요.

그에 이어 해자에서 올라온 이야기를 하며, "벗어 던진 옷과 칼을 곁에 있던 빗물통 아래에 찔러 넣는다"라고 합니다. 집들의 문 앞인지 길가인지, 그런 곳에 빗물통을 내어놓다니 이게 무슨 일이랍니까. 이것은 겐로쿠 시대의 규칙이 아닙니다. 훨씬 나중의 이야기로, 아마 간세이 시대 이후의 일이라야 되겠지요.

그리고 나서 도산바시(道三橋) 다리 옆에서 하야토가 "누구냐?"라는 질문을 받습니다. 그래서 상대를 보자 "마치야쿠닌은 아닌 것 같다. 한 사람이 불을 끈 채로 손에 들고 있던 초롱의 문양은 다카노하(鷹の羽)"라고 하는군요. 그래서 아사노가의 가신이라는 것을 알았다고 하는데, 여기에서 마치야쿠닌이라는 것은 핫초보리(八丁堀)⁵¹의 도신을 가리키는 모양입니다. 핫초보리의 요리키나 도신은 마치야쿠닌이라고 하지 않지요. 마치야쿠닌이라고 하면 마치카타의 관리, 나누시(名主)⁵² 이하 이에누시 등을 가리키는 말이니 핫초보리의 사람들이 아닙니다.

---

50 파수꾼이 망을 보는 성문의 바깥문.
51 도쿄 주오구의 한 지구. 에도 시대에는 요리키와 도신의 거주지.
52 마치야쿠닌의 일종. 에도 시대에 도시에서 마치부교(町奉行) 등의 지휘·감독을 받으며 마치토시요리(町年寄) 밑에서 민정을 행하던 자.

여기서 하야토가 하는 말 중에, "마치카타로 넘길 생각이신가"(173페이지)라고 하며, 아사노의 가신에게 묻는 대목이 있습니다. 이 "마치카타"는 핫초보리를 가리키는 모양인데, 이 용례도 잘못되어 있어서 무슨 뜻인지 모르겠습니다.

그리하여 하야토가 결국 핫초보리의 관헌에게 넘기겠다는 말을 듣고 "여러분은 아사노가의 가신이신 모양이구려"라고 말하고 "그러하오"라는 답을 듣자, "조심하시구려. 고케는 야나기사와의 비호를 받고 있소"라고 말합니다. 그 이야기를 들은 다케바야시 다다시치(武林唯七)가 ― 앞서 "누구냐?"고 물었던 것이 다케바야시 다다시치인 모양입니다 ― 방금 야나기사와의 집으로 숨어들었고 뒤에서 추적자가 온다는 말도 들었으면서 하야토를 놓아줍니다. 이것은 정말 더 이상 영문을 알 수 없는 대목이라 생각합니다. 고케가 야나기사와의 비호를 받고 있다는 말도 무슨 뜻인지 전혀 모르겠군요.

이 뒤쪽에도 고즈케노스케가 야나기사와의 비호를 받아, 점점 더 심술을 부린다는 식으로 쓰여 있는데 무슨 얘기인지 전혀 이해할 수 없는 일입니다. 도둑이라고 자백한 하야토를 다케바야시가 놓아준 것도 모를 일이지만, 야나기사와가 기라의 비호를 맡는다니 이게 대체 무슨 뜻인지, 이 두 가지가 이해가 안 되는 일들 중 으뜸인데 고케의 뒷배를 쇼군의 측근에 있는 자가 받쳐 주느니 마느니 하는 그런 바보 같은 일은 에도 시대에 없었다는 말씀이지요.

하(下)

192페이지의 아사노의 칼부림 대목에 이르러, "피는 얼굴을 적시고 어깻죽지부터 다이몬(大紋)까지 진홍색으로 보였다"라는 문구가 있습니다만 이 "어깻죽지부터 다이몬까지"라는 말로 보건대, "다이몬"이라는 것을 뭐라고 생각하는 걸까요. 다이몬은 도쿠가와 씨의 시대가 오고 나서는 예복으로 정해졌기 때문에 스오(素襖)[53]와 거의 같은 것입니다. 그 구조나 모양 등은 요즘 잔뜩 나온 백과 대사전 같은 물건을 보면 바로 알 수 있을 겁니다. 그 형태가 어떠니 하는 것보다 제일 간단한 것은 다이몬을 입으면 가자오리에보시(風折烏帽子)를 쓰고, 스오를 입으면 사무라이에보시(侍烏帽子)를 씁니다. 이 문장 뒤에도 "에보시 다이몬도 고쳤고" 운운 하는 부분이 있지만, 다이몬이란 분명 예복의 이름일 텐데 "어깻죽지부터 다이몬까지"라는 말은 대체 무슨 소리일까요. 커다란 문양이 있어서 거기까지 베었다고 얘기할 작정으로 그랬을까요, 아무리 봐도 "어깻죽지부터 다이몬까지"라고 해서는 어디부터 어디까지 베었는지를 알 수 없습니다. 다이몬을 "커다란 무늬가 있는 부분"이라는 의미로 이해했을지도 모르지요.

202페이지를 보면 가야노 산페이(萱野三平) 하야미 도자에몬(早水藤左衛門)이 하야카고(早駕籠)[54]를 타고 이변을 아코에 알리는 대목에, "두 사람은 집으로 돌아가 여행 준비를 할 여유도 없이 가미시모 노시메(上下熨斗目)를 입은 채 마련된 하야카고에 올라탔다"고 쓰고 있습니다. 노시메가 무가의 예복이었다는 것은 누구나 알고 있는 일이지요. 하지만 하야카고에 타는 이가 굳이 예복을 입고 탄다는 얘기는 지금까지 들어본 적이 없군요. 온갖 의사전 중에도 이런 내용을 적은 것은 하나도 없습니다. 예복이라고 한 대목 말인데, 노시메는 누구나 입는 예복이 아

---

53 히타타레와 비슷한 옷. 본디 서민의 평상복이었으나 나중에 무사의 평상복이 되었고, 에도 시대에는 무사의 예복이 되었음.
54 옛날 급보를 알리기 위해 주야로 달리던 가마.

닙니다. 메미에(目見え)[55]이상 되는 사람이 입는 것으로, 누구나 입을 수 있었던 물건이 아니지요. 하야미 도자에몬은 150석, 가야노 산페이는 12량 2푼 3인 후치(扶持)라는 지위의 인물들로, 노시메를 입을 수 있는 사람들은 아닙니다. 그것은 잠시 놓아두고, 노시메를 입을 수 있는 신분을 지닌 사람이라 해도 하야카고를 타고 나갈 경우에 예복을 입고 있는 일은 결코 없습니다. 물론 평소에 입는 옷이 아닙니다. 만약 예복 차림이었다면 반드시 갈아입어야만 하는 것입니다.

203페이지 부분에 이르면, 쇼군이 칙서에 답하기 위해 목욕재계를 하는 내용이 쓰여 있습니다. 그때 이변을 아뢰고자 야나기사와 데와노카미가 욕실 옆에서 대기하고 있다고 써 있습니다. 야나기사와는 오소바고요닌(御側御用人)[56]으로 심지어 여기에도 분명히 그렇게 쓰여 있는데, 오소바고요닌이 욕실 옆에 대기하고 있다는 것은 말도 안 되는 이야기입니다. 또한 그러한 신분의 사람이 대기하고 있는 자리가 욕실 근처에 있을 리가 없지요. 말할 것도 없이 오소바고요닌이라고 하면 로주(老中)[57]에 준하는 대우가 있는 법입니다.

그리고 또 "쇼군의 목욕재계도 끝나고 머리 손질도 끝나 옷을 차려입으려 할 때"까지 야나기사와가 옆방에 대기하고 있다고 썼는데, 쇼군이 목욕이 끝난 자리에서 바로 머리를 빗고 옷을 차려입는 것으로 알고 있다는 사태에 이르러서는 그야말로 언어도단이랄 수밖에요. 도저히 말

---

55 귀인을 뵙는 것. 특히 에도 시대, 하타모토(쇼군 직속으로서 만 석 이하의 녹봉을 받던 무사)가 직접 쇼군을 알현하는 것. 또는 그 자격.
56 에도 막부에서 쇼군 곁에서 정무 연락을 맡았던 로주 다음의 요직.
57 에도 막부의 관직명. 쇼군 직속으로 막부 정치를 통괄하고 조정·영주의 일을 맡았으며 원격지의 영토에 대해서는 직접 다스리기도 했다.

이 안 됩니다.

그러고 나서 야나기사와가 쇼군에게 이변을 아뢰며 지시를 받는 대목에서 "당장 향응 담당의 후임은 누가 분부할지, 또한 칙서에 답하는 자리는 그대로 오시로쇼인(御白書院)을 이용해도 괜찮을지요? 말씀을 여쭙고자 합니다"라고 합니다. 이런 일도 쇼군이 직접 지시를 내릴 거라면 로주 같은 직책은 필요가 없지요. 이것은 필히 당장이라도 로주가 결정하여 쇼군의 재가를 얻어야만 할 일이지만, 야나기사와가 월권으로 이런 일을 벌인 것처럼 보이기도 하는데 그런 일은 도저히 있어서는 안 되겠지요. 로주 또한 야나기사와가 자신을 따돌리고 쇼군에게 직접 결재를 청하는 일을 묵과할 리가 없습니다. 이런 일은 아무것도 모르는 저자가 함부로, 엉터리로 쓴 것이라고 생각합니다. 게다가 또 그 말이 재미있군요. "당장 향응 담당의 후임은 누가 분부할지"라는 것은 뭐라고 이해해야 좋을까요. 이런 글을 쓰면서 옛날의 말을 지금의 말로 다시 쓰는 것을 나무라고자 하는 생각은 애초에 저 같은 사람에게 없었지만, "분부할지"라는 말은 주어가 잘못되었습니다. 그렇게 주어가 잘못된 말은 옛날부터 결코 존재하지 않았지요.

그 뒤에 오메쓰케(御目附)[58]인 오카도 덴파치로(多門傳八郎)가 다쿠미노카미의 조사를 시작하기 전에 "정법에 있는 대로 말투를 바꾸겠습니다"라고 인사를 합니다. 그 말을 듣고 "다쿠미노카미는 비로소 고개를 움직였다. 친절한 무사를 만났구나 하고 생각했으리라"라고 쓰고 있는데, 이것은 모든 조사에 대해 정례적으로 하는 말입니다. 이런 말을 듣고 자신에게 동정을 품은 사람이라고 생각하는 일은, 조금이라도 옛이

---

[58] 에도 막부의 직명. 로주의 지배에 속하여 모든 임무를 감독하고, 모든 다이묘의 행동을 감찰하고, 모든 관리의 태만을 적발했다.

야기를 들은 기억이 있는 사람이라면 도저히 생각해 낼 수가 없습니다.

207페이지에 보면, 기라에게 부상을 잘 돌보라는 윗사람의 뜻을 전달하는 대목에서, 그 말을 전달하는 센고쿠 호키노카미(千石伯耆守)의 곁에 어느새 야나기사와 데와노카미가 나와 있습니다. 그러더니 "쇼군의 뜻이 방금 분부한 바와 같으니, 완쾌한 뒤에는 변함없이 출근하도록"이라고 말하고 있지요. 오메쓰케가 정식으로 명을 전하는 와중에 옆에서, 관리가 아니라 오쿠즈토메(奧勤)[59]인 야나기사와가 바로 이어서 이러쿵저러쿵 조언하는 일이 있다면 큰일입니다. 또한 오쿠즈토메인 야나기사와가 오오모테(御表)[60] 쪽으로 함부로 나와 있는 일도 없고요. 이런 일은 그 시대로서는 결코 있어서는 안 될 일입니다. 소설이니까 선인을 악인으로, 밤을 낮으로, 어떻게 다루든 상관없겠지만 도저히 그 시대에 없는 일을 써내는 것은 어떨지요. 예를 들면 현대에 대해 쓰더라도 쇼와 시대인 오늘날, 양복 차림으로 칼 두 자루를 차고 있는 내용을 쓴다면 어떨까요. 그렇게 생각하면 바로 이해할 수 있는 이야기입니다.

210페이지에 쇼군 쓰나요시(綱吉)가 이 사건의 판결을 내리는데 로주들로부터 제지를 당합니다. 아무래도 불공평하다는 의심이 있다며 간언을 올리지요. 이 사실은 꼭 바로잡아야 할 필요까지는 없다고 생각하지만, 이때 쓰나요시가 화가 나서 "금세 낯빛을 바꾸며" 일어서더니 한마디도 않고 오쿠(奧)[61]로 들어갑니다. 그때 "갑자기 오쿠로 들어가더

---

59 쇼군 또는 귀인의 집안일을 처리하는 업무에 종사함.

60 에도 막부나 다이묘의 영지 내에서 정치를 행하는 곳.

61 특히 에도 시대에 고위의 무가, 즉 쇼군, 다이묘, 하타모토 등의 저택에서 주인의 침식, 휴게의 장소. 오모테가 주인의 공무를 위한 방인 것에 비해, 부인 및 시녀들이 살며 다른 남성이 들어가는 것은 허락되지 않는 공간을 가리킨다. 쇼군 가문의 경우, 오오쿠라고도 한다.

니, 칸막이 가라도(唐戶)[62]를 소리 높여 닫았다"고 썼습니다. 쇼군이 드나들 때 문과 미닫이를 직접 여닫는다고 생각한다는 것은, 넝마장수보다 더 체면을 손상시키는 일입니다. 쇼군 가문의 어떤 장소에도 경계란 것이 과연 없을까요. 또한 그것이 덜커덕 탁 소리를 낸다는 데에 이르면, 무슨 뒷골목 셋집 같은 것과 착각한 것은 아닐까요. 이런 점에서 생각해 보면 우스꽝스러운 소설이 아닌가 하는 기분도 듭니다.

그리고 오메쓰케인 오카도 덴파치로가 아무래도 이 조치는 편파적이라고 하여, 그 불만을 와카도시요리에게 전하러 갑니다. 로주 앞으로 상소를 올리면 이해하겠지만, 와카도시요리에게 들고 가는 것은 어찌된 일일까요. 오메쓰케는 정무상의 상소를 쇼군에게 직접 올리는 인물이니 물론 로주에게도 가능하지요. 그런데 왜 와카도시요리 같은 이에게 들고 갈까요. 특히 일단 쇼군으로부터 분부가 내려진 일을 오메쓰케 따위가 이러쿵저러쿵해 봤자, 그 때문에 판결이 바뀔 리는 없습니다. 또한 그런 식으로 막부를 꾸려 갈 수가 없지요. 그리하여 "일단 결정을 내리신 바, 이제 와서 변개 따위를 할 수는 없다"고 하자, 덴파치로가 다음에는 야나기사와를 찾아가 불만을 제기합니다. 여기서 가장 희한한 것은, "결정은 우에사마(上樣: 쇼군)의 뜻이겠지요. 그렇다면 더 말할 나위도 없겠습니다. 하지만 만일 데와노카미 공의 뜻에 의한 것이라면, 너무나도 편파적인 판결, 다시 한번 조사의 분부가 내려질 수 있도록 해 주십시오"라고 항의를 하는 대목인데, 이미 쇼군의 뜻으로 발표된 것을 야나기사와의 뜻이라 하니 이게 무슨 소리랍니까. 야나기사와의 뜻임이 틀림없다고 추측하더라도, 이런 말을 과연 공공연히 할 수 있을

---

62 마룻귀틀을 짜서 사이에 판자를 넣은 문.

까요. 옛날에는 결코 그런 소리를 하는 자도 없었으며, 또한 그런 말이 나오면 야나기사와가 무사하지 못할 것이라는 것쯤은 당연한 이야기입니다. 당시의 역직 구분을 전혀 모르니 이린 내용을 쓰는 것이고, 와카도시요리가 물리친 안건을 오소바고요닌에게 들고 간다는 것은 말도 안 되는 이야기지요.

또 재미있는 것은, 야나기사와가 노하여 "괴이쩍은 얘기로군. 물러가시오"라고 말합니다. 그러자 덴파치로가 물러나 "방으로 돌아가 근신했다"고 써 있습니다. 이 "방"이라는 것은 오메쓰케의 방이겠지요. 그러고 나서 여러 사람이 힘을 써 "별다른 문책 없이 근신이 풀려서 검사의 직무에 종사할 수 있었다"고 하는데, 오메쓰케를 대체 뭐라고 알고 있는 걸까요. 설령 오소바고요닌이, 특별히 권세를 누렸던 야나기사와라고 하더라도 정식으로 쇼군의 뜻을 통해 근신을 명한다면 모를까, 선고도 뭣도 없이 야나기사와가 "물러나라"고 했다는 그 사실만으로 바로 근신에 처해진다는 것은, 막부의 법제를 무시한 터무니없는 이야기입니다. 이런 것들도 당시의 일을 전혀 조사하지 않았으니 나오는 오류라고 생각합니다.

거기에서 또 이야기가 바뀌어, 거미의 진주로와 홋타 하야토의 이야기가 펼쳐집니다. 이쯤 되니 말도 안 되는 소리들이 마구 터져 나오는군요.

229페이지에서, 거미의 진주로와 홋타 하야토가 무코지마의 미쿠니야의 별장에 도둑질을 하러 갈 작정으로, 산야(山谷)에 와서 배 객줏집 2층에서 때를 기다리고 있습니다. 산야의 배 객줏집이라는 것은 어떤 것이었을까요. 산야부네(山谷舟)라는, 요시와라에 다니는 배가 있었던 것은 일찍부터 알려지기도 했습니다만 여기에서 두 사람은 산야에 와서 "배 객줏집의 2층에서 시간이 가기를 기다리고 있었다"고 합니다. 이 무렵 2층집 같은 깔끔한, 훗날의 배 객줏집 같은 그럴싸한 집이 있었다고 생각한다니 헛웃음이 터질 일입니다. 배 객줏집다운 배 객줏집이 생긴 것은 훨씬 훗날의 이야기로, 어쩌다가 겐로쿠 시대에 2층에서 한잔할 수 있는 배 객줏집이 있었다는 생각을 했을까 싶군요. 하지만 이렇게 생각하지 않으면 좀처럼 다음 이야기를 이어갈 수가 없었겠지요. 이제 적당히 시간이 되었다 싶어서, 이야기하던 두 사람이 자리를 떠나 배에 올라타려고 합니다. 거기에 "이윽고 두 사람은 여자들의 초롱불에 배웅을 받으며 정원에 내려섰다. 배 준비는 이미 되어 있었다"라고 쓰고 있는데, 배 객줏집의 안주인으로 그럴싸한 이들이 자리를 잡게 된 것은 안에이(安永, 1772년~1781년), 덴메이(天明, 1781년~1789년) 시대의 이야기지, 누가 뭐래도 호레키(宝暦, 1751년~1764년) 이전에는 있을 리가 없습니다. 배를 강가에 끌고 와 손님을 기다리고, 그러다 거기에 태워 가는 경우가 많았던 시절이지요. 그런 일에 개의치 않는 이 작자들은 배 객줏집의 2층에서 한 잔 한다는 기분으로 있다가 "간다가와강으로 들어가 주게"라고 하며 배를 타고 나왔습니다. 이 배에 대해서는 따로 쓴 내용이 없지만, 일단 이 시절의 이야기라면 니초다테(二梃立),[63] 산초다테(三梃立)의 배여야만 합니다. 흔히 말하는 조키(猪牙)입니다. 그런데 배를 내고 보니 진주로가 타고 있는 배의 조금 앞을 "꽃놀이 배의 자취로 보이는 야네부네(屋根舟)가 고요한 수면을 샤미센과 북소리와 함께 흘러간다"라는 내용이 나옵니다. "야네부네"라는 이름이 겐로쿠 시대에 과연 있었을까요. 물어볼 필요도 없는 이야기입니다. 오카와(大川)강을 지나는 一 훗날 이야기하는 배 유람(舟遊山)입니다만 그런 배는 요시와

---

63 노 두 개로 젓는 재래식 일본 배. 특히, 요시와라를 다니는 조키부네.

라를 다니는 사람이 한결같이 이용했던 조키부네와는 다른 것으로, 이 것은 처음에 "고자부네(御座舟)"라고 했으며 훗날에는 "야카타부네(屋形 船)"라고 불렸던 배입니다. 그렇다고 옛날에는 간단한 유람선이 없었느 냐 하면, "히요케부네(日除舟)"라고 하는 배가 있었지요. 그것이 점점 진 화하여 훗날의 야네부네가 되었으니, 니타리부네(荷足舟) 위에 덮개를 씌운 듯한 물건이었던 모양입니다. 그것이 100척이나 생기게 된 것은 1749년(寬延 2)의 이야기로, 그 이전에는 20~30척밖에 없었습니다. 이 "히요케부네"가 그 후 야네부네의 형태를 갖추게 되고, 점점 유행하게 된 것은 아무래도 메이와(明和, 1764년~1772년) 시대 이후여야만 합니 다. 호레키 시대에조차 아직 야네부네라는 말은 없었어요. 물론 야네부 네 같은 모양을 한 것도 없었지요. 하지만 저자는 그런 사정을 모르니 전혀 개의치 않습니다.

그 야네부네 안에 있던 이가 "소토칸다(外神田)에서 유명한 오캇피키 (岡ッ引き),[64] 렌자쿠초(連雀町)의 다지마야 니헤(但馬屋仁兵衛)"라고 하 는 이였습니다. 당시의 소토칸다라는 것은, 앞에서도 말했듯이 시외였 지요. 거기에 오캇피키의 우두머리가 있었다는군요. 이런 것도 분명 교 호 시대 이후의 이야기로, 어디가 되었건 겐로쿠 당시에는 오캇피키의 우두머리라는 것이 존재하지를 않았지요. 게다가 오캇피키 중에 "다지 마야 니헤"처럼 상인 같은 이름을 붙이는 사람이 있었다는 것은, 훨씬 나중의 이야기여야만 하겠지요. 그 두목에게, 앞에도 나왔던 당사자의 도쿠로가 귓속말을 하여 거미의 진주로가 뒤의 배에 타고 있음을 알렸 습니다. 그러자 갑자기 붙잡으려는 마음이 들어, 니헤가 먼저 배에서

---

64 에도 시대 범인을 체포하는 관리의 길잡이로서 범인의 탐색·포박을 하는 사람. 도신 의 부하.

올라와 준비에 착수합니다. 그중에서도 가장 재미있는 것은 니헤가 "야나기사와 님의 분부시다"라는 말을 한다는 점이죠. 야나기사와의 저택에 도둑이 들었고, 들어온 도둑이 진주로이니 야나기사와가 그를 붙잡으라고 분부했다는 것 같습니다. 이 또한 터무니없는 이야기로, 로주로부터 지시를 받아 마치부교(町奉行)[65]가 부하를 포리로서 파견합니다. 그것을 "오게지모노(御下知物)"라고 불렀는데, 야나기사와는 관리가 아니라, 오쿠무키(奧向)로 근무하는 인물입니다. — 여기에서 기왕 이야기가 나온 김에 조금 언급해 두고자 하는데, 남녀 불문하고 오모테야쿠(表役)의 직무를 맡은 이를 "오야쿠닌"(御役人)이라 하며, 영주의 곁에서 근무하는 이는 그렇게 부르지 않습니다. 조추(女中: 시녀)들이라 해도, 오추로(御中臈), 산노마(三ノ間), 오조구치(御錠口) 같은 이들은 전부 야쿠닌이라고는 하지 않아요. 오모테카타(表方)라고 해도, 오소바요닌, 오소바슈(御側衆), 오코쇼(御小姓), 오코난도(御小納戸)와 같은 이는 다들 영주의 곁에서 일을 처리하는 자들이라 야쿠닌이라고 부르지 않습니다. 옛날이라도 궁중 부중(府中)의 구별이라는 것은, 조정에도 있었으며 막부에도 제대로 그러한 구별이 있었습니다. 당직이 아닌 — 현재 그 직에 있지 않은 야나기사와가 마치부교에게 명령할 리가 없지요. 또한 로주로부터 명을 받는 일이 있다 한들 요리키, 도신까지는 그에 대해 알 수 있어도 그보다 아래의 — 가령 아무리 우두머리라 해도 오캇피키 같은 이는 공식적으로는 '고모노'(小者)인 셈이고, 그러한 한계 안에서 부리는 것이니 부교쇼에조차 공식적으로는 이름이 드러나지 않는 존재입니다. 설사 정말로 막부로부터 명령이 나와 포박하는 "오게지모노"라

---

65 에도 시대, 에도 교토 등 직할 도시의 행정·사법·치안을 담당한 지방 장관.

고 하더라도, 그것이 "오게지모노"라는 것을 오캇피키 같은 이가 알고 있을 리 없습니다. 어떤 자를 붙잡아야만 한다는 것 정도이지, 그 이상의 일은 알 리가 없지요. "야나기사와 님의 분부"라고 하는 내용이 쓰여 있는 것을 보니, 저자의 시대에 대한 지식이 어느 정도인지 알 수 있을 것 같습니다.

그리고 다시 니헤가 배에서 올라오는 진주로, 하야토를 앞질러 그 사이에 사람을 배치합니다. 그러고 나서 그들에게 점점 소식이 전해져, 가는 앞길마다 사람이 쑥쑥 배치되고 있습니다. 특히 우스꽝스러운 것은, 니헤가 지나가는 길의 "반코야(番小屋) 지신반에, 잠깐 말을 걸러 갈 뿐"이라고 쓰고 있습니다. 그것이 또한 사람을 배치하는 데에 필요한 일인 것처럼 보이지만, 지신반이라고 하는 것은 오캇피키 같은 이와 관계가 없습니다. 그 마치의 일만 다루므로, 마치를 돌아다니는 도신들이 순회할 때 일일이 거기에 말을 거는 것도 마을 안에 별일이 있는지 어떤지 묻는 것이지 다른 의미는 없습니다. 어떤 사건이 있었다고 해서 오캇피키가 일일이 그것을 지신반 등에 언급하는 것도 아니며, 말을 걸러 간다는 것은 본 적도 들은 적도 없습니다. 이것은 모두 지신반이 무엇인지를 모르고, 오캇피키가 무엇인지를 몰라서 생기는 일입니다. "뒷골목을 지나 뒤편으로부터 진주로, 하야토를 앞질러서는 드문드문 사람이 배치된다. 그것이 또한 새끼에 새끼를 쳐서, 점차 수를 불리며 생울타리의 배후, 바위산의 낭떠러지 아래, 빗물통 안, 울타리의 엿보기 구멍, 정원석처럼 목표로 삼은 두 사람에게 들키지 않을 곳에 숨는다"라고 쓰고 있는데, 그렇게 많은 사람들을 거느리고 있던 우두머리는, 훨씬 나중이 되어도 존재하지 않았습니다. 아무래도 이 장소는 아사쿠사바시(浅草橋) 다리 부근으로, 간다가와강에 접어드는 길목인 것 같은데, 거기에서 무코지마까지라면 제법 거리가 있습니다. 게다가 빗물통

안부터 울타리의 엿보기 구멍에 이르기까지 사람을 배치한다는 것은 어지간한 인원이 없으면 안 되지요, 50명이나 100명씩 되는 부하를 거느린 오캇피키의 우두머리, 그런 우두머리는 에도 말기까지 없었습니다. 이렇게 배치된 사람들이 "니헤의 마지막 명령을 기다리다 단숨에 달려들 터였다"라고 하는데, 아무리 오게지모노였다 해도 그런 일은 불가능합니다. 반드시 도신이 나오지 않으면 사람을 체포할 수가 없지요. 저자는 그것도 모르는 것 같습니다.

사람이 배치된 것을 눈치챈 진주로는, 그날 밤 미쿠니야의 별장으로 들어가는 것을 포기하고 집으로 돌아옵니다. 집이라는 것은, 앞에 나왔던 고후쿠바시(吳服橋) 다리 옆의 고후쿠야인데 거기에 이미 포리가 출동했기에 다시 그곳을 빠져나옵니다. 진주로는 여행을 떠나 달아날 작정을 하고, 하야토는 시로카네(白金)의 평원에서 우에스기 가문의 젊은이가 활 연습을 하는데, 그중에 고바야시 헤이시치가 있음을 알고 그에게 다가가 그 후에 고바야시의 저택으로 뛰어듭니다. 그리하여 고바야시 헤이시치를 의지하여 지사카 효부(千坂兵部)에게 접근하지요. 아니나 다를까 참으로 희한하고 터무니없는 이야기가 잔뜩 나옵니다.

지사카 효부는 우에스기 가문의 가로로, 우에스기 가문을 위해 큰 활약을 했다고 나옵니다. 시로카네에는 우에스기 가문의 시모야시키(下屋敷)[66]가 있으니, 그 점을 떠올리고 시로카네의 평원에 젊은 사무라이가 활 연습을 하러 나선다는 내용을 적었겠지만, 젊은 사무라이 같은 이들이 시모야시키에 잔뜩 머물 리가 없습니다. 이것은 어느 시대이건 마찬가지인데 뭐, 작자는 그런 부분까지 생각지 못했던 것 같군요. 고바야

---

66 에도에 있는 다이묘 저택 중에서 가미야시키(上屋敷)에 대한, 본 저택 이외에 준비해 두는 저택. 교외 등에 설치해 둔 별저(別邸).

시 헤이시치에게 접근하는 대목 등에서도, 앞서 우에스기의 가신 한 사람을 베었으니 그 원수를 갚게 해 주겠다며 이야기의 단서를 만들고 있는데, 그 칼에 베인 사내는 홀몸이라 친척이고 뭐고 없었습니다. 원수를 갚을 사람은 친구인 자기밖에 없는데 그래도 이견이 없겠는가, 하며 고바야시가 물었습니다. "말할 나위도 없다"고 하니, 고바야시는 위협할 작정으로 칼로 베고 하야토는 태연히 어깻죽지를 베인다는 이야기가 쓰여 있습니다만, 무엇을 위해 그런 일을 했는지 이해가 안 됩니다. 각색상의 사정으로 이상한 내용을 썼을 뿐, 하야토는 대체 무슨 생각을 했을지요. 겐로쿠 시대에 그런 인간이 있었다고 상상하는 일은, 저 같은 사람에게는 불가능합니다. 그 시대를 나타내고 있지 않을 뿐 아니라, 어느 시대에도 그런 바보 같은 인간이 있을 것 같지는 않군요.

한편 그 가로인 지사카 효부, 이 사람은 분명히 우에스기의 가로임이 틀림없지만 에도에 머물고 있지 않았습니다. 이때 에도에 있었던 것은 이로베 마타시로(色部又四郎)로, 사건 당시건 또한 그 이후이건 지사카 효부는 자국에 있었던 것입니다. 그래서 이 사건에는 전혀 직접 관계하지 않았지요. 그것은 우에스기 가문의 역사에도 그렇게 쓰여 있습니다. 저는 예전에 귀족원 의원이었던 지사카 다카마사(千坂高雅) 씨로부터 이때 조상인 효부가 우에스기 가문을 위해 크게 애를 썼다는 이야기를 들었으며, 또한 고바야시 헤이하치로가 우에스기 가문을 위해 애썼다는 이야기도 그때 들었는데, 고바야시 헤이하치로가 우에스기로부터 시집을 갔던 기라의 부인 도미코의 수행원으로서 기라 가문에 갔다는 말을 들었습니다. 그 혈맥인 다카마사 씨가 하신 말씀이라 이것을 믿고 있었는데, 우에스기 가문의 기록에 따르더라도 지사카는 에도에 나오지 않았다는 것을 알 수 있고 고바야시 헤이하치로는 기라 가문의 후다이 가신이라는 것을 알고 보니, 다카마사 선생에게 속았다는 것이 명백

해졌습니다. 따라서 직접 아코 사건에 대해 지사카가 이러쿵저러쿵 했다는 사실은 전혀 없는 셈이지만, 어째서인지 지사카 가문에서는 이러한 말을 퍼뜨리고 있습니다. 연극에까지 쓰인 일이 있어 다케시바 신키치(竹柴晋吉)가 쓰고 데이코쿠 극장(帝国劇場)에서 상연한 바가 있는데, 그것은 지사카 가문에 전해지는 거짓말입니다. 거짓말이어도 딱히 상관은 없습니다. 그것을 도입하여 재미있는 이야기를 꾸미는 것은 전혀 문제가 없지요. 여기에서 이야기의 진위를 위주로 삼아 말하고자 하는 것은 결코 아니지만, 시대 생활과 완전히 동떨어진 것, 그것은 아무래도 그냥 지나칠 수가 없습니다.

고바야시 헤이시치가 효부의 저택으로 갑니다. 거기에 "관사"(260페이지)라고 쓰여 있는 것도 기이합니다. 에도에서 근무하는 가로가 에도의 번 저택에 있을 경우에도, 관사라고는 결코 말하지 않습니다. 또한 그보다 더 이상한 이야기는, 헤이시치가 성큼성큼 효부의 방으로 들어가는 것입니다. 그러자 효부는 드러누워 있습니다. 자세를 고쳐 일어나 돌아보고 "고바야시인가? 앉게" 하더니 "무례하게도 다시 길게 누웠다"라고 쓰고 있습니다. 고바야시를 어느 정도 지위에 있는 사람으로 표현하려고 했는지는 모르겠지만 적어도 번의 무사임은 분명합니다. 아무리 지위가 낮은 자라도, 또한 목적지가 가로의 집이 아니라 해도 성큼성큼 들어가는 것과 같은 무례하기 짝이 없는 짓은 있을 수 없습니다. 신분에 경중의 차이는 있으되 자기 수하에 있는 이라고 해도 그런 사람이 왔는데 누운 채로 응대하는 일은 없습니다. 안내하는 이도 없이 만나는 경우도 없고요. 또 함부로 이름을 부르며 "앉으라"고 접대하는 것도 너무한 이야기입니다.

효부는 묘한 소리를 합니다. 오이시는 대단한 놈이니, 이번 사건에 의해 우에스기를 포섭할 것이 분명하다. ― 무슨 의미인지 모르겠지만,

그런 말을 하고 있습니다. 지사카가 오이시를 평하기를 "무너진 아사노 5만 석의 복수를 위해 요네자와(米沢)[67] 15만 석을 무너뜨리려고 덤벼들지도 모른다"라고 하는군요. 무슨 근거로 한 생각인지, 있을 수 없는 이야기입니다. 그러한 상상을 했다는 것이 또 신기하고 재미있군요. 이 가로님의 말을 하나하나 거론하자면 끝이 없겠지만, 노름꾼인지 도둑인지 광대인지 알 수 없는 이야기입니다. 15만 석의 요네자와의 가로라면, 조금 더 중후한 모습을 보여도 괜찮지 않나 생각하는데 이렇게 어설픈 모습은 서생보다 더 심하군요.

그러고 나서 이야기가 바뀌어, 269페이지에 이르면 아코에 있는 오이시 구라노스케의 거처로 예의 노시메를 입고 하야카고를 탄 두 사람이 옵니다만, 우선 성에 먼저 들러야 할 텐데 무슨 생각인지 오이시의 집에 하야카고를 세웁니다. 침착한 듯 보이지만 하야미 도자에몬, 가야노 산페이 두 사람이 크게 당황했는지, 혹은 크게 당황했다고 저자가 해석한 것인지, 그렇다면 허둥대느라 잘못 온 것이겠지요. 이 두 사람이 계속 오이시를 "다이후(太夫) 다이후"라고 부릅니다. 글자로 쓸 때 간혹 "다이후"라고 쓰는 일도 있지만, 말로 부를 경우에는 가로를 "다이후"라고 할 리가 없습니다. 그런데 오이시의 집에서 응대를 맡은 인물이 재미있습니다. "언제 에도를 나섰는지 들었는가?"라고 오이시가 묻자 "14일 …… 이라고 분부하셨습니다"라고 대답합니다. 저자는 "분부하다"라는 말이 어떨 때 쓰이는지조차 모르는군요. 여기에서는 "말씀하셨습니다"라고 해야 합니다. 옛날 말은 윗사람에 대해서든 아랫사람에 대해서든 한 마디로 상대가 이해할 수 있도록 말하는 법이라, 이럴 때 "분부하시

---

67 우에스기 가문이 다스리던 요네자와 번.

다”라고 할 가능성은 없습니다.

그러고 나서 하야카고에 탄 이들을 돌려보내고 가신들을 성으로 즉각 모으도록 지시하더니, 그 뒤에 구라노스케는 “다다미 위에 큰대자로 누워 잠들었다”고 쓰고 있습니다. 가신이 감기에 걸리면 안 된다고 생각해 곁으로 다가가 보니 뺨에 한 줄기 눈물이 흐르고 있었다고 하는데, 대사건의 급보를 듣고 나서 다다미 위에 큰대자로 누워 잔다는 것은 무척이나 우스꽝스러운 내용이라고 생각합니다.

이런 소리를 하며 이 책을 살펴 나가자면 거의 끝이 없습니다. 저는 한심해서 그렇게 많이 보는 것을 견디지 못하니 이것으로 그치도록 하지요. 어쨌든 이것은 시대물이니, 그 시대라는 것을 모르면 안 되겠지만 그런 일을 조금도 개의치 않고 그저 이렇게 무법 천만한 것을 제조하는 인간이 있다는 사실에 놀랍니다. 그리고 또 거기에 상당히 많은 수의 독자가 모여든다는 사실에 저 같은 사람은 뭐라 할 말이 없는 심정이 되니, 이래서는 보통 선거의 앞날도 걱정되는 바로군요.

나오키 산주고(直木三十五)의
『남국 태평기(南国太平記)』

상(上)

이번에는 나오키 산주고 씨의『남국 태평기』를 읽어 보았습니다. 이 이야기는 사쓰마(薩摩)의 영주이자 막부 말 무렵에는 명군이라 일컬어 진 나리아키라(斉彬)[1]를 중심으로 한 소동으로, 오유라(お由羅) 소동이 라고도 불립니다. 나리아키라의 선대 나리오키(斉興)의 애첩에 얽힌 가 문의 소동으로 지극히 참혹한 이야기인데, 이것은 내밀하되 메이지 초 기에 이르러서는 상당히 유명한 이야기 중 하나였지만, 세간에 삿초(薩 長)[2]가 가장 세도를 떨치던 시대였으니 그 이야기라는 것은 어쩐지 작은 소리로 오가게 되었습니다. 가고시마(鹿児島) 번으로서는 물론 가문의 비밀이니, 비밀 중의 비밀로 취급했지요. 그런 연유로 오유라 소동에 대해서는 누구도 써내려 간 사람이 없었으니, 그 개략조차도 일반에는 알려져 있지 않았던 것입니다. 그것을 지금부터 십몇 년 전이던가요, 가고시마 번 무사 가치키 쓰네키(加治木常木) 군이 상세히 이야기해 준 것을 제가 써서『일본 및 일본인(日本及日本人)』에 냈던 적이 있습니다. 그 이후로 두세 가지 오유라 소동 이야기가 나왔다고 생각합니다. 나오 키 씨의『남국 태평기』도 오유라 소동 이야기입니다만, 어디에서 소재

---

1 시마즈 나리아키라(島津斉彬, 1809~1858), 에도 말기의 사쓰마 번주. 일찍부터 개국
  의 의견을 품고, 식산흥업(殖産興業)에 힘을 쏟아, 영지에서 경영하는 공장 슈세이칸
  (集成館)을 설립, 서양식의 조선·조병(造兵)·방직(紡織) 등의 공업을 일으켰다.
2 사쓰마 번과 조슈 번.

를 얻었는지, 가치키 군의 이야기를 기초로 그것을 대중적으로 확장해 준 것이라면 저로서도 무척 만족스러운 일이고 지금은 세상에 없는 가치키 군도 기뻐하겠지요. 가치키 군으로서는, 낭시의 가고시마 번에 얼마만큼 충의로운 무사가 있었는지를 알리고 싶었기에 이야기를 들려주었습니다. 저로서는 그 충의로운 사람들은 상관없지만 충의롭지 못했던 사람, 충의로워도 이상하게 끝을 맞이한 사람, 즉 충의를 관철하지 못했던 사람, 그런 사람들의 근성을 조사할 수 있었던 것으로 여깁니다. 제가 사이고 다카모리(西鄕隆盛, 1827~1877)[3]를 싫어하게 된 데는 여러 가지 이유가 있지만, 확실히 오유라 소동의 전말 등도 저를 사이고 혐오자로 만든 유력한 원인 중 하나입니다. 그런 일은 나오키 씨에게는 관계가 없을지도 모르지요. 어쨌든 그것은 그렇다 치고, 오유라 소동이라는 것을 어떤 식으로 각색해 나갔는지를 살펴보기만 하겠다는 이야기입니다. 그 각색에 대해 이상한 잘못이 있지는 않은지, 그런 것을 점검해 나가겠습니다. 물론 가치키 군이 이야기를 들려준 의미, 제가 그것을 썼던 의미 등은 현대의 나오키 씨가 이해할 까닭도 없지요. 그것을 책망하려는 마음은 결코 없습니다. 다만 사건을 너무 엉뚱하지 않게 전달할 수 있었다면, 그것으로 족하다고 생각할 따름입니다.

이 책(전편)의 제일 처음 부분에, 시마즈 가문에 전해지는 병도(兵道)라는 것이 쓰여 있습니다. 이것은 슈겐샤(修驗者)[4] 같은 것으로, 시마즈

---

3 막부 말, 유신 시기의 정치가. 사쓰마 번의 무사. 통칭 기치노스케. 호는 난슈(南洲). 사쓰마 번의 지도자가 되어 막부를 타도. 보신 전쟁(戊辰戰爭)에서는 에도성 무혈입성을 실현. 신정부(新政府)의 육군대장, 참의(參議)를 맡지만 정한론(征韓論) 정변으로 하야. 고향에 돌아와 사학교(私学校)를 설립. 1877년 사학교당(私学校党)을 중심으로 거병(擧兵), 세이난 전쟁(西南戰争)에서 패배하여 시로야마(城山)에서 자살했다.
4 산속에서 고행을 하면서 주술을 닦아 영험을 얻고자 하는 불교의 일파에 속하는

가문뿐만 아니라 규슈의 다이묘에게는 모두 전해지고 있었던 모양입니다. 하지만 규슈의 다이묘 중에도 사라진 이가 많기 때문에, 남아 있던 시마즈 가문에 예로부터 존재했던 병도 또한 전해졌던 셈입니다. 그 병도에 대해서 쓰기 시작하는데 책을 펼치면 바로 첫 페이지, 산속에 병도자의 한 사람 가치키 겐파쿠사이(加治木玄白齊)가 있다는 내용을 적은 부분에 "전립의 안쪽이 금빛이니 사분(士分)일 것이다"라고 하는군요. 사분이라고 하면 메이지 유신 때에 무사가 사족(士族)과 졸족(卒族)으로 나뉜 뒤, 그중 졸족이 아니라는 의미에 그치고 말기에 지체가 있는 사무라이로 여겨지지 않습니다. 전립은 안쪽이 금인 것과 은인 것, 그리고 붉게 칠한 것 세 종류가 있습니다. 에도 시대에 이르면, 하타모토 이상의 사람이 아니라면 안쪽이 금빛인 전립은 없었습니다. 다만 사분 정도의 신분으로는 도저히 그런 것을 쓸 수가 없습니다. 미토(水戶) 가문 같은 곳에는 1만 석 이상의 쓰키카로(附家老)[5]가 있어서, 그 사람들은 어땠는지 모르겠지만 번의 무사 중에는 안쪽이 금빛인 전립을 쓰는 이는 없었다고 들었습니다. 그러니 시마즈 가문에서는 일반 무사 정도의 지위에 있는 인물이 안쪽이 금빛인 전립을 쓸 수 있었을까요. 여기에서 우선 작자가 사무라이의 지위라는 것을 모른다는 점을 알 수 있다고 생각합니다. 사무라이의 지위를 모르고 사무라이 이야기를 쓴다고 하는 것은 아무래도 곤란한 소리지요.

10페이지 부분에 이르면 "두 사람의 발소리와 기누즈레 외에, 아무 소리도 없는 깊은 산이었다"라고 하는 부분이 있습니다. "기누즈레(絹ず

수행자.
5 에도 시대, 막부에서 도쿠가와 쇼군 가문인 오와리, 기이, 미토 세 집안에서 보내거나 다이묘의 본가에서 분가로 감독으로서 딸려 보낸 가로.

れ)"라고 쓰여 있는데, 이 말은 무슨 작정으로 쓴 것일까요. 어쩌면 '기누즈레'(キヌズレ)[6]라는 것을 모르는 게 아닐까 싶습니다.

21페이지에 겐파쿠사이라는 병도의 선생이 하는 말 중에 "마키(牧)는 나리아키라 공을 저주하여 죽일지도 모른다"라는 내용이 나옵니다. 이때는 나리오키의 시대로 나리아키라는 세이시(世子)[7]인데, 번의 무사가 — 신분이 낮은 자라면 더더욱, 세이시를 가리켜 "나리아키라 공"이라며 이름을 부르는 일은 없습니다.

뿐만 아니라 "나리아키라"라는 이름은 상속을 받은 후의 이름입니다. 이 뒤로도 몇 번이나 "나리아키라 공"이라는 말이 나옵니다만, 이런 일은 없었을 것입니다.

30페이지 부분에 보면 "겐파쿠사이는 고삐를 떨쳐 말을 달리게 했다"고 써 있습니다. 이것은 농민의 말에 탄 것인데, 어떻게 고삐를 떨칠까요. 말을 타는 사람은 무조건 고삐를 떨친다고 생각했다면, 무척 우스꽝스러운 이야기라고 생각합니다.

여기에서는 나리아키라의 셋째 아들인 간노스케(寬之助)라는 인물, 그가 저주를 받아 병에 걸려 있습니다. 나나세(七瀬)라는 여인이 그 간호를 맡고 있는데, 거기에 이런 내용이 쓰여 있군요. "바로 무릎 앞에 곤히 잠든 나리아키라의 삼남, 간노스케의 눈을 가만히 바라보았다" — 시중드는 이 따위의 무릎 앞에서 잠들어 있다는 점을, 시중을 드는 이들이 생각하거나 말하지는 않을 터입니다. 또한 이런 내용도 쓰여 있습니다. "새 이불을 세 겹으로 깔고 외국에서 온 붉은 담요에 싸여, 열이

6 입고 있는 사람의 동작에 따라 옷자락 등이 서로 스치는 것. 또는 그 소리.
7 제후, 다이묘의 대를 이을 사람.

내리지 않아 반들반들하고 발갛게 빛나는 뺨을 지닌 네 살배기 간노스케는, 속눈썹도 움직이지 않고 잠들어 있었다"― 그랬다면 자신의 무릎 바로 앞과 같은 방자한 말은 생각도 나지 않을 터입니다. 이런 일은 정말로 대수롭지 않은 일처럼 보이지만, 군후(君侯)의 손주라는 점을 생각한다면 무릎 앞에서 곤히 잠들어 있다는 생각이 들어서는 안 됩니다. 이것은 무가에서 주종의 형편이라는 것을 생각하지 않았기에 이런 내용을 적은 것이겠지요.

그 다음에 나리아키라의 부인 히데히메(英姬)가 병을 앓는 자식의 곁을 찾아온 내용을 적는데, 사무라이가 바로 옆에 있었던 것처럼 쓰고 있습니다. 그 근사(近侍)는 어떤 자인가 하니 남성입니다. 그 근사가 간노스케의 병상을 즉시 나리아키라에게 알리도록 되어 있습니다. 본디 안채에는 여자들뿐일 텐데 이 근사라는 이는 어떤 역할을 맡은 인물인지 모르지만, 아무튼 남자가 있습니다. 남자가 안채까지 들어가는 경우는 의사를 제외하면 없을 터입니다. 어디의 다이묘건, 안채의 사정을 조금 알고 있는 사람이라면 이런 내용을 쓸 리는 없습니다.

33페이지에 보면, 이 간노스케 님의 병환 중에 간호를 맡고 있는 여자는 사이쿄가카리(裁許掛)[8] 견습, 센바 하치로타(仙波八郎太)의 아내인 나나세라는 인물이라고 쓰고 있습니다. 보다 규모가 작은 다이묘라 해도 병자가 생겼을 때, 임시로 가신의 아내를 불러들여 간호를 맡기는 일은 없습니다. 이 나나세라는 여자는 "나리아키라의 정실, 히데히메의 시녀이기도 했다"라고 썼는데, 시녀라고 한다면 다른 사람의 아내가 시녀가 되는 경우는 없을 것입니다. 시녀였던 이가 센바에게 시집을 갔다

---

8 '사이쿄'는 에도 시대 소송의 판결에 대한 호칭.

고 치지요. 그렇다 해도 다이묘의 저택으로 불러들여서 붙박이로 간호를 시키는 일은 없을 터입니다. 다이묘 저택의 안채에서 일손 부족이란 없기 때문이지요. 특히 오모테야쿠에게 시집을 간 이까지 불러들여서 시키는 경우는 없습니다. 안채에서 일한 적이 있는 관리의 아내라 해도, 임시로 불러들여서 부리는 그런 일은 없다는 것이지요.

그런데 이 나리아키라의 부인의 말 중에 제법 유쾌한 내용이 있습니다. 34페이지 부분에 부인이 간노스케 님보다 먼저 태어난 스미히메(澄姬)라는 딸, 그 딸 역시 병도의 저주 때문에 죽었던 것을 떠올리고 지금 눈앞에서 아파하는 아이도 무척이나 염려하며 지켜보고 있습니다. 이 히데히메라는 인물은 상당히 파격적인 분으로, 직접 아이를 돌보았던 이야기가 전해질 정도이니 이런 일도 있었을 법은 한데, 철야를 하며 간호를 했던 스미히메에게 "잠들고 나서 무엇을 보니" 하며 묻자 스미히메가 "도깨비ー"라고 대답했다고 합니다. "보니"라는 말을, 높은 제후의 후계자의 부인이 과연 쓸 것인가, 조금 생각해 보면 알 만한 일이라고 여깁니다.

36페이지에 이르면 "소심한 센바로서는 나나세가 순조롭게 맡은 바를 해낸다면 출세의 실마리를 붙잡은 셈이 되며, 다른 이를 대신할 만한 효험이 없다면 체면상 아내를 그대로 버려 둘 수는 없었다"라는 내용이 있습니다. 이것은 애초에 없는 이야기를 꾸며 냈으니 무리하고 이상한 내용이 되는 것에 의아해할 바도 없지만, 자신의 주인의 아이가 병에 걸렸고 자기 아내가 이를 간호하기 위해 나선 것을 자신의 출세의 실마리라고 이해하는 것은 너무나도 한심스러운 작태입니다. 특히 센바는 충의의 무사라고 써 있습니다. 그 아내인 나나세도 마음이 올곧은 부인인 양 써 놓고, 여기에서는 한 마디도 충의라는 말을 쓰지 않은 채 그저 출세의 실마리를 붙잡았다고 하는군요. 또 한편으로는 "체면상" 운운하는데, 결국 출세와 명예밖에 말하지 않습니다. 이러고 보니 사쓰마의 사무라이도 불쌍하군요. 실은 공명과 이익이 아니라 좀 더 큰 뜻을 가진 이도 있었는데 말입니다.

37페이지에는 이런 내용이 쓰여 있습니다. "도코노마(床の間)[9]에는 시마즈 시게타케(重豪)[10]가 편집한 『성형도설(成形図説)』이 든 커다란 나무 상자가 있었으며, 서양식 철포, 향로, 족자로 만든 만국지도. 그리고 선반에는 호원통(呼遠筒, 나팔)이 희미하게 빛나고 있었다" — 이것이 어린이의 병실입니까. 대체 어떤 구조로 병실이 이루어져 있을까요. 작자는 그런 것을 과연 생각했을지요.

39페이지에 보면 간노스케 님의 병상이 변하기 시작합니다. 그래서 나나세가 시녀에게 "호안(方庵)을 ―" "호안을 어서 ―"라고 말합니다. 호안이란 의사의 이름입니다. 영주님이나 마님이 그렇게 부른다면 상관없지만, 시녀 지위에 있는 사람이 "호안 호안"하며 이름을 함부로 부르는 일은 없을 것입니다. 나나세는 용태가 변한 간노스케를 안아 들고 "나나세가 있습니다. 나나세가 있습니다"라고 하며 등을 가볍게 두드렸다고 써 있군요. 설사 어떤 병이라 해도, 또한 아무리 어리다 해도 군신 주종의 관계라는 것을 알고 있다면 이런 말은 할 수도 없을 것입니다. 또한 말하지도 않을 것이고요. 연극 따위에서는 곧잘 이런 말을 가신이 쓰곤 하는데, 이것도 그것을 흉내 냈다고 한다면 그만이지만요.

이어서 41페이지에는 "어렴풋이 발소리가 이어지다 후스마(襖)[11]가

---

9 마루를 한 단 높게 하고, 정면의 벽에 서화 책자 등을 걸고, 마룻장 위에 장식품·화병 등을 장식하는 곳. 근세 이후의 일본건축에서 객실로 사용한다.
10 시마즈 시게히데(島津重豪, 1745~1833)라고도 한다. 에도 후기의 다이묘로 사쓰마번 8대 번주. 학문과 유럽 문화에 강한 관심을 가져, 백과사전적인 농업서 『성형도설』 등을 편찬했다.

열렸다. 호안과 사겐타(佐源太), 오쿠코쇼(奥小姓) 노무라 덴노조(野村傳
之丞)가 들어왔다"고 합니다. 이런 이들이 우르르 병실로 들어온 모양입
니다. 오쿠코쇼 같은 말이 있으니, 오쿠(안채)까시 들어길 수 있는 고쇼
가 있다고 생각했는지도 모릅니다. 하지만 이런 이는 안채까지 들어갈
수가 없습니다. 나카오쿠(中奧)[12]라는 것이 있습니다만 그 나카오쿠의
고쇼인 것입니다. 여자들이 있는 곳까지, 거침없이 들어갈 수 있는 고
쇼는 결코 없습니다. 심지어 사겐타라는 자까지 안채로 들어왔군요. 사
쓰마는 특히 무사 기질이 강한 곳으로, 이런 부분에 대해서는 상당히
엄격했으니 도저히 이런 일은 있을 리가 없지요.

사겐타는 터무니없는 녀석인데, 간노스케 님의 병상을 보고 "어지간
히 겁을 먹고 계시군요"라고 말합니다. 이것이 군후의 손주에게 할 수
있는 소리라면, 사쓰마 번의 예의라는 것은 논할 가치가 없겠지요. 이
사겐타라는 작자가, 안채에서 일을 보는 여자라고 친다면 나나세를 그
리 하대할 리가 없습니다. 그런데도 "나나세 ― 별 이상은 없었는가?"라
고 말합니다. 최소한 자신과 신분이 동등할 인물을 태연하게 이름으로
부르는 것도 이상하지만, 주인의 손주에 대해 "이상"이라고 하는 것도
희한하지요. 여기는 "별고" 같은 말을 쓸 법한 자리로, 저렇게 말하면
완전히 주인의 손주에 대한 예의를 모르는 것입니다.

그러고 보면 나나세 또한 이상한 사람인데, "도련님, 무엇을 보고 계
시나요. 사겐타가 물리쳐 줄 것입니다. 어느 쪽인가요? ― 저쪽인가요?"
라고 말합니다. 도련님, 도련님이라고 부르는 경우가 이 부분 외에도

---

11 창호의 일종. 나무로 골격을 짜고 양면에서 종이나 천을 바른 것. 방 칸막이나 방한
   용 등으로 쓰이며 여름에는 바람이 통하도록 떼어내기도 한다.
12 에도성 혼마루(본성)의 일부로 쇼군이 아침에 일어나 정무를 보던 곳.

나오는데, 이런 식으로 호칭을 쓰는 일은 어떤 다이묘에게도 없습니다.

43페이지에 보면 오유라가 간노스케 님의 쾌유를 위한 호마(護摩)[13]를 태우는 내용이 쓰여 있습니다. 쾌유의 호마라고 해 놓고 실은 저주를 하는 것인데 이 오유라의 방을 어떻게 이해하고 있는지 모를 일이며 또 호마라는 것을, 누구나 태울 수 있는 거라고 생각하나 봅니다. 누가 가르쳐 주기만 하면 바로 태울 수 있는 거라고 생각하니, "방의 한가운데에 폭이 예닐곱 척 되는 삼각형 호마단이 설치되어 있었다"라는 이야기까지 써 놓았는데, 사쓰마 번 가문의 나가쓰보네(長局)[14]를 뭐라고 생각하고 있을까요. 이렇게 물정을 모르는 사람을 만나면 당할 재간이 없습니다.

거기에 간노스케 님을 저주하고 있는 "병도가(兵道家) 마키 나카타로(牧仲太郎)의 수제자, 요다 효스케(與田兵助)"라는 놈이 들어와 있습니다. 이놈이 "준비는 마쳤습니다"라고 하는데, 나가쓰보네에 이런 사내가 훌쩍 들어와 있다는 것은 있을 수가 없는 일입니다. 이렇게 감독이 소홀한, 엉망진창인 사태는 작은 다이묘에게도 있을 수 없지요. 실로 어처구니가 없는 내용을 써 놓았습니다.

전갈을 받고 나리아키라가 병실로 왔습니다. 거기에 "건너오시다"라는 말(51페이지)이 쓰였군요. 사쓰마 번 가문에서는 과연 왕림하시다를 "건너오시다"고 할까요. 참으로 귀에 선 말이라고 생각합니다. 이것을

---

13 밀교(密教)에서 호마단(護摩壇)을 세우고, 호마목(護摩木)을 태워 식재(息災)·증익(增益)·항복(降伏)·경애(敬愛) 등을 본존에 기원하는 것. 예로부터 인도에서 행해졌던 제사법(祭祀法)을 받아들인 것. 지혜의 불로 번뇌의 장작을 태우는 것을 상징한다고 한다.
14 궁중이나 막부의 오오쿠(大奧)에서 길게 늘어선 건물 속에 많은 쓰보네(局, 여관의 방)가 계속 이어져 있는 곳.

보면 나리아키라가 있는 곳에 바로 병상을 알리는 일이 가능한 모양인데, 저택의 구조가 어떻게 되어 있고 어떤 방에 나리아키라가 있었을까요.

또한 이 나리아키라와 근시 사이의 대화가 상당히 기이합니다.

"이미 죽었느냐."

"아니요, 중태이신 모양입니다."

가고시마 번의 후계자쯤 되는 인물이, 자신의 자식에 대해 "이미 죽었느냐"라는 말을 쓸 까닭이 없지요. 말의 형식에 있어서, 그 의미에 있어서, 다이묘님이라는 존재에 대해 생각해 본 적이 없으니 이런 소리가 나오는 거라고 봅니다.

53페이지에 보면, 간노스케 님이 세상을 떠나기 이틀 전에 히데히메의 품속에서 "아빠(オトゝ)는요?"라고 말했다고 쓰여 있습니다. 다이묘의 아이는 자신의 부친을 "아빠"라고 하는 모양이군요. 과연 그럴까요. 그런 것도 조사해 보거나 생각해 보지 않고서야, 다이묘의 생활에 대해 알 수가 없지요. 나리아키라의 말에서는 "간노스케 ― 아버지(テテ)다"라고 하는 부분도 있습니다. 다이묘의 후계자가 이런 말을 할까요. 대관절 "아버지(テテ)"라는 말은, 상류 계급 사람이 쓰는 말 중에 과연 있을지요.

그리고 이야기가 바뀌어 에도의 미타(三田) 시코쿠마치(四國町)의 목수 도자에몬(藤左衛門)의 일터가 나옵니다. 여기에서 한 가지 재미있다고 생각하는 것은, 제가 가치키 군의 이야기를 썼던 시절에 알기 쉽도록 미타의 시코쿠마치라고 써 두었지만, 실은 미타의 시코쿠마치라는 것은 없습니다. 시코쿠마치의 이름은 메이지 이후에 생긴 것으로, 거기에는 가고시마와 도쿠시마(德島), 고노미(許斐), 인슈(因州), 네 군데 번의 저택이 있었기 때문에 나중에 시코쿠마치라는 이름이 붙은 것입니다. 여기에도 정직하게 "에도의 미타, 시코쿠마치"라고 써 있는데, 실은 에도의 미타에는 시코쿠마치가 없었던 것입니다.

오유라는 목수 도자에몬의 딸로, 사쓰마의 영주님 나리오키의 총애를 받아 히사미쓰(久光)를 낳았습니다. 그러고 나서 오빠인 고토지(小藤次)는 오카다 고토지 도시타케(岡田小藤次利武)라고 칭하며, 안채의 일을 보는 관리가 되었던 것입니다. 그런데 여기에서는 오카타 고토지의 집안이 여전히 목수 일을 하고 있는 모양입니다. 저는 이 고토지에 대해, 가치키 군으로부터 어떻게 되었는지를 따로 듣지는 못했지만 상당한 녹봉을 받게 되면 자연히 목수를 하고 있을 리가 없지요. 하지만 여기에서는 여동생 덕분에 무사가 된 고토지가 여전히 목수 일을 하며 거기에 있는 것으로 나옵니다. 이 점은 꽤 흥미롭군요.

그보다 재미있는 것은 고토지의 집 앞을 후지하루(富士春)라는 샤미센 선생이 지나갑니다. 이 여자의 소문을 이야기하는 중에 "검약령(御儉約令)이 내리기 전까지는 말이지, 글쎄 허벅지까지 분을 바르고"라는 대목이 있습니다. 검약령이라고 하면 미즈노(水野)[15]의 덴포 개혁(天保改革)을 가리키겠지만, 애초에 교습소 선생이라는 사람은 깔끔한 모습이어야 한다는 것이 법도였던 것입니다. 에도의 여자가 허벅지까지 분을 바른다는 것은 안에이, 덴메이 무렵 거리의 여자에 대한 이야기겠지요. 최근의 댄서라든가 바의 언니 같은 이들이라면 모를까, 이 시절 에도의 여자 중에 그런 사람은 이미 없었습니다.

---

15 미즈노 다다쿠니(水野忠邦, 1794~1851). 에도 후기 막부의 로주. 덴포의 개혁을 기도했으나 강권적인 정치수단이 반발을 불러일으켜 실각했다. 이후 근신하여 은거함.

63페이지에 보면 센바 하치로타의 아들 고타로(小太郎)라는 자가 나리아키라로부터 하사받은 고세키 산에이(小関三英, 1787~1839)[16] 번역의 『나폴레옹전』을 읽으면서, 고토지의 집 앞을 지나갑니다. 도자마(外様)[17]의 오모테야쿠(表役)인 사이쿄가카리의 자식이, 군후의 후계자로부터 책을 하사받는 일이 있을 리가 없습니다. 또한 만약 하사받을 만한 신분의 사람이라서 하사를 받았다면 되도록 소중히 다루어야만 합니다. 길을 다니면서 읽는 일이 있을 리가 없지요. 군후로부터 하사받은 것이 아니라도 소중한 책을 걸어 다니면서 읽는 무례한, 버릇없는 사람은 없습니다. 그렇게 버릇없는 작자라면 책 따위를 읽지는 않겠지요. 이 부분은 도쿄의 서생 기질이 고스란히 드러나는군요. 그것도 요즘 서생 말입니다.

그러는 차에 이 고토지의 집으로 쇼키치(庄吉)라는 소매치기가 놀러옵니다. 그런 그에게 솜씨를 보여 달라고 하자 방금 앞을 지나간 젊은 사무라이, 즉 고타로의 인롱(印籠)[18]을 빼돌려 보여 주기로 합니다. 고토지가 한 냥을 상으로 걸 테니 훔쳐 내 보라고 말하고, 쇼키치가 고타로의 인롱을 훔치려고 합니다. 마침내 훔치려고 할 때 고타로가 이를 붙잡아 손목을 부러뜨리고 말지요. 이 사이의 대화라는 것이 꽤 재미있게 이루어져 있는데, 훔치다 실패한 쇼키치가 꽤나 위세 등등하게 욕을 합니다. 그 후 욕이 제법 길게 이어지며 손목이 부러졌는데 달아나지도 않습니다. "원래대로 해 놔라, 너 따위에게 얕보이고, 이대로 물러날 것 같으냐, 원래대로 고쳐 놓든가 죽이든가, 이대로는 움직일 수 없다 ―

---

16 에도 시대 후기의 의사, 난학자.
17 무가(武家) 시대, 가문 대대로 주군을 섬겨 왔다는 계보를 지니지 못한 가신.
18 도장·약 등을 넣어 허리에 차는 작은 통.

부러뜨리려면 모가지 뼈를 부러뜨려 다오"라는군요. 어지간히 별난 소매치기가 다 있구나 싶은데, 훔치다가 붙잡히고도 아직 허세를 부립니다. 이런 소매치기는 에도에 없었지요. 이 소매치기에 관한 내용이 제법 긴데요, 너무 어이가 없어서 뭐라고 할 말이 없습니다. 대체 소매치기를 뭐라고 생각하는 걸까요. 고토지란 놈이 쇼키치에게 가담하고 있는 거야 자기가 부탁해서 저지른 짓이니 그럴지도 모르지만, "자신의 말로 인해 한 사람의 명인을 망쳐 버린 점에 책임을 느꼈다"고 쓰고 있습니다. 이 '명인'이라는 것은 소매치기의 명인을 말하는데, 정말 어처구니가 없는, 바보 같은 소리를 썼군요.

그러고 나서 고타로가 고토지를 보고 뭐라고 하나 싶었더니 "고토지 씨(氏)"라고 합니다. 게다가 저자는 이러한 설명을 덧붙였습니다. "고토지에게 있어서 무사 신분이 된 것이 물론 만족스럽기는 했지만 오카다 도시타케라는 권위가 자신에게는 우스웠다. 그리고 자기는 우스웠지만 다른 사람으로부터 '도시타케 공'이라든가 '고토지 씨'라고 불리는 데에는 화가 났다." 경멸당하거나 냉소를 사는 것처럼 들렸다는 말인데, 작자는 이럴 경우에 "고토지 씨"라는 식으로 이름을 말하는 거라고 생각하는 걸까요. 그런 식으로 자신을 부르지 말고 "오카다라고 불러 주지 않겠냐"라고 했다는데, 무사가 되고도 아직 직공의 말투를 쓰고 있는가 생각하니 우습습니다. 이것은 아무래도 이렇지는 않았을 거라고 생각합니다. 타고나지도 않았는데 무사가 된 입신출세, 지극한 영광이라는 생각에 기뻐서 견딜 수 없었을 것이 분명하지요. 아무리 애를 써도 무사 행세를 하게 됩니다. 우스워 보일 정도로 거드름을 피웠겠지요. 오늘날에도 고등 문관 시험에 급제한 사람의 표정을 한번 보십시오.

고토지가 고타로를 향해 "너, 방금 그 사람의 손을 부러뜨렸군" 하며 다가옵니다. "그렇습니다 ─" 하고 대답하자, 거기에 대한 고토지의 말이 재미있습니다. "그렇습니다라니, 대체 어쩔 작정이냐. 인간에게는 우발심이라는 것이 있다. 우발심이란 ― 무심코 어슬렁거리며 솟아나는 마음이지. 안 그러냐. 그런데 손을 부러뜨리고 그냥 넘어가려고, 납득할 수 있도록 매듭을 지어다오, 매듭을 ― 매듭을 짓지 않으면 내가 큰 어르신께 부탁해서라도 그에 상응하는 일을 벌일 작정이다. 인간의 우발심이란 것은, 이런 날씨에는 어슬렁거리며 일어나는 법이다. 그런데 손을 부러뜨리다니 ―" 대체 이게 무슨 소리일까요. 이러면 소매치기는 우발심으로 인해 저질러도 괜찮은 일이 되는데, 아무리 에도 시대라도 그런 일은 없지요. 도둑질을 하다 들켜서 다친다. 그것을 큰 어르신에게 부탁하겠다는 말은 나리오키를 가리키는 것일 텐데, 아무리 여자에게 빠져 있는 영주님이라도 그런 말을 들어줄 리가 없습니다. 또 부탁을 드릴 수 있는 성질의 내용도 아닌데, 무슨 생각으로 이런 내용을 적었는지 전혀 알 수가 없군요. 소매치기라는 것은 나쁜 짓이 아니다, 해도 상관없는 짓이다라고 생각하고 있는 건지, 아무래도 이것은 작자의 심중을 이해할 수 없습니다.

그런 짓을 하고 있는 사이에, 고샤쿠시(講釈師)[19]인 난교쿠(南玉)가 등장합니다. 고토지와는 아는 사이이며, 고타로와도 얼굴은 알고 지내서 그가 "안녕하세요"라고 하자 고타로는 "여어" 하며 인사를 합니다. 설사 녹봉이 적다고 해도 센바 고타로는 사쓰마 번의 사무라이입니다. 거기에 대고 고샤쿠시가, 무턱대고 "안녕하세요"라는 인사와 함께 해후한다는 것은 무척 이상하지요. 전부터 알던 사이이기는 하지만, 이렇게 무례할 리는 없습니다. 또한 거기에 대고 고타로가 "여어"라는 말로 그냥

---

19 재담 예능에서 군키모노(軍記物)를 낭독하는 고샤쿠(講釈)를 업으로 삼는 사람.

넘어가는군요. 이런 일은 옛날의 사무라이들에 대해서도 모르고, 사무라이와 사무라이 이외의 사람과의 관계도 모르니 일어나는 거라고 생각합니다.

난교쿠는 고타로가 있는 오나가야(御長屋)[20]의 이웃인 마스미쓰 규노스케(益満休之助, 1841~1868)[21]의 집에 드나든다고 써 있습니다. 마스미쓰는 이 시기에는 에도에 나와 있지 않았다고 생각하는데, 마스미쓰가 나와 있었다고 설정해 놓았다면 그만일지도 모르겠군요. 그래서 다시 고토지 및 고타로가 티격태격하는 데에 구경꾼들이 모여듭니다. 그 구경꾼 뒤에서 "센바, 뭘 하고 있느냐. 간노스케 님이 돌아가셨다"라며 큰 소리로 외치는 이가 있습니다. 누군가 했더니 바로 마스미쓰였습니다. 군후의 손주가 돌아가신 것을 과연 이렇게 큰 소리로 말할 수 있을까요. 옛날의 군신주종의 관계에서 자신의 주군을 이 정도로 함부로 대했을까요. 길에서, 게다가 이러한 인파 속에서 아무 생각도 없이 큰 소리로, 항간의 사건이라도 이야기하듯 주군의 가문의 예사롭지 않은 일을 떠들어 댈 거라고 생각했던 것일까요.

84페이지에 이르면, 다시 후지하루가 나옵니다. 예전부터 마스미쓰가 교습소에 다니고 있어서 "엇, 규 씨 아니세요" "후지하루로군"과 같은 대화입니다. 긴반(勤番)[22] 사무라이 중에 교습소에 드나들던 이가 제

---

20 여러 호의 집을 한 채의 건물로 세워 연결한 집. 즉, 각 호(戶)가 같은 한 채의 건물 안에 서로 이웃하며 사는 것.
21 막부 말기, 사쓰마 가고시마 번의 무사. 1867년 사이고 다카모리의 명으로 이무타 쇼헤이와 더불어 에도 시중을 혼란시켰으나 막부군에게 붙잡혀 가쓰 가이슈에게 맡겨졌다. 이듬해 신정부군의 에도성 총공격을 목전에 두고, 막부의 사자 야마오카 뎃슈를 사이고와 만날 수 있도록 슨푸까지 안내했다.
22 에도 시대, 영주의 가신이 번갈아 에도의 영주 저택에서 근무하던 일.

법 있었다고는 하지만, 아무리 친하더라도 마스미쓰 규노스케쯤 되는 인물을 "규 씨"라고, 조닌처럼 대하는 것은 과연 어떨까요. 특히 변두리인 시바(芝)의 교습소라고 해도, 그곳의 선생이 "안 와 보실랍니까"라고 하는데 이건 어디 말일까요. 말을 다양하게 옮기지 않으면 될 것을, 아마 작가 자신이 시골 출신이겠지요. 엉뚱하게도 묘한 말을 옮겨 놓았습니다.

고타로와 마스미쓰가 걸으면서 이야기를 나눕니다. 그중에, 이것은 무척 긴 문구입니다만 이런 내용이 써 있습니다. "세키가하라 이래 80석이 아직도 80석이야. 그것도 괜찮지. 참을 수 없는 것은 가문의 격, 문벌─ 팔푼이건 얼간이건 가문이 좋고 문벌만 있으면 우리처럼 녹봉이 보잘 것 없는 이들은 그 앞에서 꿇어 엎드려 머리를 조아려야만 해. 향사(鄉士)니 종이를 뜨는 무사니, 농사꾼이니 하며 무시당하고 있지만, 기량적인 측면에서는 가문 안에서 누가 우리 젊은이에게 맞설까. 나는 꼭 영달을 바라지는 않지만 그런 치들에게 충분히 기량을 보여 주고 싶네"─ 아직 더 있지만 이 정도로 해 두지요. 대로변의 연설도 아니고, 터무니없는 기염을 길에서 토하고 있습니다. 마스미쓰라 하면 사이고와 어깨를 나란히 했다고까지 일컬어진 인물입니다. 그가 평범한 사무라이였다고 해도 그런 소리를, 한심하게도 길에 서서 큰 목소리로 이야기할 수는 없습니다. 하물며 이 정도로 포부가 있는 마스미쓰라면 주군의 가문의 중요한 일을 숨김없이, 이런 식으로 떠들어 댈 리는 없는 것입니다.

그런가 하면, 마스미쓰가 고타로를 향해 "내게 방책이 하나 있네. 어머님이 돌아오시면 알려 주게"라고 합니다. 이것은 간노스케 공의 간호로 저택에 가 있는 나나세가 불명예스럽게 돌아왔다는 점에 대해 말하고 있는 것인데, 작자는 남의 어머니건 자신의 어머니건, 어머니에 대해서는 "어머님"이라는 말 외에 다른 말을 모르는 것 같습니다. 지금까지 평범한 말을 써 왔는데, 갑자기 여기서 새삼스레 "어머님"이라고 하는군요. 하지만 그 직후를 보면 "어차피 하치로타가 한번 공을 세우기만 하면 그만이 아닌가"라고도 합니다. "하치로타"라는 것은 고타로에게는 아버지이므로, 아버지에게는 "하치로타"라고 하고, 어머니는 "어머님"이라고 부르는군요. 이런 일은 작자의 어휘가 빈곤하여 말을 잘 모르기 때문에 일어나는 일이니, 굳이 격식을 차려 말할 작정이라면 쌍방 모두에게 경어를 쓰는 것이 적당합니다. 이런 경우 뭐라고 해야 할지 작자가 모르니 이런 일이 벌어지는 거겠지요.

이번에는 센바의 집이 나오는데, 나나세가 돌아옵니다. 그것을 현관에 맞이하러 나온 고타로의 남매가 "어머님" 하고 말합니다. "현관"이라고 하는 것도 그런데, 현관이라는 것은 그냥 입구와 다르지요. 입구를 가리킬 거라면 굳이 현관이라고 말하는 것은 잘못입니다. 센바가 어느 정도 되는 집을 받았는지 모르지만, 현관에는 현관의 만듦새가 있으며 입구에는 입구의 만듦새가 있지요. 이것이 과연 어느 쪽인지는, 센바의 지위를 모르면 그 점도 알 수가 없습니다. 하지만 입구를 함부로 현관이라고 적으면 곤란하지요.

97페이지에 보면 생울타리를 헤치고 마스미쓰가 들어옵니다. 마스미쓰는 센바의 이웃에 살고 있다고 하는데, 그 앞에서 노랫소리가 들려오기도 합니다. 하지만 작자는 오나가야라는 것을 어떤 식으로 생각하고 있을까요. 그 어떤 경계도 없으며 생울타리 따위만 있지 출입구도 뭣도 없는 곳을, 아무리 친하다고 해도 드나들 수 있을 거라고 생각한 것일까요. 첫째로 오나가야에 정원이 있었다는 얘기조차, 저는 들어 본 적이 없습니다.

마스미쓰에 대해 센바의 자식이 "숙부님"이라고 말합니다. 이것도 과연 이런 말을 썼을까요. 96페이지에 보면, 이번에는 마스미쓰가 "그것은 — 말이다, 고타, 말하지 않는 것이 제격인 바. 숙부님, 젊은이에게 맡겨 주시지 않겠습니까"라고 합니다. 여기서 "숙부님"은 센바를 가리키는 것으로, 이 뒤에도 내용이 더 있습니다. 민간에서는 젊은이가 연배가 높은 이에 대해 "삼촌" 운운하지만, 민간과는 띠를 매는 법까지 다를 수밖에 없는 무사의 생활은 그런 부분마저 같지 않을 터입니다.

100페이지를 보면, 고타로가 "나리오키 공께서"라고 하는데, 하치로타가 "경망스레 입에 올릴 존함이 아니다. 삼가거라" 하며 질타합니다. "경망스레"가 아니라 주군의 존함은 가신들이 결코 입에 담아서는 안 되었습니다. 그런데도 그 다음에 마스미쓰가 주쇼 쇼자에몬(調所笑左衛門)이라는 가로의 얘기를 꺼내며 — 여기에서는 주쇼(ヂユウシヨ)라고 가나가 달려 있지만, 과연 그랬을까요. 저는 사이쇼(サイシヨ)라고 들었습니다 — "본국에서는 몰라도 에도의 중역, 그 외에도 중요한 인물들이 아마 나리아키라 공을 기꺼워하지는 않을 것이야"라고 말합니다. 이러면 영주님의 존함을 입에 담는 것은 안 되지만, 후계자의 존함은 말해도 괜찮다는 얘기가 되지요. 주군의 가문의 존함은 어린 시절이나, 둘째나 셋째 아들일 경우를 제외하면 말하지 않는 것이 상례라고 생각합니다.

여기에 다시 고샤쿠시 난교쿠가 나와서 — 이 자는 이웃의 마스미쓰의 집에 있는 모양입니다만 — 혼자서 뭐라고 떠들고 있는 것을 듣고, 센바의 딸이 "난교쿠 씨?"라고 말합니다. 요즘 세상과는 달리 이 시절에 사무라이의 딸이 고샤쿠시 따위를 모모 씨라고 부를 리가 없지요.

그리고 또 어처구니가 없어서 말이 안 나오는 대목이 있는데, 마스미쓰가 이런 소리를 합니다. 자신과 고타로에게 계책이 하나 있는데, 나나세 님은 오사카에 가서 사이쇼의 동태를 살필 생각은 없는가. 그러자면 딸인 쓰나테 님도 함께 가야만 한다. 둘이서 중임을 맡아 주지 않겠는가 하고 말하는데, 그 중임이란 어떤 일인가 하면 정조를 버리는 것이라고 하는군요. "경우에 따라서는 주쇼의 첩이라도 되는 것입니다. 또한 때에 따라서는 마키의 자식과도 통정하는 것이지요" ― 이런 소리를 하고 있습니다. 이런 말은, 아무리 친한 사이라도 그 어머니며 딸에게 직접 할 소리가 아니지요. 그런데 아무 생각도 없이 이런 이야기를 하는 것은 어찌 된 일일까요. 마스미쓰와 같은 사람이 아니라, 그 어떤 사람이라도 젊은 아가씨에게 "조쇼의 첩이라도 되어라", "마키의 자식과도 통정하라" 같은 소리를 해서는 안 됩니다. 그런 밀담을 나누는 경우라면, 자연히 밀담을 나누는 방법도 따로 있을 터입니다. 센바는 그것을 듣고 마스미쓰가 하는 말에 일리가 있다고 하는데 대체 무슨 일리인지, 이 부분은 전혀 말이 안 되는군요.

107페이지에 보면 또 이야기가 바뀌어서, "도키와즈 후지하루(常盤津富士春)는 도키와즈[23] 외에도 유행가도 가르쳤다." 뭐, 세상에 희한한 일이 다 있는 법이겠지만, 아무튼 교습소의 선생이 유행가를 가르친다는 것은 들어 본 적이 없습니다. 반쯤 농담 삼아 유행가를 연주하거나 부르는 일이 없지야 않겠지만, 가르치는 일은 없을 것 같군요. 대체 교습소를 뭐라고 생각하는 건지, 선생이란 것이 어떤 사람인지, 시골 작가에게 물어보는 것도 바보 같은 이야기입니다. 여기에 그 가르친다는 유행가가 적혀 있는데,

비단의 금란(金襴), 당초 문양이로구나
말은 밤색 털에, 금으로 만든 안장
그거 참 멋진 젊은이로다

---

23 샤미센 음악의 일종.

아무래도 이상야릇하군요.

여기에서 또 난교쿠가 나옵니다. 난교쿠는 고샤쿠시이지만, 여기서 떠드는 것을 보면 마치 술자리의 광대 같습니다. 쓰는 말도 무척 촌스럽고요. 이것으로 작자가 도쿄 사람이 아닌 것을 잘 알 수 있습니다. 뿐만 아니라, 오늘날의 고샤쿠시라도 광대나 라쿠고카(落語家)와는 다릅니다. 하물며 에도 시대에는 상당한 차이가 있었지요. 하지만 이 작자는 고샤쿠시가 어떤 존재인지 알지 못합니다. "8문이나 되는 돈을 내고, 누가 네 고샤쿠 따위를 듣겠느냐"라고 하는 대목도 있는데, 덴포 개혁 시절에 8문만 내면 고샤쿠를 들을 수 있다고 생각할 만큼 작자가 물정을 몰라도 괜찮나 싶습니다.

110페이지에서 마스미쓰가 교습소에 들어오자, 거기에 있던 한 사람이 "여어" 하고 말합니다. 마스미쓰는 어쨌든 무사입니다. 아무리 교습소에 다니면서 편한 사이가 됐다고 해도 "여어"라는, 시정의 젊은이들이 친구를 대할 때나 꺼낼 소리를 하지는 않겠지요. 그러고 나서 젊은 녀석들의 이야기 속에 "그야 소매치기와 도둑은 다르걸랑요, 쇼키치 같은 놈은 시원스럽고, 멋을 아는 사내이지요. 그 녀석의 손을 부러뜨리다니, 불쌍하게도"라고 하는 내용이 있습니다. 앞의 고타로의 이야기에 대해, 여기에서도 소매치기를 동정하고 있군요. 소매치기와 도둑은 다르다고 하는데, 에도에는 그런 생각을 하는 이가 없었을 터입니다. 어째서 이런 터무니없는 내용을 쓰는지, 작자의 마음을 모르겠습니다.

그 바로 뒤에 "연습장의 사람들이 나왔다"라고 쓰여 있는데, "연습장"이라고 하면 무슨 스모 도장처럼 들립니다. 교습소라고는 하지만, 연습장이라고는 하지 않지요. "야마네코(山猫)를 사러 갈 때에는 이게 그만이다"라는 말도 나옵니다. 마스미쓰가 더러운 기모노로 갈아입고 칼도 놓고 나갈 때 하는 말입니다만, 야마네코라는 사창이 있었던 것은 옛날

이야기로, 아카기(赤城) 언저리가 사창가였던 것은 이 시대로 치면 60~70년도 전입니다.

그리고 재미있는 것은 이 교습소에 "부탁함세"라고 말하면서 오는 사람이 있습니다. 그것이 바로 고타로였습니다. 교습소 같은 곳에 "부탁함세"라고 말하며 들어오는 이는 없지요. 교습소라고 하면 당연히 작은 집이고, 격자를 열면 바로 사람이 있어서 안내를 부탁할 필요도 무엇도 없습니다. 그리고 또 하나 놀라운 것은, "격자가 열려 있어서 후지하루도 사람들도 큰 초롱의 어슴푸레한 그림자 아래에 선 사람을 바라보았다"고 써 있습니다. 교습소라는 곳은 격자를 열면 바로 거기가 도마(土間)[24]이며, 도마 위에 예명을 쓴 ― 여기라면 '도키와즈 후지하루'라고 하는 ― 초롱이 달려 있습니다. 그것은 당연한 일인데, 커다란 초롱 같은 것이 입구에 있을 리가 없지요. 작은 초롱입니다. 이 작자는 교습소라는 것도 뭔지 모르는 것처럼 보이네요.

마스미쓰와 고타로는 여기를 나서,[25] 조조지(增上寺) 절의 울타리를 따라 오나리몬(お成門) 쪽으로 걸어갔습니다. 어두운 가운데 "이보오, 놀다 가오"라는 여자의 목소리가 들립니다. "가오"도 이상한 말입니다. 에도라고는 생각할 수 없군요. 시바의 경내에서 매춘부가 나왔다는 이야기도 들어 본 적이 없습니다. 아타고시타(愛宕下)는 사창가였다고 하지만, 이것은 처음 들어 보네요.

그러고도 이상한 것은 "나리아키라는 다망했기에 미타의 번저에 있지 않고, 사이와이바시고몬(幸橋御門) 안의 저택 ― 원래의 화족회관 ―

---

24 집안에서 바닥을 깔지 않고 지면 그대로이거나 또는 회삼물(灰三物)로 되어 있는 곳.
25 도쿄도 미나토구 시바 공원에 있는 정토종의 대본산.

에 기거하고 있었다"고 써 있습니다. 저것은 유명한 사쓰마의 쇼조쿠야시키(裝束屋敷)[26]로, 류큐 사람이 에도에 나올 때 그리로 데리고 와 그곳에서 시마즈 가문과 함께 등성합니다. 거기에는 늘 영주님이건 누구건, 번의 후계자 같은 사람은 머무른 적이 없다는 얘기만 들었군요. 나리아키라가 무슨 일로 바빴는지는 모르겠지만, 미타에 없고 쇼조쿠야시키에 있었다니요. 무슨 영문인지 모르겠습니다. 또한 다이묘의 후계자라는 것은, 그렇게 바쁜 사람이 아닙니다. 이것은 나리아키라가 무척 훌륭한 사람이었으니 그리 생각했는지도 모르지만, 아무리 훌륭해도 다망할 일은 없습니다. 또한 다망하다고 해서, 있어야 할 저택에 있지 않고 바깥의 저택에 머무는 경우도 물론 없지요. 이 무렵의 대관들이 곧잘 별장에 들어가곤 했으니 이런 생각을 떠올린 게 아닌가 싶습니다.

그 쇼조쿠야시키에 마스미쓰와 고타로가 하인 차림을 하고 와서, 밤늦게 문을 열라 합니다. "밤중에 죄송합니다. 쇼소 님께 급한 용무가"라고 말하며 문감(門鑑)[27]을 꺼내서 보여 주고 지나갔다고 나옵니다. "쇼소 님"이라는 것은 가로 이카리야마 쇼소(碇山將曹)를 가리키는데, 하인들이 가로의 이름을 말하는 것은 당치 않은 이야기지요. 그런 일은 있을 리가 없습니다. 또한 가로의 자리에 있는 이가 어째서 번저에 있지 않고 이런 곳에 와 있을까요. 이것도 있을 수 없는 이야기입니다.

그러고 나서 마스미쓰가 초롱을 불어서 끄고 "나카이마(中居間) 쪽으로 다가갔다"고 쓰고 있습니다. 나카이마는 어디를 말하는지 모르겠군요. 그 바로 뒤에는 "오이마(大居間) 쪽으로 다가갔다"고도 합니다. 그

---

26 훗날 외빈이나 외교관을 접대하고 숙박하게 하고자 일본 제국 메이지 행정부가 1883년 도쿄에 2층 규모로 건축한 사교장인 로쿠메이칸(鹿鳴館)의 대지가 되었다.
27 문의 출입을 허가하는 출입증.

리하여 두 사람이 오이마의 툇마루 아래로 들어가게 되는데, 이러면 문만 지나면 바로 툇마루로 숨어들 수 있는 것처럼 보입니다. 다이묘 저택에서 그런 영문 모를 방식으로 건물을 짓는 곳은 없지요. 아무리 쇼조쿠야시키, 거의 쓰지 않는 저택이라 해도 툇마루 아래로 바로 기어들 수 있도록 꾸며 놓은 곳은 없을 것입니다. 쇼조쿠야시키의 그림도 없지는 않지만, 작자가 과연 그런 것을 본 적이 있기나 한지 물어보고 싶은 기분이 드는군요.

이 뒤를 보면, 두 사람은 툇마루 아래로 기어 들어가, 간노스케 공의 병실 아래에 저주의 인형이 있는 것을 파내어 들고 오게 됩니다. 무릇 세상에 상식을 벗어난 일이 있다지만, 이런 짓을 하고 있는 것을 저택에서 아무것도 모르고 있다는 것은 이상하기 짝이 없습니다. 이러면 문감을 확인할 필요도 없을 텐데, 돌아갈 때 문감은 어떻게 됐을까요. 사람이 어떻게 드나드는지를 알기 위해 들어갈 때 문감을 건네고 돌아갈 때는 받아서 가는 것이 당연한데, 사쓰마 번에서는 그렇게 하지 않았을까, 그것도 모르겠군요. 이것을 보면 나리아키라가 여기에 와 있을 뿐 아니라, 간노스케 공도 여기에 와 있는 것처럼 쓰여 있습니다. 병자까지 평소에 쓰지 않는 쇼조쿠야시키로 데리고 온 모양인데, 이것은 대체 어떻게 된 일일까요.

중(中)

117페이지 부분에 시마즈 가문의 기도소가[28] 고야산(高野山)에 있다

---

28 와카야마현 북동부에 있는 1000m 전후의 산으로 둘러 싸인 진언종의 영지(靈地).

는 이야기가 나옵니다. 거기에 "시마즈 가문이 궁핍하기 이를 데 없을 때 기당금(祈堂金)을 내려 주지 않았더라면" 운운하는 내용이 쓰여 있는데 "기당금"이라는 것은 없었던 말입니다. 어디서부터 잘못되어서 그런 말을 하는 걸까요. 이 고야산에 있었던 일이라는 것은 가치키 군의 이야기 속에도 나오는데, 시마즈 이에히사(島津家久, 1576~1638)[29]의 목상을 스님이 툇마루 아래에 숨겨 두었던 것을, 야마다 이치로에몬(山田一郎右衛門)이라는 사람이 절의 툇마루 아래에서 찾아냈던 일입니다만 그 안에도 '기당금'이라는 말은 없습니다.

126페이지에 보면 "도련님의 병실 아래"에 "저주의 증거품"이 있었다, 그것을 들고 왔다는 이야기가 나옵니다. 툇마루 아래에 아무렇게나 거침없이 기어들어가, 어디가 병실인지 알아냈다는 것은 정말 희한한 이야기라고 생각합니다. 그리하여 이 저주의 증거품이라는 것이 어떤 것인가 하면, "애벌구이를 한 토우"입니다. 거기에는 한 줄로 "시마즈 간노스케, 향년 4세"라고 쓰여 있고 "그 주위에 깨알 같은 범자(梵字)가 완전히 간노스케를 에워싸고 있었다"고 하는군요. 가치키 군도 토우를 얻었다는 이야기는 했습니다. 하지만 거기에 "시마즈 간노스케 향년 4세"라고 쓰여 있었다는 것은 전혀 없는 얘기입니다. 보통 일반적인 저주 인형이나, 가지 기도(加持祈禱)[30] 등을 할 때는 대개 이름은 쓰지 않고, 간지 — 호랑이니 소 같은 것과, 나이가 몇 살이라는 것, 남성이냐

816년 구카이(空海)가 진언밀교(真言密教)의 근본 도장으로 하사받아 나중에 진언종의 총본산인 곤고부지(金剛峯寺) 절을 창건하였다.

29 아즈치 모모야마, 에도 초기의 무장. 사쓰마 번의 초대 영주가 되어 류큐를 귀속시켰다.

30 부처의 힘을 신자에게 더해 유지하도록 하는 기도를 '가지(加持)'라고 하는데, 이와 함께 쓰이는 말.

여성이냐를 쓰는 정도이지, 이름을 분명히 쓰는 일은 모든 기도에서 하지 않는 일입니다.

그리고 149페이지, 여기에서 겐파쿠사이가 하는 말에 "애초에, 병도의 극비는 대의의 크고 작음에 따라 행하는 것이 아니다"라는 것이 있습니다. "대의의 크고 작음"이란 무슨 뜻일까요. 정말 영문을 알 수 없는 소리를 하는군요. 애초에 대의명분이라는 말은 이 작자 같은 사람이 이해할 만한 바가 아닙니다. "대의의 크고 작음"이라는 말은 본 적도 들은 적도 없네요. 여기에서 처음 뵈었습니다.

이 겐파쿠사이라는 인물은 실제로 있었던 사람이 아니니 작자가 꾸며 낸 것이겠지만 어쨌든 이상한 인간으로 묘사되어 있습니다. "설령 어떠한 일이라도 불의에 가담하지 않는 것이 우리의 도(道)로 알고 있다"라고 말하는가 싶더니, 군후의 손주를 저주하는 마키는 자신의 사랑스러운 제자이니, 나쁜 짓을 하더라도 벨 수도 없거니와 처분할 수도 없다고 하는군요. 그저 괜스레 걱정하고, 뭐라고 말을 하거나, 뒤를 밟아 보는 등 어지간히 괴이한 사내로 그려져 있습니다. 이렇게 아리송한, 영문을 알 수 없는 겐파쿠사이의 심정을 여기에 써 놓았는데, "나리아키라 공을 — 아니, 나리아키라 공을 저주하지 않더라도 어차피 히사미쓰 공을 후계자로 삼고자 하는 것이 큰 어르신의 심산이렷다. 번의 여론을 생각하자면 이것이 대세일 터. 하지만 만약 이것이 대세라 해도 간노스케 님을 잃는 일은 불의나 다름없다" — 이런 소리를 하고 있습니다. 정처 소생인 나리아키라는 저주하고 측실 소생인 히사미쓰를 후계자로 삼기 위해 그러한 비상수단을 취하는 일이, 번의 여론이라면 상관없다는 얘기가 되는 걸까요. 우선 이 점을 이해할 수가 없습니다.

그것은 일단 차치하고, 번 하나가 그런 꼴이 되어 있다지만 그럼에도 간노스케를 잃는 일은 불의나 다름없다고 하는 것은 무슨 소리인지 전혀 이해가 안 갑니다. 나리아키라를 저주하는 것은 번 전체의 논의라서 어쩔 수 없다. 그렇지만 간노스케를 잃는 것은 불의나 다름없다, 라는 게 무슨 의미일까요. 나리아키라를 저주하는 것도 불의이며 간노스케를 죽이려 하는 것도 불의이니, 불의에 아무런 차이도 없습니다. 그것은 대세이니 어쩔 수 없지만, 이것은 불의나 다름없다는 식으로 둘로 나누어 말할 성질의 것이 아니지요. 겐파쿠사이는 어지간히 이상한 작자로, "한쪽이 다소 가볍다고 해도 불의는 불의인 게야" 같은 소리도 합니다. 내가 마키라면 배를 갈라서라도 명령에 따르지는 않을 것이다 같은 소리도 합니다. "이것이 만약 나리오키 공의 뜻이라 해도 주군으로 하여금 그 손주를 잃게 만드는 불의를 저지르도록 하고 묵과하는 죄는, 더할 수 없이 크다"라고도 하는데, 결국 이 사내가 하는 말은 무슨 소리인지 조금도 알 수가 없습니다.

그리고 155페이지를 보면, 불의에 가담한 마키를 벨 작정이었으나 "마키, 나는 너를 벨 수 없다, 병도의 흥망보다도 네가 더 가엾구나" — 이렇게 말합니다. 병도라는 것은 정의가 아닌 일에는 사용하지 않는 법이다 같은 소리를 하며 어깨에 힘을 주는가 싶더니, 병도 따위야 어떻게 되든 네가 불쌍하다고 하니, 이 영감님 아무래도 영 이상합니다.

160페이지를 보면, 젊은 사무라이의 말 중에 "마키 공에게, 어째서 고세이시(御世子)를 저주하셨는지? 그 대답을 들려주십시오"라는 내용이 있습니다. "고세이시"라는 말은, 누구도 쓸 리가 없습니다. 염려스러울 정도로 경의를 잃어버린 말을 쓰는가 싶더니 한편으로는 무턱대고 묘한 곳에 '고(御)' 자를 붙이고 싶어 하는데, 세이시라면 세이시로 족합니다.

그리고 나서 충의로운 사무라이인 이케가미(池上)라는 사람이 니로(新納)의 처소에 불려 가는 대목에서, 니로의 가신이 하는 말 중에 "여기서 다투면 곤란하다. 주군이 기다리고 계시니"(170페이지)라는 내용이 있습니다. 이것은 가로의 부하가 자신의 주인을 가리키는 말인데, 번사(藩士)는 지위가 낮다 해도 영주 직속의 가신이며 니로의 가신은 신하의 신하이니 직접 시마즈 가를 섬기는 자를 두고, 아무리 자신의 주인이 가로라고 해도 "주군"이라고 부를 리가 없습니다. 사무라이의 지위라는 것을 모르니 이런 일이 생기는군요.

마찬가지의 예입니다만, 니로가 두 사람을 그곳으로 들여보내라고 지시합니다. 그러자 니로의 가신이 "분부하셨다. 들어가 보도록 하라"고 합니다. 이것도 군신의 관계라면 '분부'로 족하지만, 한쪽이 가로이므로 지위의 차가 있기는 해도 신하라는 입장은 마찬가지이니 '분부'라는 말을 쓸 까닭이 없습니다. 사쓰마뿐 아니라 어느 번에서도 영주를 직접 섬기는 자와 가신의 가신은 격식에 큰 차이가 있습니다. 녹봉에 대해서만 말해 보자면, 주군의 가신이라도 녹봉이 낮은 이도 있으며 가신의 가신이라도 직속 가신보다 한층 높은 녹봉을 받는 이도 있지요. 하지만 가신의 가신과 직속 가신은 격식이 크게 다르므로, '주군'이니 '분부' 같은 말은 아무리 지위의 차이가 있어도 같은 신하들 사이에서는 쓰지 않는 법입니다. 이런 일은 무사의 생활을 고려할 때 가장 필요한 일이며 또한 이런 일 없이 무사의 생활은 생각할 수 없는 것입니다.

이 두 사람의 사무라이에 대한 니로의 말이라는 것이 너무 심합니다. "나리아키라가 미천한 이들, 젊은 무사를 아끼는 마음은 잘 알았다. 기회가 있으면 니로가 감복하고 있다고 전해 다오"라고 180페이지에 나옵니다. 니로라는 이는 가로인데, 가로가 후계자인 나리아키라에 대해 "나리아키라가 미천한 이들, 젊은 무사를 아끼는 마음은 잘 알았다"라며 거만한 소리를 늘어놓고 있으니 큰일입니다. "니로가 감복하고 있다고 전해 다오"라는 말은 대체 무슨 소리일까요. 주인의 후계자에게 지배인이 이런 말을 쓰는 경우는 상인의 집에서도 없는 일입니다.

182페이지에 보면, 가로인 이카리야마 쇼소가 이상한 노래 같은 것을 부르면서 "검게 칠한 도코노마의 기둥에 기대어" 있습니다. 그 옆에는 나리오키의 소바야쿠(側役) 이주인 이오리(伊集院伊織)가 있군요. 소바야쿠라는 것은 어떤 직책인지, 사쓰마에는 있었는지 어떤지 모르겠지만 그 소바야쿠 앞에는 오카다 고토지가 정좌를 하고 유행가를 부르고 있습니다. 이것은 대체 무슨 연회인지 도무지 모르겠습니다. 하지만 어쨌든 가로님 앞에서 고토지가 유행가를 부르고 있는 것이죠. 그러한 노래를 들은 쇼소가 "세간의 물가가 나쁘다고 하는데, 노래만은 잘도 유행하는구나"라고 말합니다. "물가가 나쁘다"는 말은 무슨 소리일까요, 물가가 높다고 하는 말은 들어 봤지만, 물가가 나쁘다는 것은 모르겠군요. 새로운 말일지도 모르지만, 영문을 알 수 없는 소리입니다.

거기에 나고에 사겐타와 센바 하치로타 두 사람이 나와서, 밀담을 아뢰고 싶다며 사람을 물리쳐 줄 것을 부탁한다고 합니다. 쇼소는 딱히 사람을 물리치지 않아도 괜찮다, 고토지가 있을 뿐이다 하며 이야기를 듣고자 합니다. 그러자 이들이 저주 인형을 꺼내어 그 사실을 호소합니다. 그 상자를 열어 본 바 "고초난사마(御長男様, 간노스케를 일컬음)를 저주한 인형이라고 생각합니다만 —"이라고 하는 대목이 있습니다. 이럴 때 "고초난사마"라는 말이 나올 리는 결코 없습니다. 이것은 예의 마루 밑에서 센바가 손에 넣은 토우를 말하는데, 이 또한 어떤 경위로 그것을 얻었으며 어디에서 얻었는지와 같은 곡절을 도무지 이해할 수가 없군요. 설령 아무리 충의롭다 해도, 센바나 마스미쓰가 병실의 아래로 들어가 파헤쳤다고 하는 사실을 말하는 것은 도리가 아닙니다. 적절한 도리가 아니라면 설사 얻었다 해도 공공연히 꺼내어 놓을 수 없는 것이라는 사실쯤은 알고 있을 터입니다. 그렇게 뻔히 알 것을, 마스미쓰도 고타로도 모르고서 마치 도둑과 같은 짓을 저지른 뒤 그것을 공공연히 호소하러 나왔습니다. 이렇게 터무니없는 일은 도저히 있을 수 없지요. 이 점에 대해서는, 제가 가치키 군의 이야기를 한바탕 써 두었으니 그것을 보시면 알 것입니다. 이 부분은 괜히 건드려서 도리어 이상하게 만들고 말았군요.

그 뒤를 이어 나고에의 말 중 "히메사마(스미히메를 가리킴)부터 고초난사마까지, 세 분 모두 기괴한 죽음을 맞이하신 것은" 운운하는 내용이 있습니다. "고초난사마"를 쓰면 안 된다는 말은 앞에서 했지요. "히메사마"라는 말도 좀 더 낮은 곳에서 하는 말이니, 고쿠슈다이묘(國守大名)[31] 쯤 되면 이미 "히메사마"라고는 말하지 않을 터입니다. "기괴한 죽음"이라는 데에 이르러서는, 도저히 돌아가신 주군의 자제에 대해 할 소리가 아닙니다. 말조심도 할 줄 모르는 사무라이를 그리고 있군요.

193페이지에 보면, 지금의 쇼소가 있는 곳으로 나리오키가 나옵니다. 여기에 "건너오신 모양이다 ―"라고 쓰여 있습니다. 군후가 행차하는 것을 "건너오다"라고 하는 것이 이상하다는 점은 앞에서도 이야기했습니다. 그 영주님이 행차한 방이라는 곳이 아까부터 미심쩍게 여겼던, 즉 쇼소가 도코노마 기둥에 기대어 노래를 듣고 있었던 곳인데 거기에 하치로타가 있어 "쇼소 공"이라고 부릅니다. 이것은 이카리야마 쇼소라는 가로의 이름인데, 사쓰마에서는 가로가 여럿 있고 그들 각각이 영토를 하사받았습니다. 쇼소가 하사받은 영토의 지명을 부르고 있었던 것 같습니다만, 아래의 사무라이가 "이카리야마 씨"라든가 "쇼소 공"이라고 말하는 경우는 없었던 모양입니다. 가로가 되면 같은 가신이라도 상

---

[31] 에도 시대에 한 지방 이상을 영유한 다이묘.

당히 대우가 다릅니다.

그리고 나서 또 쇼소가 "이주인, 이놈들을 내보내라"고 합니다. 센바, 나고에 두 사람을 내보내라고 명한 것인데, 아무리 아랫사람이라 해도 칼 두 자루를 찬 무사를 향해, 가로의 지위가 높다고 해서 이 정도로 천박한 말로 부르지는 않을 터입니다. 그러한 쇼소의 목소리는 떨리고 있었다, 라고 합니다만 맞은편을 보더니 "2, 3촌 틈새가 열린 후스마를 통해 안쪽의 모습이 보였다"고 합니다. 쇼소가 노래를 듣거나 하치로타가 호소하던 방이라는 것은 한 칸으로 된 방이 아니어서, 후스마가 열린 틈새로 저편의 모습이 보입니다. 거기에는 "60에 가까운 당주 시마즈 나리오키가 웃으면서 사방침에 손을 얹고 앉아, 쇼소의 목소리에 이쪽을 바라보고 있었다"라고 하는 걸 보니, 조금 전 건너오셨다고 할 적에 후스마 하나를 사이에 둔 옆방까지 영주님이 와 계셨던 것 같습니다. 그리고 "그 옆에 어둑어둑한 방 안에서 부각되어 보이는, 짙게 화장을 한 오유라가 시녀를 거느리고 서 있었다"라고 써 있습니다. 후스마 하나를 사이에 둔 저편에 영주님이 와 계셨을 뿐 아니라, 오유라까지 있었던 모양입니다. 이 방이라는 것은 안채인지 바깥채인지 전혀 알 수가 없네요. 후스마 하나를 사이에 두고 저편이 영주님의 방, 그 옆이 가로가 있는 방이라고 하는 조잡하고 이상한 구조는 어느 다이묘 저택에 가더라도 볼 수 없습니다. 첫째로 바깥채인지 안채인지부터 알 수가 없어요. 안채라고 한다면, 가로는 늘 주군 곁에서 일하는 것이 아니고 또한 가로가 안채로 들어가는 일도 잘 없지요. 만약 들어가는 일이 있다고 해도 도코노마 기둥에 기대어 유행가를 듣고 있는, 그런 무례한 일이 주군의 바로 옆에서 일어날 수는 없습니다. 게다가 오유라나 시녀까지 나온다고 하는 이상야릇한 방은 어디에도 없습니다. 이것은 시마즈 가문이 아니더라도 어느 다이묘든 마찬가지입니다. 이런 대 다이묘가 아니더라도, 중간 정도의 다이묘의 저택 도면 하나만 보면 바로 알 수 있습니다. 이런 식으로 묘사하면 마치 하숙집 2층 같은 구조이지요.

영주님의 얼굴이 후스마 사이로 보였습니다. 그때 이주인이 "물러가거라" 하며 센바에게 말합니다. 쇼소가 "이놈들을 내보내라"고 명했으니 저렇게 말했겠지요. 이런 말이 들리기에 나고에가 고개를 들자 영주님의 존안이 보였습니다. "나고에가 납작 엎드렸다. 센바도 바로 엎드렸다"라고 쓰고 있습니다. 이 센바는 메미에 이하의 신분인 모양입니다. 만약 메미에 이하인 자가 영주님의 존안이 보이는 곳에 나선다면 어떻게 될까요. 영주님이 계시는 방 근처에, 메미에 이하인 자는 결코 가지 않습니다.

두 사람이 납작 엎드리자 영주님이 "쇼, 무슨 일이냐" 하고 말을 거십니다. 이 영주님도 어지간히 이상한 분으로, 가로를 이름 한 글자로만 부르고 계시는군요. 쇼소를 반쪽 이름으로 부르는 것은 보기 드문 일입니다. 그러자 "쇼소는 후스마를 열고 들어가면서 '지금 아뢰겠나이다' 하고 앉아, 손을 뒤로 돌려 후스마를 닫았다"고 하는데요. 후스마를 열고 들어가면서 영주님에게 대답을 하다니 별 무례한 가로가 다 있군요. 방에 들어가 손을 뒤로 돌려 후스마를 닫는 것도 경박하지만, 방이 좁은 모양인지 곧바로 닫힌 듯합니다. 이런 후스마 사이로 이야기를 나누는 군신 사이라는 것도 어지간히 보기 드문 존재이지요. 연극에 나오는 마님들이야 영주님이 뭐라고 분부하는 것을 바로 듣고 달려가는 모습을 보이는데, 이것도 그런 식입니다. 이런 패들에게는 많은 말을 들려 줄 필요가 없어요. 다이묘 저택의 도면을 보여 주는 것이 제일 빠르겠지요. 임시변통에 능한 인간이란, 만사를 자기의 생활에서 도출하여 생각하니 아무래도 이렇게 되는 법입니다.

196페이지에 보면, 요코메쓰케(橫目付)[32]인 요쓰모토 기주로(四ツ本喜

十郎)라는 인물이 나리오키의 방에서 후스마를 열고 나옵니다. 사쓰마에는 '요코메(横目)'라는 직함은 있었습니다. 이것은 여러 다이묘 밑에도 있는데, '요코메쓰케'라는 것은 없습니다. 요코메라는 직함은 매우 낮은, 아시가루(足軽)[33] 정도의 존재입니다. 그런 이가 어째서 주군의 곁에 있을 수 있을까요. 메쓰케라면 주군 곁에도 나서지만, 시종 주군의 곁을 따라다니지는 않습니다.

그 뒤에 "고토지는 부채를 탁탁 쳐서 소리를 냈으나, 일어서서 복도로 나갔다"고 쓰고 있습니다. 제후의 곁에서는 아무리 벼락출세한 오유라의 오빠라도 이런 짓을 할 수는 없을 것입니다. 부채를 탁탁 치고 있다니, 주군의 옆에 나서서도 조금도 행실을 다스릴 줄 모르는군요.

그러고 나서 지금까지 나리오키가 있던 곳이 어떤 곳인지 생각해 볼 때, 나리오키의 방에서는 낮은 이야기 소리가 누구의 것인지도 알 수 없는 채 흘러나왔다고 하는 대목이 쓰여 있으니 지금 있는 곳이 아무래도 영주님의 방인 것 같습니다. 그렇다면 영주님의 방 바로 옆에 쇼소가 있었던 셈인데, 영주님과 후스마 하나를 사이에 둔 곳에서 유행가를 부르거나 도코노마에 기대어 있었다고 하는 것은 참으로 기괴합니다. 영주님의 방 바로 옆에 도코노마가 딸린 방이 있다는 것도 도저히 상상할 수 없는 일이고요. 그 바로 앞부분에 "요쓰모토는 그대로 다시 돌아, 무릎걸음으로 쇼인(書院)[34]에 들어갔다"고 하는 내용이 쓰여 있는데, 쇼

---

32 무가 시대, 무사들의 거동을 감찰하고 비위사실을 탄핵하는 임무를 맡았던 직책.

33 평상시에는 잡일에 종사하고, 전쟁 시에는 보병이 되는 사람. 센고쿠 시대에는 활·철포 훈련을 받아 부대를 조직했으며, 에도 시대에는 최하위 무사가 되었다.

34 서재. 처음에는 사원 안에서 독서를 하거나 강의(講義)를 하는 장소를 가리켰고, 무로마치 시대 이후 무가(武家), 공가(公家)의 저택에서 거실 겸 서재를 말한다.

인이라면 안채에 있을 까닭이 없습니다. 바깥채인데, 바깥채에도 그런 방이 있을 리가 없습니다. 또한 바깥채라면 오유라 같은 여자들이 그렇게 줄줄이 나와 있을 리도 없고요. 나리오키의 방에서 이야기 소리가 들렸다고 한 뒤에 "담뱃대를 두드리는 소리가 조용한 쇼인 안에 울리고 있었다"라고도 써 있습니다. 이 쇼인에서 담배를 두드리는 것은 누구일까요. 이러면 영주님이 두드린 것처럼 들리지요. 거기에 오유라가 있다고 하는 점을 보면 사쓰마의 방에는 안채에 쇼인이 있었던 것처럼 보입니다. 이러면 또 무척 희한한 소리가 되어 가는데요. 안채와 바깥채라고 하는 것을 모르니, 이야기가 뒤엉켜 어디에 어떤 방이 있느냐는 것은 문제도 아니게 되는군요. 안채와 바깥채의 구별조차 알 수 없게 되었습니다.

요코메쓰케인 요쓰모토가 "소인의 일터까지"라고 하는 대목을 보면, 요코메의 일터가 있는 것 같기도 합니다. 안채에 요코메의 일터 같은 게 있으면 곤란하지요. 그런 이상한 것이 있을 리가 없으니, 요쓰모토는 "주군의 뜻에 따라, 받잡고자 하는 일이 있습니다" 하며, 센바와 나고에를 일터로 청해 가고자 하는 것인데, 그렇다면 나리오키는 요코메에게 뭔가 직접 분부를 내린 모양입니다. 메미에 이하인 요코메 따위에게 어떤 사정이 있었다 해도 영주로부터 직접 분부를 받을 가능성은 전혀 없습니다. 이런 일은 사무라이의 지위라는 것을 전혀 모르니 생긴 것입니다.

요쓰모토가 후스마를 열고, 문지방 너머로 "아룁니다" 하자 쇼소가 "무슨 일이냐"라고 합니다. "그 증거품을 돌려달라고 말하고 있습니다만" 하고 아뢰자, 영주님이 직접 "이것 말이냐" 하며 그 인형을 붙잡아 던져 주었습니다. 전달해 줄 쇼소가 있는데, 영주 자신이 요쓰모토와 대화를 하거나 자기 손으로 인형을 돌려주고 있군요. 이런 경우 무슨 일이 있어도, 메미에 이하의 인물에게 말을 걸어서는 안 됩니다. 또한 직접 물건을 내리는 일도 없습니다. 그렇기에 직접 물건을 하사받는 일을, 여러 신하를 거쳐 받는 것보다 각별히 더 고마워하는 법입니다. 그런데 여기에서는 그렇지 않습니다. 영주님이 직접 말을 걸고, 직접 그 물건을 던져서 돌려줍니다. 이런 식의 일 처리가 다이묘의 일상이라면 직접 물건을 하사받는 일을 각별히 고맙게 여기지도 않게 될 것입니다.

그러고 나서 센바, 나고에 두 사람에 대해 영주님인 나리오키가 크게 화가 난 것처럼 "이놈, 괘씸하구나, 잘 듣거라" 하고 말합니다. "괘씸한 놈들 ― 이, 이리로 오너라"라고도 하는군요. 그리고서 "네놈, 분별없이 무슨 생각을 하는 게냐. 멍청한 것들" 하며 거창한 꾸중을 하십니다만, 영주님이 메미에 이하의 인물에게 직접 꾸중을 하는 일은 도저히 있을 수 없습니다. 하지만 이 영주님은 태연하게 그런 소리를 하고 있군요. 그러자 그 옆에서 오유라가 "희미한 불빛에 쇠장식이 빛나는 담뱃대합(煙管盆)[35] ― 이것은 식자 오류겠지만, 원본은 이렇게 되어 있습니다 ― 을, 무릎 근처로 당기고 은색의 긴 담뱃대로 담배를 피우고 있었다"고 합니다. 마치 무슨 유곽의 기생 같군요. 이게 무슨 일이랍니까. 아무리 총애를 받은 첩이라 해도, 주군의 곁에서 담배를 피우는 무례한 일이 있을 수는 없습니다. 목수의 딸이라 아무것도 모른다고 해도 나가쓰보네에서 여러 가지를 배울 테니, 이 정도로 무례하지는 않지요. 게다가 첫째로 설대가 긴 담뱃대 따위를 쓰지 않습니다. 담배합을 당기는 일도 없고요. 아무래도 이것은 유곽에서 일하는 기생 같은 존재로부터 연상을 얻어서 나온 것 같습니다.

---

[35] 盆灰皿라고도 쓴다.

그뿐만이 아니지요. 그렇게 영주님이 화를 내고 꾸중을 하고 있는데, 오유라라는 자는 "하얗게 질린 방의 공기를 조금도 느끼지 못하는 듯이, 시녀에게 뭐라 말하고는 시녀와 함께 명랑하게 웃었다"라고 합니다. 정말 한심스러운, 터무니없는 내용을 썼군요. 쓰는 이도 쓰는 이지만, 이런 것을 아무것도 모른 채 옛날의 다이묘는 이랬구나, 생활상은 이런 식이구나, 첩이란 이런 존재구나 하며 다들 읽고 재미있어 한다 생각하니 정말 딱하다는 느낌이 듭니다. 이래서는 에도가 300년씩 유지될 수가 없지요. 설령 사쓰마 일국만 보더라도, 영주님이 이렇게 단정치 못하고 어리석은 짓을 벌이며 살고 있었다면 번 하나를 유지하는 일은 한 시간을 채 버티지 못할 것입니다.

그리고 여기에서 영주님인 나리오키가 대대적으로 기나긴 불평과 함께 꾸중을 하는데, 그 말이라는 것이 영문을 알 수 없고 터무니가 없으니 기가 차서 말이 안 나오는 지경입니다. "또 아들놈의 소바야쿠로서, 나리아키라에게 일이 있다면 그것도 용서해 주겠지만 기껏해야 나리아키라의 아들놈 하나가 죽었다고" 운운하는 말이 있습니다. 다이묘는 자신의 아이를 "아들놈"이라고 할까요, 또한 손주를 과연 "나리아키라의 아들놈"이라고 부를지요. 말투가 엉망진창일 뿐만 아니라, 말의 의미 또한 도무지 다이묘가 할 소리가 아닙니다.

그런 식으로 영주님인 나리오키가 흥분하더니 마시려던 물을 흘릴 뻔합니다. 오유라가 그 손을 받치고 거들면서 무어라 하나 했더니 "쇼소—두 사람을 물러가도록 하라"고 합니다. 그러자 나리오키가 "물러가라"고 합니다. 이런 부분도 문제인데, 오유라가 가로인 이카리야마 쇼소를 "쇼소"라고 함부로 부를 수가 없습니다. 또한 "물러가도록 하라"라는 말도 할 수 없습니다. 이것은 "물러가 주었으면 좋겠다"라는 의미일 텐데, 그러한 말도 오유라의 입에서 나올 말이 아닙니다. 첩이 가로에게 지시를 한다는 것은, 어떤 일이 있어도 안 될 말인 것입니다. 그리고 이 끝부분(202페이지)에 "센바가 '하치로타' 하고 재빨리 말하며 눈짓을 보냈다. 하치로타가 엎드렸다"고 쓰고 있는데, 센바의 이름이 하치로타이니 자기 자신을 "하치로타"라고 부를 리는 없지요. 이러면 마치 센바가 혼자 설치는 것 같습니다. 작자의 착각이든지, 그렇지 않으면 활자의 오류겠지요.

205페이지에 보면, 이야기가 바뀌어서 센바 하치로타에 대해 사령서를 건네주는 대목이 있습니다. "그대 바람직하지 못한 바가 있어, 녹봉을 몰수하고 말미를 내리셨다, 모월 모일 이를 받드노라" — 이런 사령인데, 사쓰마만 이런 식으로 봉서(奉書)를 썼을까요. 물론 "말미를 내리셨다(暇被下)"는 표현은 없습니다. '면직하셨다(御暇被下)'겠지요. 면직이 되면 물론 녹봉은 사라지니, 특별히 이렇게 따로 언급할 필요도 없습니다. 하치로타가 이에 대해 수령서를 제출했다고 하는 내용도 쓰여 있는데, 옛날에 봉서를 받고 수령서를 제출했다는 이야기는 들어 본 적이 없습니다. 사쓰마에서는 이런 일도 시켰던 것일까요.

그리고 또 이때에, 메쓰케와 보조 역할이 와 있습니다. 게다가 이 사령장을 하치로타의 집으로 갖고 와 건네고 있습니다. 집달리와 겸직을 하는 형편입니다. 옛날에는 이런 경우에, 어느 번이건 모두 반드시 사람을 불러내어 전달하는 것이 상례로, 본인을 부르지 않고 그 집으로 이러한 사령장을 운반하는 경우는 들어본 적이 없습니다. 그게 아니라면 사쓰마에서 특별히 다른 번과 달리 이러한 일을 했는지는 모르겠습니다. 이때 온 메쓰케가 다시 말하기를 "사흘 안에 퇴전하도록 하라"고 합니다. 퇴거라고 할 법한데, 퇴전하라고 하는군요. 꽤나 희한한 말이라고 생각합니다.

이 메쓰케들은 안채에 들어가 사령을 전달하는 것으로 보이는데, 두 사람이 일어서자 옆방에 있던 고타로가 현관에 있는 메쓰케의 일행에게 "일어서시지요" 하고 말을 겁니다. 하지만 "하치로타는 앉은 채, 배웅하러 나서지도 않았다"라고 쓰고 있습니다. 물론 자신의 집까지 이러한 사령서를 들고 올 일도 없지만 주군이 보낸 사자, 번의 관청이 보낸 사자로서 관헌이 왔는데 이것을 받은 하치로타가, 어떤 경우라고 해도 배웅하지 않고 예조차 표하지 않은 채 그대로 앉아 있다뇨. 그렇게 무례한 사무라이가 어디 있겠습니까.

그리고 또 이런 일도 있습니다. "고타로의 공도, 하치로타의 호소도 전부 역전되었다. 다소의 문책은 각오했으나 추방까지는 생각하지 못했고, 3일 내에 나가라는 것도 과도하게 엄격한 처사였다"라고 하는데, 면직되었다는 것과 추방은 다른 것입니다. 이 차이를 작자가 알고 있다면 이런 내용을 쓸 리가 없지요. 앞에 나왔던 봉서에도 추방한다는 내용은 전혀 없었으니, 이건 추방된 것이 아닙니다. 이런 경우를 "기나긴 말미"라고 칭하는 것이지요.

그리고 같은 대목에 꽤 재미있는 내용이 있습니다. "시게타케 공의 방만함으로 인해 7, 8년 전까지 번의 재정이 궁핍했기에 지교(知行)가 넘어가지 못하는 일마저 있었다"라고 써 있습니다. 지교가 넘어가지 못한다는 것이 무슨 소리일까요. 지교라고 하면 영지를 말하는데, 토지령분(土地領分)을 가리킵니다. 지교토리(知行取り)[36]라면 물론 맨 처음에 지교를 받을 터이고, 번이 가난하여 7, 8년 전까지 받지 못했다면 오쿠라마이(御蔵米)[37]라든가 고부치카타(御扶持方)[38] 등, 매번 걷어야 할 것

---

36 무사가 녹(禄)으로 지배할 땅을 받는 것. 또는 그 사람.
37 에도 시대 때 영주의 창고에 저장했던 곡물.
38 녹미의 혜택을 받는 사람, 또는 그 녹.

들을 걷지 못하니 지교가 넘어가지 못하는 일은 없습니다. 지교가 뭔지, 구라마이토리(藏米取)[39]가 뭔지도 모르니 이런 내용을 쓰는 것이겠지요.

방금 나왔던 관리가 돌아가자, 센바의 아내 나나세가 "쓰나테, 문전(門前)의 고물상으로 가고, 미유키(深雪)는 헌옷 장수를 불러 오너라"라고 합니다. 그 바로 앞에 "복도에 모여 있었던 듯한 세 하녀 중 한 사람이 훌쩍이며 울었다"고 쓰고 있으니, 하녀가 아직 세 사람이나 남아 있다는 거지요. 그런데 자기 딸더러 고물상이나 헌옷 장수에게 다녀오라고 합니다. 사흘 내에 퇴거하라는 명을 받았으니 이를 준비하기 위한 일이겠지만, 하인도 있고 하녀도 있을 것이 분명한데 자기 딸을 그런 곳으로 심부름 보냅니다. 그런 일을 시켜서는 안 되지요.

그리고 211페이지, 여기에서는 다시 후지하루의 집에 모여 있는 젊은 이들의 잡담을 쓰고 있는데, 그 말 중에 "뭘 느꼈냐(何を感ずりやあがった)"는 것이 있습니다. "느끼다(感ずる)"에서 온 말이겠지만, 이 말은 옛날에는 쓰지 않았지요. 이 말이 나온 것은 메이지 20년 이후의 라쿠고 속에 나타난 것이 최초였던 것으로 생각됩니다. 물론 옛날 사람으로부터는 들은 적이 없고요.

그때 다시 누가 "부탁함세"라고 말하며 찾아옵니다. 이는 바로 센바 고타로였는데, 후지하루가 거기에 답하며 "네"라고 하고 "점포의 방을 슬쩍 들여다보았다"라고 하지만 교습소에 점포가 딸려 있을까요. "검약령이 내려서 다소 쇠퇴했지만, 마에하바(前幅)[40]를 좁게 만들어서, 걷거나 자세가 흐트러지면 무릎 안쪽까지 보이는 것이 이러한 여자의 풍격

---

39 에도 시대 때, 막부나 여러 번들의 구라마이를 녹봉으로 지급받은 하타모토, 가신, 번사를 이르는 말.

40 겨드랑이에서 섶까지의 폭.

이었다"라고 쓰고 있습니다. 이것은 시치산(七三)이라고 하는 기모노 짓는 법을 말하는데, 검약령이 내렸기에 쇠퇴한 것이 아니라 막부 말의 풍속인 것입니다. "그리고 후지하루는 지금도 허벅지까지 화장을 하는 여자였다"라고 썼는데, 이것은 앞에서 했던 말이니 여기에서는 되풀이할 것 없겠지요. 하지만 "후지하루는 베니치리멘(紅縮緬)의 뒷면을" 운운하며 쓰고 있습니다. 이 "베니치리멘"이라는 것은 어떤 것인지 저는 모르겠군요. 베니치리멘은 215페이지에도 또 나오는데, 히치리멘(緋縮緬)[41]이라면 늘 보아서 친숙한 것이니 누구라도 알고 있습니다. 베니치리멘에 대해서는 여기서 처음 봤으니 전혀 알 수가 없군요.

218페이지에 고타로와 마스미쓰의 이야기가 나옵니다. 후지하루의 집에서, 게다가 젊은이들이 모여 있는 곳에서, "나리오키 공이 이 일에 대해 무척 화가 나셨으니 손을 대어 봤자 손해다"라든가 "나리아키라 공의 소매에 매달려 조력을 청해 보지 않겠는가"라고 말합니다. 반복되는 얘기지만, 일일이 군후나 후계자의 존함을 입에 담는군요. 뿐만 아니라 수많은 젊은이가 있는 교습소 같은 곳에서, 번의 중대사, 특히 군후나 후계자에 대한 이야기를 거리낌 없이 떠듭니다. 이렇게 생각 없는 사무라이가 어디 있겠습니까.

그리고 이어지는 내용 중 220페이지 언저리에서 고타로가 돌아가 버리자 거기에 있던 젊은이 중 하나가 마스미쓰를 향해, 고타로에게 아름다운 여동생이 있다는 이야기를 꺼내고, "귀하와의 관계(御関係)는?" 하며 물어봅니다. 교습소를 드나드는 젊은이, 그것도 에도의 변두리에 사는 자가 "관계" 같은 말을 쓸 리가 없지요. 첫째로 "관계"라는 것이 어떤

---

41 진홍색(緋色;ひいろ)의 지리멘(縮緬, 견직물의 한 가지. 바탕이 오글오글하게 된 평직의 비단).

의미인지를 알고 있을 가능성이 없는 패거리입니다. 그것이 말로서도 이상할 뿐만 아니라, 사무라이를 향해 그런 정사를 노골적으로 묻는 무례한 짓을 해서도 안 되며, 그런 소리를 듣고도 태연한, 희한한 사무라이가 존재하지도 않지요.

후지하루의 집을 나선 고타로는, 다시 고토지의 집 앞을 지나갑니다. "장지가 열리고 고토지가 옆방에서 마루방으로 뛰어내렸다"라고 하며, 여기서부터 싸움을 하는 전개가 벌어집니다. 고토지가 칼에 손을 걸치고 외친 말 중에, 이제 네놈은 떠돌이 무사가 되었으니 함부로 남의 집에 들어오거나 하면 "붙잡아서 지신반에 넘겨질 것을 모르느냐"라고 하는 내용이 있습니다. 하지만 고타로는 아직 사쓰마의 저택에 있습니다. 면직은 되었으나 아직 퇴거하지 않았지요. 그런 사람을 지신반에 데리고 간다는 것은, 아마 지신반을 지금의 파출소처럼 생각해서이겠지요. 고토지의 집에 있던 녀석이 허둥지둥하기에, 고타로가 이를 집어 던져서 큰 소동이 벌어집니다. "관리를 불러오라"고 하는데, 어떤 관리를 불러올 작정일까요. 오늘날의 파출소에 달려가서 순경을 불러오는 것과 비슷하다고 생각하고 있는 게 아닐까 싶습니다.

228페이지에 보면 "비켜라 비켜라"라고 하는 동시에 "오야쿠닌이다"라고 하는 목소리가 들립니다. 그 직후에 "지신반에 있던 고야쿠닌(小役人)은 고토지와 잘 아는 사이였다"라고 써 있습니다. "지신반에 있던 고야쿠닌"이란 무슨 뜻인지, 전혀 모르겠습니다. 지신반에 있는 사람은 조야쿠닌(町役人)입니다. 그 야쿠닌이 고타로를 붙잡아서 "어쨌든 반쇼(番所)까지 가자"고 하는데, 반쇼라고 하면 마치부교쇼를 가리키지만, 길에서 영문을 알 수 없는 이를 느닷없이 마치부교쇼로 데리고 간다는 얘기는 들어 본 적이 없습니다. 이 연행하는 야쿠닌은 어떤 인물이며, 어떤 절차로 이런 일이 벌어지는지 조금도 모르겠군요. 아무래도 지신반을 오늘날의 파출소와 마찬가지라고 생각하고 있어서 벌어지는 잘못 같습니다.

231페이지에 보면 헌옷 상인을 불러 와 현관 옆의 방에서, 하인인 마타조가 주인집의 옷을 여러 가지 팔려고 합니다. 현관이라는 것은 앞에서 말했으니, 두 번 말할 필요는 없겠지요. 하지만 여기에 있는 "총자수(総刺繍)[42]의 우치카케(打掛け)[43]"라는 것은, 그렇게 함부로 입는 옷도 아닙니다. 녹봉이 적은 센바의 집안 사람이 갖고 있을 만한 물건도 아니지만, 나나세라는 여자는 앞서 나리아키라 부인을 옆에서 모셨다고 하니 그런 사정으로 인해 갖고 있었다고 한다면 그나마 낫겠지요. "오쿠보 고몬(大久保小紋)의 설빔(正月著)" — 게이샤나 유녀라면 설빔이라는 것을 들어 본 바가 있지만, 낮은 신분이라도 사무라이의 부인에게 "설빔"이라는 것은 이상한 일입니다. "우키오리(浮織)의 띠"라는 것도 있는데, 이것은 어떤 것일까요. "고다이후 가노코(小太夫鹿子)[44]의 나가주반(長襦袢)[45]" — "고다이후 가노코"라는 것은 어지간히 오래된 것이라 에도 말기에는 없었습니다. 나가주반 같은 것을 무가의 가족이 과연 입을까요. 이것은 가세이(化政, 1804년~1830년) 시대 무렵에 오토와의 사창이 입기 시작했던 것이라고 들었습니다. 어쨌든 그러한 계통의 사람이 입는 것이니 물론 무가 같은 곳에는 없었습니다. "오보로조메의 후리소데(朧染の振袖)"라는 것도 무척 낡은 것으로, 어쩌면 5대나 6대 전부터 물

---

42 옷감의 한면에 자수를 놓은 소재.

43 에도 시대 무관 부인의 예복.

44 「가노코조메(바탕에 흰 반점을 산재시킨 홀치기 염색)」의 일종. 겐로쿠 초기, 가부키 배우 2대 이토 고다유가 의상으로 사용하기 시작하여 에도에서 유행했다.

45 기모노와 같은 길이의 긴 지반(襦袢, 일본옷의 안에 입는 속옷).

려받은 물건일지도 모르지요. 오보로조메는 겐로쿠 시대의 물건입니다. 여기 나오는 품목은 어쩐지 고미술 애호회에라도 출품될 것 같군요.

그리고 236페이지에서 또 후지하루의 집이 나옵니다. 이 부분이 제법 기발한데, "처마 아래에 작고 붉은 초롱이 매달려 있고, 안을 들여다보자 한 평 정도의 도마에 큰 초롱이 떡하니 자리 잡고 있었다"라고 쓰여 있습니다. 이것이 후지하루의 집인데, 처마 밑에 붉은 초롱을 달아 둔다는 것은 상점이 문을 열었다는 표식이거나 그게 아니면 특매입니다. 교습소에는 분명히 한 평 정도의 도마는 있었지만, 전에도 말했듯이 큰 초롱이라는 것은 무엇일까요. 이런 희한한 교습소는 일본의 어느 시대에도 없었습니다.

고타로가 돌아오지 않아 여동생인 미유키가 이를 찾으러 그곳에 와 소매치기 쇼키치와 맞닥뜨립니다. 이 소매치기가 "앗시(あっし)"라느니 "게스(げす)"라고 말합니다. "게스"라는 말은 직공들이 쓰지 않지요. 직공 기질이 있는 사람도 쓰지 않습니다. 그런데 이 소매치기는 빈번히 이 말을 쓰고 있습니다. 무엇을 착각해서 이런 내용을 썼을까요.

그런가 하면, 244페이지에는 고타로가 끌려간 곳을 "쓰지반쇼(辻番所)"[46]라고 쓰고 있습니다. 앞에는 "지신반"이었던 것이 이번에는 쓰지반이군요. 지신반과 쓰지반이 다르다는 것을 모르니 이렇게 썼겠지요. 그 앞에 인파가 몰려 있다고 쓰고, "반쇼의 입구에 주겐(中間)[47]이 한 사람, 반닌(番人)[48]이 한 사람 앉아 있었다. 어슴푸레한 가운데, 사무라이

---

46 에도 시대, 에도 시내에 있는 무가 저택의 각 네거리에 다이묘, 하타모토가 자경(自警)을 위해 설치한 초소.

47 무가, 공가 등의 하인.

48 파수꾼.

차림을 한 네댓 명이 보였다"라고 합니다. 이것을 쓰지반이라고 이해해야 할지, 지신반이라고 해석해야 할지 모르겠습니다. 지신반이라고 하면, 입구에 주겐과 반닌이 앉아 있고 안쪽에 사무라이 차림을 한 사람이 네댓 명이나 보인다는 것이 이상하네요. 작자는 지신반이 어느 정도의 넓이인지 모릅니다. 또한 쓰지반이 어떤 체제인지도 모릅니다. 그래서 이렇게 영문을 알 수 없는 내용을 썼으니, 이러면 쓰지반도 아니고 지신반도 아니지요.

쓰지반이라는 것은 무가지(武家地)에 있고, 지신반이라는 것은 서민 거리(町方)에 있는 것으로, 지신반에는 조야쿠닌이 근무하고 있습니다. 쓰지반 쪽은 한 사람만 있는 쓰지반도 있고, 조합 쓰지반이라는 것도 있어 여러 종류인데, 그런 연유로 지신반과 쓰지반은 완전히 다릅니다. 쓰지반이라면 서민 거리와 전혀 관계가 없으니, 무슨 그런 싸움이 벌어졌다거나 말싸움이 있었다고 해서 쓰지반의 근처라면 모를까, 서민 거리까지 나가서 이러쿵저러쿵 하는 일은 물론 있을 리가 없지요. 또한 서민 거리 쪽에서 신고를 할 리도 없고요.

247페이지에 보면 그 지신반인지 쓰지반인지 알 수 없는 곳 안에서 한동안 티격태격했으나, 고타로가 여기를 나서서 척척 걸어갑니다. 미유키도 그것을 보고 있었으나, "도마의 구석에 고개를 숙이고 있는 쇼키치에게" 여기까지 따라와 준 감사 인사를 하고 있습니다. 이것이 어떤 "도마"인지, 전혀 알 수가 없군요. 그 직전에는 "요코메쓰케 요쓰모토가 두세 명의 사무라이 가운데에서 모습을 드러냈다"고 쓰고 있습니다. 예의 어슴푸레한 곳 안에 있던 사무라이 사이에서 나온 모양이군요. 이것이 지신반이라고 치면, 거기에 사쓰마 번의 요코메가 있을 리가 없는데 말입니다. 쓰지반이라고 한다면, 고타로는 아직 사쓰마 번의 인간이니 사쓰마 번의 인간이 나섰다고는 해도 쓰지반 안에 들어가 있을 리는 없겠지요.

그리고 또 이상한 것은, 고타로가 나오고 난 뒤에서 증인으로 불려왔던 직공이 나옵니다. 대체 누가 이 지신반인지 쓰지반인지 알 수 없는 곳에 와 있는지 모르겠지만, 이것이 지신반이라면 핫초보리의 도신이 와 있어야만 할 터입니다. 쓰지반이라고 한다면 고타로와 같은 이는 번의 저택으로 인도하기만 할 뿐, 증인을 불러 와서 거기에서 조사를 하는 일은 있을 리가 없는 것입니다. 그 직공의 말투 중에 "저택에서 바로 요코메쓰케가 와서 말이죠. 저택에서, 지금 당장 때려 내쫓겠다고 해서 ― 우리야 속이 시원했습죠"라는 것이 있습니다. 요코메라는 것은 매우 가벼운 직책이니 설사 여기에 와서 고타로가 나쁜 짓을 했다고 하더라도 요코메 따위가 바로 그에 대한 처분을 내릴 수가 없습니다. 상사의 지시 없이, 아무런 판가름도 내리지 않았는데 "저택에서 당장 내쫓겠다" 같은 소리를 할 리가 없지요. 또한 이 시대의 사람은 그런 일은 누구나 알고 있으니, 옆에 있던 사람도 이런 소리를 할 리가 없습니다.

쓰지반과 지신반이 작자의 머릿속에서 구별이 되지 않아서 묘하게 꼬이는 바람에, 249페이지를 보면 "쓰지반닌"이라는 것이 무엇인지 말하고 있습니다. 이것을 보면 쓰지반인 것 같기도 한데, 앞에서부터의 경로를 생각해 보면 아무래도 엉켜서 풀 수가 없군요.

하(下)

251페이지를 보면, 요코메인 요쓰모토가 센바 하치로타의 집으로 와서, 고타로가 불상사를 저질러서 "당장 저택 철수(屋敷拂い)를 명하오. 바로 떠나시오"라고 말합니다. 여기에서도 이 점에 대해 "그것은 ― 주군께서 내리신 판결인가? 중역이 내렸는가, 아니면 귀공 한 사람의 생각인가"라며 하치로타가 묻는데, 거기에는 조금도 신경 쓰지 않고 "아무래도 좋소. 바로 퇴거하시오"라고 요쓰모토가 말합니다. 요코메라는 지위에 대해서는 앞에서도 일단 설명했으니 여기서 되풀이하지는 않겠지만, 요코메라는 자의 권한으로는 그런 일을 할 수 있을 리가 없습니다. 물론 중역의 지시여야만 하지요. 그러나 그것을 요코메를 통해 전달하는 것도 매우 경솔한 일처럼 보입니다. 하기야 아호바라이(阿房拂い)[49] 처분을 내리는 일도 있었고, 언도하자마자 바로 저택에서 쫓아내는 일도 있습니다만, 그것은 역시 중역이 불러내어 언도하는 것으로, 집행이야 지위가 낮은 자가 담당한다 하더라도 언도는 중역이 맡습니다. 이렇게 바로 내쫓는 경우에도 언도를 거치지 않고 집행하는 일은 없을 텐데, 사쓰마 번만 그런 짓을 했던 걸까요. 게다가 "저택 철수"라는 말은 어떤 말인지 모르겠군요.

그 대화 끝에 하치로타의 말로, "요쓰모토, 그대의 지배를 받을 하치로타가 아니게 되었다"고 하는 내용이 있습니다. 대저 요코메의 지배 따위를 받는 자는 없을 터입니다. 요코메는 메쓰케에 종속되어 있는 이로, 누구도 지배하지 않습니다. 뿐만 아니라 그 말에 이어 "마치부교를 데리고 오라"는 내용이 있습니다. 마치부교로부터 직접 오나가야에서 퇴거하라는 말을 전달받기라도 하라는 걸까요. 게다가 이것은 미타의 사쓰마 저택의 이야기이니, 사쓰마 번의 영지 쪽에는 마치부교도 있고 군다이(郡代)[50]도 있겠지만, 에도의 미타에 있는 사쓰마 번 저택에 마치

49 에도 시대의 형벌의 일종. 무사는 두 자루의 칼을 빼앗고 추방한다. 또 알몸으로 추방한다.
50 에도 막부의 관직명. 간토군다이(関東郡代), 미노군다이(美濃郡代), 히다군다이(飛驒郡代), 사이고쿠스지군다이(西国筋郡代) 등이 있고 그 직무는 다이칸(代官, 막부 직할지의 민정 담당)과 거의 같다.

부교가 있을 까닭이 없습니다. 이것은 어디의 마치부교를 데리고 오라는 걸까요. 어느 마치부교이건 마치부교는 서민 거리를 다스리는 이로, 사무라이에게 관여하는 이가 아닙니다. 무슨 소리를 하는지 전혀 알 수가 없군요.

260페이지에 보면 "주겐을 상대하는 작은 오뎅과 데운 술을 파는 노점이 저택 정면에, 저녁때부터 나와 가게를 열고 있었다. 수레를 중심으로 기둥을 세우고 토담에서 널빤지 차양을 넓게 내밀어 비만은 피할 수 있었다"라고 쓰고 있습니다. 오뎅과 데운 술을 파는 가게 따위를, 이 시절에 수레에 매단 채 끌고 다니는 일이 있었다고 생각하는 것은 우습기라도 합니다. 이 시대에는 노점이라고 칭하는 것 중 수레가 달린 것은 없습니다. 에도 말기에 메이지가 고개를 내밀고 있는 형국이네요.

265페이지에 쇼키치가 하치로타 부부를 "단나사마(旦那樣, 남편 또는 나리), 오쿠사마(奧樣, 부인 또는 마님)"라고 말합니다. 오늘날에는 누구의 아내든 남의 아내이기만 하면 오쿠사마라고 부르지만, 에도 시대에는 그렇지 않았지요. 센바 같은 이에게 말하려면, 단나사마, 고신조사마(御新造樣)여야만 합니다. 에도 시대에는 뭐라고 해도 계급이 엄격했는데, 이 작자는 그 계급에 대한 사상이 전혀 없군요. 계급 사상을 떠나서는 무가의 이야기를 할 수가 없는데 그 점을 모릅니다. 그리고 그 계급에는 각 계급마다 쓰이는 말이 정해져 있습니다. 칭호도 정해져 있지요. "단나사마, 오쿠사마"라고 부르는 유일한 예는 핫초보리의 요리키뿐으로, "단나사마, 고신조사마"가 일반 무가의 호칭입니다. 한쪽을 오쿠사마라 부른다면 반려자는 도노사마(殿樣)라 불러야만 합니다. 고작 이 정도도 모른다는 것은 정말 딱하기 그지없는 이야기로군요.

277페이지에 보면 "나고에 사겐타는 가느다란 상투, 다소 세간에 유행하는 하타모토풍(風)이라고 할 만한 데가 있었는데" 운운하는 내용이 쓰여 있습니다. 대체 하타모토풍이라고 하는데, 그 하타모토란 어떤 것일까요. 또한 하타모토는 어떤 차림새를 하고 있었을까요. 그런 것을 작자는 알고 있을까요. 사쓰마의 사무라이뿐만이 아니라, 규슈 다이묘의 가신 등은 에도의 하타모토와 같은 차림새를 하고 있지 않았습니다.

278페이지에 그 나고에의 말 중에 "오헤야사마(御部屋様)의 회임 — 조만간 경사스러운 일이 있겠사오나" 운운하는 내용이 있습니다. 이것은 나리아키라의 첩을 말하는 것이 아닐까 싶은데, 첩에 대해 사쓰마 번에서는 "오헤야사마"라고 했을까요. 이것은 고찰해 볼 문제라고 생각합니다. 첩을 함부로 "고헤야사마 고헤야사마 고헤야사마"라고 민간에서는 말하고 있습니다만, 쇼군 가문에서도 "오헤야사마"라고 부르는 경우는 적습니다. 여러 다이묘들 사이에서는 말하지 않습니다. "만약 출생하신 분이 세이시라면 그 세이시를 어디까지나 수호하여"라는 말도 하는데, "세이시"라는 것은 다이묘의 상속인을 가리키니, 여기에서는 "아드님(御男子)"이라고 해야 하겠지요. 그 바로 뒤에 "또한, 그렇지 않더라도 — 따님이거나 — 남녀 여하에 상관없이"라고 하는 내용이 있는데, 갑자기 무례해지는군요. 결코 이렇게 말할 리가 없습니다.

282페이지부터 283페이지 부분에서는 나고에 등이 메구로의 요정에 모여서 상담을 하게 되는데, 그중에 "오유라 측의 독수를 감시하기 위해 전의, 근시, 갓테카타(勝手方), 야토이온나(雇女)[51]를 감시하는 역할이 필요하다" 운운하는 내용이 있습니다. 오유라를 다들 "오유라"라고 불렀느냐, 당시의 사쓰마 번 저택에서는 윗분들을 모두 이름으로 부르지 않았습니다. 오유라 같은 이는 "쓰타지루시(蔦印, 덩굴 문양)"라고 했

---

51 (교토나 오사카 지방에서) 임시로 고용한 하녀.

으니, 거기에 경칭을 더하여 "쓰타지루시 님" 등으로 불렸지요. 이 "무슨 지루시(문양)"라고 하는 것에 대해서는 사쓰마뿐만이 아닙니다. 기슈 가문 등에서도, 얼마 전까지 라이린 후작(賴倫侯)[52]이 "마쓰지루시(松印, 소나무 문양)"였기에, 밖에서 전화를 걸 때에 자기 스스로 "마쓰지루시"라고 소개하며 걸었습니다. 부인도 "무슨 지루시"라고 부르도록 되어 있으니, "이 일을 무슨 지루시에게"라고 하는 식으로 말했다고 합니다. 오유라가 "쓰타지루시"라고 했다는 점은, 하나와 다다쓰쿠(塙忠韶, 1832~1918)[53] 군의 배우자가 젊은 시절 사쓰마 번의 오쿠무키로 일했기에, 그런 이야기를 들었습니다. "전의, 근시"는 그나마 괜찮다고 쳐도 "갓테카타"라고 하는 것은 어떻게 생각하고 있을까요. 갓테카타라는 것은 가이케이카타(会計方)[54]를 말하는데 가로에게도 갓테카타가 있고 군다이에게도 갓테카타가 있습니다. 그 갓테카타를 감시하여, 이 경우에는 어떻게 할 작정일까요. 이것은 갓테라고 하는 것을, 부엌의 의미로 해석하는 무지에서 발생한 잘못이 아닐까요. 그리고 "야토이온나" — 사쓰마의 안채에는 야토이온나라는 존재가 있었을까요. 다이묘 저택에서 야토이온나라는 명칭은 들어본 적도 없습니다.

248페이지에 메구로의 요정의 여자가 센바가 온 것을 보고 "어서오시옵소서"라고 말합니다. 그런 말을 쓰는 여자가 어느 요정에 있었을까요. 291페이지에도 또 요정의 여급이 "부르셨사옵니까"라고 말합니다. 그런 말투를 썼을까요. 대충 쓰는 데에도 정도란 게 있습니다. 그 뒤를

---

52 도쿠가와 요리미치(德川賴倫, 1872~1925). 일본의 정치가, 실업가. 기슈 도쿠가와가 제15대 당주.
53 막부 말부터 메이지 시대에 걸쳐 활약한 국학자.
54 금전·물품의 출입을 기록·계산·관리. 또는 그 담당자.

이어 마스미쓰가 바닥에 짚은 여급의 손을 고타로의 손에 바싹 붙이고 "뭐야, 얼마나 줄 건가?" 하며 놀리는 대목을 쓰고 있습니다. 이렇게 지저분한 장난은 쳐서는 안 될 것입니다.

293페이지에 보면 "어디 보자, 아메노요루(雨の夜)라도 춰 볼까" 하며 마스미쓰가 옷자락을 올려 허리춤에 끼웠다, 라고 합니다. "아메노요루"라는 춤이 생긴 것이 언제부터라고 생각하는 걸까요.

307페이지에 보면 이카리야마 쇼소가 있는 곳에, 예의 요쓰모토가 메구로에서 회합했던 나고에 이하 인물들의 이름을 보고하는 내용을 쓰고 있습니다. 보고를 받은 이카리야마는 요쓰모토에게, 자신들에게 반항하려는 이들이 이 정도 숫자라면 딱히 두려워할 일도 없겠지만, 본국의 녀석들과 공모하게 되면 성가시니, 그것을 단속하여 "때와 경우를 봐서 베어 버려도 좋다. 그렇게 말해도 귀공은 약하니 참"이라고 말합니다. 요쓰모토는 그 말을 듣고 "죄송합니다"라고 말하는데, 가로가 지위가 낮은 요코메 따위에게 "귀공"이라고 배려하지는 않습니다. 하지만 또 지위가 낮다고 해서 강하니 약하니 하는 말로, 특별히 창피를 주는 언어를 쓰는 법도 없지요.

그런 대화를 하고 있는데, 옆방에 거친 발소리가 들리고, 응접을 맡은 이가 "이주인 님 —"이라고 말을 채 마치기도 전에 후스마를 열고 이주인 다이라가 들어왔다고 썼습니다. 게다가 그 이주인이 "여어 — 날씨가 추워졌군" 하며 자리에 앉았다, 고 합니다. 이것은 가로가 가로의 처소를 찾은 것인데, 거친 발소리가 들리고 응접을 맡은 이가 들어온다, 와 같은 무례가 벌어질 일이 없습니다. 그 인사란 것도 "여어 — 날씨가 추워졌군" 같은 식이 아니었지요. "요쓰모토라면 괜찮겠지만, 이카리 씨" — 이 "이카리 씨"도 이상한 말입니다. 왜 이카리야마의 이름을 절반만 부르는 것일까요. 일단 이 부분은 서생이 하숙집으로 친구를 방문한 것처럼 보입니다. 아무리 편한 사이라고 쳐도 두 사람 모두 사쓰마 번 영주의 가로라면, 좀 더 무게가 있어도 괜찮을 거라고 봅니다.

그 반항하는 자들을 진압할 방법에 대해 이카리야마가 지시를 하고 있는 대목에, 번 안의 무사들을 시키면 번거로우니 "로닌을 10여 명쯤 모아서" 운운하는 부분이 있습니다. 이것이 분큐(文久, 1861년~1864년) 시대 이후였다면 에도에 수많은 로닌들이 들어와 있었으니, 그런 주문도 할 수 있었을지 모르겠지만 이 시절에는 어땠을까요. 이어서 이카리야마가 하품을 하며 "없구먼 없어"라고 말합니다. "상혼사재(商魂士才)[55]라서 빈틈이 없군, 사쓰마의 영주님은 돈이 없고, 말이지" — 아무리 벼락출세를 했더라도 큰 번의 가로인 이카리야마가 하품을 하면서 "없구먼 없어" 하고 지껄이는 일은 너무도 저열해서 말이 안 됩니다. 나아가 "사쓰마의 영주님은 돈이 없고"라는 말을, 가로로서 입에 담다니 이게 무슨 일입니까.

312페이지에서 이카리야마가 웃으며 종의 끈을 당깁니다. 멀리서, 희미하게 종이 울리자 바로 여자의 목소리로 "부르셨습니까"라고 하는군요. 그리고 나서 술을 내오도록 시켜, 이카리야마의 애첩인 오타카(お高)라는 인물이 나오는데, 가로의 저택에서 종을 당겨 안채의 사람을 부르는 일을 과연 할까요. 이것은 아마 안채에 있는 오스즈로카(御鈴廊下)[56]의 이야기를 오해하여, 가로 저택으로 갖고 온 것이겠지요. 안채와 바깥채에 경계가 있는 것은 어느 무가 저택이든 마찬가지이지만, 이카

---

55 무사의 정신과 상인의 빈틈없는 재능을 겸비한 이를 가리키는 '사혼상재(士魂商才)'를 비튼 말로 보인다.

56 에도성 안에서, 쇼군의 생활의 장인 나카오쿠에서 미다이도코로, 측실의 거실인 오오쿠로 이어지는 통로인데 출입할 때에 종을 울려 신호를 했기에 이렇게 불린다.

리야마의 거처 같은 곳이 종을 울릴 만큼 큰 저택은 아닐 터입니다. 방금 이주인 다이라가 왔는데, 거기에 첩을 불러낸다는 것도 꽤 이상한 이야기지요.

여기로 들어온 오타카라는 애첩의 차림새가 또 희한한데, "진자베니(甚三紅)의 소시보리(総絞り) 기모노"라고 쓰고 있습니다. 이것은 "진자모미(ジンザモミ)"의 오류일 거라고 생각하는데, 진자모미라고 하는 것은 값싼 것으로, 혼모미(本紅)[57]의 대용품인 것입니다. 진자모미에 시보리모노 같은 것은 없습니다. 이것은 반드시 혼모미여야만 하는 대목입니다. 아니면 정말로 "진자베니의 소시보리"라는 것이 있었던 것일까요. "오타카는 이긴 침향(練沈香)의 냄새를 피우고 앉으며"라고도 썼는데, 이긴 침향이라는 것이 과연 있었을까요.

322페이지에 마스미쓰가 센바의 딸 미유키에게 단도를 건네며 타이릅니다. "고토지가 반한 것을 기회로 삼아, 오유라의 곁으로 봉공에 나서는 것 ― 만약 이 이야기가 성취된다면 이것을 아버지라고 생각하고 몸에서 떼지 말라. 안채의 시녀는 별난 이들의 집합소이니, 괴롭히는 일도 있을 것이며 꾸짖는 일도 있겠지만" 운운하는데, 젊은 여자에게 "반했다"라는 말을, 거리낌도 없이 하는 것은 무례하기 그지없습니다. "안채의 시녀는 별난 이들의 집합소"라는 것도, 당시의 사람들이 생각하지 않았던 일인데, 당시의 누가 그런 식으로 생각했는지 물어보고 싶군요.

327페이지에 "고향에 돌아온 오유라"라고 써 있습니다. 친정으로 내려온다고 할 법한 일인데, 사쓰마에서는 그런 경우에 "고향"이라고 말

---

[57] 다른 염료를 쓰지 않고 잇꽃으로만 염색한 홍색 비단.

하도록 시켰을까요. 오유라가 여기에서 소위 "고향", 즉 목수인 부모의 집으로 돌아왔습니다. "마을을 경호하는 젊은이들이 군중을 처마 밑으로 밀어붙이고, 통행인을 재촉하고, 손을 흔들거나 소리를 치거나 달리고 있었다"라고 써 있는데, 그 마을에서 다이묘의 안채로 들어간 사람이 있고 그런 사람이 돌아왔는데 마을 안의 젊은이들이 경호에 나서는 일 따위는 없습니다. 마을의 젊은이가 경호에 나서는 것은 축제 때의 이야기지요.

고토지의 집에서는 오유라가 돌아온다고 하니, "막을 둘러쳐서 판자 사이로 금병풍을 쳤고, 처마 아래의 좌우에는 집안사람, 마을 안의 실력자 등이 초롱을 앞세우고 줄줄이 늘어앉아 있었다"라고 하는데, 대체 무슨 착각을 했는지 엄청난 내용을 썼군요. 그 뒤에 오유라의 행렬이 쓰여 있습니다. "맨 앞에 사분 한 사람, 하사미바코(挟箱),[58] 이어서 시녀 두 사람, 이내 가마가 오고, 가마 옆에 네 사람의 여자, 뒤에 접는 걸상, 신발 담당, 하인, 히로시키반(廣敷番),[59] 시녀 수 명 — 이 따라왔다"고 하는데, 어디서 무얼 보고 이런 내용을 썼을까요. 하물며 접는 걸상 따위를 들고 걷다니, 터무니없는 이야기입니다. 용케 이 정도로 아무렇게나 써냈구나 싶습니다.

331페이지에 보면 마스미쓰가 소매치기 쇼키치에게 대고 "나는 마스큐라고 하여, 한량 같은 사무라이"라고 하며 인사를 합니다. 아무리 마스미쓰가 거친 인물이라 해도, 소매치기와 대면했을 때의 인사를 이런

---

58 외출 시에 도구나 갈아입을 옷 등을 안에 넣고 봉을 통과시켜서 하인에게 짊어지게 한 상자.
59 에도 막부의 직명. 오오쿠의 관리, 경호를 맡는 오히로시키무키(御広敷向)의 관리 중 경호를 맡은 관리.

식으로 했을까요. 자신의 이름을 이상하게 비틀어 "마스큐"라고 하는 것도, 어처구니없는 이야기라고 생각합니다.

334페이지에 마스미쓰가 미유키에게 대고 "정조쯤은 —"이라고 말했다고 썼습니다. 앞에도 이 일은 얘기했지만, 너무도 경박하고 무사답지 않은 소리를 곧잘 시키는군요. 미유키가 사쓰마의 안채로 봉공에 나선다고 하는 것, 그것도 오유라를 따르는 시녀가 되고 싶다고 하는 말인데, 그 사이에 고토지가 뭔가 알선하게 되었습니다. 여기서 고토지가 하는 말 중에 "어쨌든 오쿠야쿠(奧役)라고 들었는데, 봉공에 나설 수 있을지 어떨지"라고 하는 내용이 있는데, "오쿠야쿠"라는 것은 어떤 직무를 말하는 것일까요. 오쿠야쿠라는 이상한 직책은 다른 다이묘들에게는 없을 거라고 생각하는데, 그렇지 않으면 사쓰마에는 그런 직책이 있었던 것일까요. 게다가 대관절 얼마 전에 면직이 되어 사쓰마 번의 저택에서 막 쫓겨난 센바의 딸이, 바로 안채에서 봉공을 한다는 것은 불가능한 이야기입니다.

353페이지에 대중 문예 일류의 칼싸움이 나옵니다. "이치노키(一木)는 연이어 외치더니 칼끝으로 땅을 내리치듯 잘게 썰고, 두 손으로 치열하게 휘둘러 '에에잇' 하며, 산의 공기를 찢고 금세 대상단(大上段)[60] 자세로 칼을 쳐들더니 몸을 던져 나라자키(奈良崎)에게 덤벼들었다"라고 하는데, 칼을 뽑고 그 칼끝으로 땅을 내리치듯이 하여, 혹은 잘게 썰듯이 했다는데 정말 그렇게 했다면 그 칼은 금세 못 쓰게 되고 말겠지요. 이것은 흔히 보는 엉터리 검술, 속칭 안마 검술이라는 것이며 게다가 죽도 같은 분위기로, 진검의 분위기는 조금도 연출하지 못했습니다. 대

---

60 검도에서 칼을 머리 위로 높이 치켜들어 적을 위압하는 자세.

상단으로 쳐들었다고 하지만, 검도를 하는 이에게 물어보니 진검 승부에서 대상단을 취하는 경우는 좀처럼 없다고 합니다. 여기 나오는 칼싸움 이야기는, 고샤쿠시라도 기가 찰 것이라고 생각합니다. 특히 "이치노키가 내리친 칼이 핑 하며 팔에 울렸다"라고 합니다. 칼이 핑 하고 울리는 것은, 대체 어떤 칼인지 정말 보기 드문 칼이라고 할 수밖에 없군요. "힘만 믿고 연이어 큰 칼을 내리쳐 왔다"라든가 "머리 위에서 받은 나라자키의 칼을 이어서 때렸다" 같은 내용은 죽도로 툭탁거리며 조금도 진검의 맛이 없는 칼싸움에서는 볼 수 있을지도 모르지만, 이런 식으로 진검의 승부를 옮기고자 하는 일은 대개 볼 만한 것이 못 된다고 생각합니다.

이런 것들을 헤아려 나가면, 아직도 얼마든지 더 할 수 있습니다. 하지만 이제 질렸네요. 너무나도 물정을 잘 모르는 작자이고, 뻔뻔하다고 할까, 무법이라고 할까, 터무니없는 것을 써 나가는구나라는 생각만 드는 이야기입니다. 특히 누구의 자식이고, 어떤 경력을 가진 사람인지 모르겠지만 대관절 문장이 참으로 저속하여 다이묘는 물론, 무사의 사정을 쓸 수 있는 사람이 아니라는 점은 지금까지 얘기한 바로 충분히 알 수 있을 거라고 생각합니다.

하세가와 신(長谷川伸)의
『붉은 박쥐(紅蝙蝠)』

이 사람의 작품은 고단(講談)의 하모노(端物)[1] 같은 장단이 있고 맛도 있어, 지금까지 읽었던 것 가운데에서는 제일 읽는 데에 품이 덜 들었습니다. 상당한 노력을 기울여 여러 가지를 읽었던 모양인지 빈틈이 없기도 했으며 문장도 세련된 편이라, 일단 오카 오니타로(岡鬼太郎, 1872~1943)[2] 군의 각본과 비슷하다고 생각됩니다.

이 안에 써 나간 낭인 도나미 조하치로(戸並長八郎)라는 사람에 대해서 말해 보지요. 시대는 1771~1772년(明和 8~9)의 일이라고 하는데, 맨 처음에는 조하치로가 다카나와우시마치(高輪牛町)의 우시카타(牛方)[3]와 싸움을 하는 대목부터 시작됩니다. 이 사람이 쓴 내용은, 작은 부분에서는 실수가 적은데 큰 부분에서 실수를 하더군요. 모처럼 단정하게 완성된 작품을 단숨에 부수어 버리는 듯한 구석이 있습니다. 이 사람이 쓴 각본 중 『나카야마 8리(中山八里)』라는 작품은, 꽤 탄탄하게 썼습니다. 거기에서는 저목장의 인부가 살인죄를 저지르고 에도에서 달아나 히다(飛驒)의 다카야마(高山)로 갑니다. 그런 그를 핫초보리의 도신의 명을 받은 데사키가 히다의 다카야마로 가서 찾아낸다는 것이 골자이지

---

1 강담. 재치 있는 화술로 남을 즐겁게 하는 예능의 일종. 작은 책상을 부채로 두드리며 소설 등을 이야기로 들려주는 예능. 내용은 전쟁 이야기를 기록한 책·원수를 갚은 이야기·무용담·협객 이야기·서민생활 이야기 등. 하모노는 고단에서 짧은 읽을거리를 말한다.
2 일본의 연극 평론가, 가부키 작가(각본가), 연출가, 저술가.
3 소를 이용하여 짐을 운반하는 것을 업으로 하는 사람.

요. 하지만 오캇피키는 자기 혼자서는 남을 포박할 수가 없을 뿐만 아니라, 관할이 다른 곳에서는 범인을 발견했다 해도 그것을 신고도 할 수 없습니다. 에도에 있다면 핫초보리의 도신을 따르니, 도신에게 보고하여 검거하는 절차를 밟게 되겠지만, 에도에서 조금 떨어진 시골로 나가면, 그곳은 이미 다이칸(代官)이 지배하기 때문에 핫초보리의 도신을 따르는 오캇피키로서는 아무것도 못 합니다. 하물며 다카야마라면 말할 것도 없으니 그가 활약할 수 없게 되면 『나카야마 8리』의 발상이라는 것은, 안타깝지만 무너질 수밖에 없는 셈이지요. 다 읽은 것은 아니지만 이 『붉은 박쥐』 또한 아무래도 그런 부분이 있을 것 같습니다. 아홉 길이나 되는 산을 만드는 공이 한 삼태기의 흙 때문에 무너지는 것이 아니라, 하나의 산을 만드는 공이 아홉 삼태기의 흙 때문에 무너진다고 할 만한 일이 되기 십상이라고 생각합니다.

하지만 그렇다고 해서 사소한 데서 이상한 부분이 조금도 없느냐 하면, 그렇지는 않습니다. 이 축쇄본의 5페이지에서, 우시카타의 욕설에 "죽여 버려라. 가죽을 벗겨 버려"라는 대목이 있습니다. "죽여 버려라"는 말은 할 수 있겠지만, 우시카타가 "가죽을 벗겨 버려"라고 할 수는 없지요. 가죽을 벗기는 것은 갓바치의 일입니다. 우시카타는 결코 그런 일을 하지 않아요. 그러니 이런 소리를 하면, 자기가 갓바치가 되고 말지요.

12페이지로 가면, 우시카타를 단속하는 야쓰야마 다로자에몬(谷ツ山太郎左衛門)이라는 자의 말 중에 "이봐, 열지 못할까, 나다(俺ぢゃ, '오레자'라고 읽는다), 안심하고 열어라"는 대목이 있습니다. 이 뒤로도 '자자(ぢゃぢゃ, '자'는 속어적인 어미)'라는 말을 잔뜩 쓰고 있는데, 이것이 무척 귀에 거슬립니다. 어울리지 않아 보여요. "열지 못할까"와 같은 딱딱한 말투도 이런 치들이 쓰지 않을 것 같습니다.

13페이지에는 이 다로자에몬이 "칼을 찬 협객에다 크고 뚱뚱한" 인간이었던 것처럼 쓰고 있는데, 메이와 시대의 조닌 농민, 그것도 에도 근처에 사는 이들은 대개 무기를 갖지 않은 이들로, 여행이라도 떠날 때를 제외하면 칼 한 자루도 차지 않았습니다.

17페이지에서 이 다로자에몬이 조하치로를 불러, "로닌 공. 기다렸소"라고 말하지요. 우시카타의 책임을 맡은 이가 무사를 부르는 말로서 "로닌 공"은 부적절합니다. 역시 "사무라이 님"이라고 불러야 한다고 봅니다.

그 뒤를 이어(19페이지) 시바의 다마치(田町)에 대해 "조용한 동네인 만큼" 운운이라 썼습니다. 이것이 네기시(根岸) 같은 곳이라면 ─ 하기야 메이와의 네기시는 아직 그렇지도 않은데, 분세이 시대 이후의 네기시 같은 곳이라면 괜찮겠지만, 메이와의 시바 다마치를 "조용한 동네"라고 하는 것은 어찌 된 일일까요.

20페이지에서 조하치로가 다로자에몬을 잡아 던집니다. 거기에 "높은 담 열두 세 칸, 땅이 쿵 하고 흔들렸다. 나가떨어진 곳은 판자 서너 장이 엄청난 소리와 함께 부러지거나 날아가는 등" 했다고 쓰여 있습니다. 이것은 아무래도 무용담 같기도 한데, 너무 야단스러운 점이 눈에 띄는군요. 그런 주제에 저리 엄청나게 날아간 다로자에몬은 변변한 상처도 입지 않습니다. "얼굴을 찌푸리며 길에 주저앉고 말았다. 콧대와 어깨와 팔에 희미하게 피가 번져 나왔다"라고 하는 정도이니, 저 형용이 유난히 더 이상해 보이는 기분이 듭니다.

그 다음에 22페이지를 보면, 조하치로가 신도 고자에몬(新藤五左衛門)이라는 자신의 삼촌과 대화하는 대목이 쓰여 있습니다. 그 내용 중에 "삼촌은 끝까지 화내지 않고 들어 줄래요"라고 말하는데 어쩐지 요즘의 중학생 말투 같아서, 어엿한 무사의 말로는 어울리지 않는다고 생각합니다. 말을 옮기게 되면, 이만큼 여러 모로 신경을 쓰는 사람이라도 역시 재미없는 부분이 있습니다. 말을 옮기는 일의 어려움에 대해서는 짚이는 데가 많군요.

25페이지에 "나는 슬펐습니다. 아무리 울어도 부족할 만큼 슬펐어요"라는 조하치로의 말이 있습니다. 여기에서는 현재 이루어지고 있는 구어체의 어미에 쓰이는 "요(です, 데스)"라는 말을 쓰고 있는데, 아무래도 재현이 바람직하지 않습니다. 거기서 떠올린 바가 있는데, 다메나가 슌스이(爲永春水, 1790~1843)[4]가 닌조본(人情本)[5]을 써서 모든 이를 감탄케 한 것은, 각각의 대화가 참으로 그 성격이나 처지를 잘 나타내고 있었기 때문이라고 합니다. 그것이 『우메고요미(梅曆)』를 비롯한 작품들이 인기가 있었던 가장 큰 이유였던 모양임을 감안하면, 대중 소설 중에서는 치밀한 듯한 하세가와 씨의 붓조차 거기에 미치지 못하는 부분이 있지요. 그리고 또 한 가지, 대중 소설가는 에도 태생이어야 한다는 말은 별로 하고 싶지 않지만, 도쿄에서 자란 사람도 적은 모양입니다. 에도의 말은 물론이요, 도쿄다운 말도 나오지 않더군요.

32페이지에 조하치로의 삼촌의 말 중 "저 녀석, 시침을 뚝 뗀 얼굴로 발칙한 계획을 세우고 있다"라고 하는 내용이 있습니다. 이 삼촌이라는 자는 조슈(上州)의 오다 가문의 가신으로, 조후(定府)[6]의 사람인 모양입

---

4 에도 후기의 게사쿠샤(戲作者). 처음에는 책을 빌려 주거나 군담(軍談)을 직업으로 삼았고, 그 후 시키테이 산바(式亭三馬) 문하에 들어가서 『슌쇼쿠우메고요미(春色梅曆)』『슌쇼쿠타쓰미노소노(春色辰巳園)』등을 써서 명성을 얻고, 닌조본(人情本)의 작풍을 확립. 풍습을 헤친다는 죄로 처벌받고 다음 해 사망했다.

5 (江戶えど시대 말기의) 서민 생활을 연애 중심으로 엮은 소설.

6 에도 시대에 다이쇼묘(大小名)와 그 신하의 일부가 참근교대를 하지 않고 에도에 상주함을 일컬음.

니다. 그런데 이 말의 끝에 "있다(居る)"라는 말은 알맞지 않군요. 여기에 대한 조하치로의 말이 "삼촌, 지레짐작으로 화내지 마시고 제게도 화가 나는 일이 있다면 말씀해 주십시오"라고 하는데, 이것이 연장자에 대해 할 말일까요. 에도의 중류 계급 이상의 사람은 이러한 존비를 매우 세밀하게 구분할 수 있었는데, 그런 점에 생각이 미치지 않았기 때문에 이런 말이 나오는 게 아닌가 싶습니다.

33페이지에 역시 삼촌인 고자에몬의 말로 "가문은 파면이 되고"라고 합니다. 이것은 이 소설의 세계인 조슈의 오다 가문이 집안에서 다툼이 일어나는 바람에 야마가타 다이니(山縣大貳, 1725~1767)[7] 사건에 얽혀서 오슈(奧州)로 영지 변경을 당했다는 말인데, 오다 가문은 파면된 것이 아니라 영지 변경이 된 것이지요. 이 파면이라는 말이 잘못되었습니다. 하세가와 씨가 쓴 것 중에 곤란한 것은, 에도 시대의 법률어 및 법제에 손길이 미치지 못한 점이라고 생각합니다.

38페이지에 보면, 데와의 다카바타케(高畠)라는 곳으로 영지 변경을 당한 2만 석의 오다 가문 가로, 아이사카 군타이후(藍坂群太夫)라는 사람이, 오다 가문을 위해 공작을 벌일 작정으로 에도에 나오는 내용이 적혀 있습니다. 거기에 "심복의 검객으로서 세속에 능통한 인도 야스마(印東安馬)를 호위 역할로 삼고, 창술가 지스케(治助), 요바코가쓰기(用箱担ぎ)인 도미조를 데리고 몰래 본국을 떠났다"고 하는군요. 얼마만 한 녹을 받는지 모르겠지만, 수행원이 세 명이나 네 명밖에 없는 것처럼

---

7 에도 시대 중기의 유학자, 사상가. 고즈케노쿠니 오바타 번 가로 요시다 겐바(吉田玄蕃) 등 많은 오바타 번 무사를 제자로 삼았다가 오바타 번의 내분에 휘말려, 1766년 제자에게 모반의 혐의가 있다고 막부에 밀고를 당하여 체포되었고 이듬해 1767년 제자인 후지이 우몬(藤井右門)과 함께 처형되었다(메이와 사건(明和事件)).

보입니다. 그것도 작은 다이묘이니 괜찮다고 치는데, "요바코"란 어떤 것일까요. 작은 다이묘라고 쳐도, 가로이니까 등성할 때에는 고요바코(御用箱)[8]를 들고 나설 텐데요. 고요바코라면 에도로 나가는 데 들고 가는 것도 이상한 일이며, 또한 고요바코라면 그러한 하인에게 들게 할 리는 없지요. 여기에서는 하사미바코에 대해 쓰여 있지 않으니, 이것은 하사미바코를 잘못 쓴 게 아닌가 싶습니다.

39페이지에서 군타이후가 나가이 고개(永井峠)라는 고개를 넘어 갑니다. 거기에서 수행하던 인도 야스마와의 대화가 있는데요, 야스마는 "이까짓 산길이면 무슨 일이든 있겠지요"라고 말합니다. 이것은 이상한 말로서, 영문을 모를 소리 같군요. 게다가 수행인들이 걸어가는 것이야 괜찮지만, 아무리 작은 번이라도 가로직에 있는 군타이후가 ─ 특별히 건강해 보이는 사람이지만 "예순이 넘었다"고 쓰여 있습니다. 예순을 넘지 않더라도, 어쨌든 지위가 지위이니 도보로 에도에 가는 일은 있어서는 안 되겠지요.

그리고 42페이지에도 "가문은 파면되었다"라고 쓰여 있습니다. 하지만 그 뒤에 "그래도 2만 석의 녹봉만은 깎이지 않고"라고 하는데, 멸문을 당한 것이 아님은 작자도 잘 알고 있으면서 왜 "파면"이라고 했을까요. 이런 경우에 "영지 변경"이라는 말이 일반적으로 쓰인다는 것을 잊기라도 했을까요.

아이사카 군타이후에게는 다테와키(帶刀)라는 아들이 있어서, 선선대의 오다 쓰시마노카미(織田對馬守)의 서출인 여성을 그 아내로 맞이하게 되었다고 합니다. 46페이지에서 그 일을 얘기하며 "서로 마음을 허

---

8 관청의 문서·물품 등을 넣어두는 상자.

락했던 오치이 님이라고도 불리는 분에 대해"라고 쓰고 있습니다. 이 "오치이 님"이라는 분이 선선대의 서출일 테니, 주군의 혈육임은 말할 것도 없지요. 그렇지 않더라도, 중(中)에서 상(上)의 무사라면 자신의 아내가 될 여성, 즉 약혼을 한 여성이라 해도 그 생김새는 물론이요, 인품 같은 것에 대해 아는 바가 없을 것입니다. 옛날의 무사 등은 선을 보고 아내를 맞이하는 일은 거의 없었지요. 얼굴도 모를 정도이니, "서로 마음을 허락했던" 같은 일은 도저히 있을 수 없는 이야기입니다. 설령 대등한 신분, 혹은 자신보다 신분이 낮은 이라고 해도 젊은 남녀가 교제하는 일이 없었던 시대이니, 어떤 마음씨를 지닌 사람인지 알 수 없는 것이 당연하지요. 간혹 어떤 기회로 얼굴을 본다거나 첫눈에 반하느니 마느니 하는 일도 있었지만 이것은 오히려 예외이며 서로 마음을 허락하는 일은 무사의 생활로서는 있을 수 없었던 것입니다.

그리고 나서 영주님은 이 "오치이 님"이라는 여성을 아이사카 다테와키와 짝지어 주는 일을 취소하였습니다. 하기야 거기에는 여러 가지 이유도 있지만, 다테와키는 취소가 되어도 태연했습니다. 그 마음가짐을 확인할 요량으로, 조하치로가 다테와키를 도중에 붙잡아서 두세 가지 문답을 나눕니다. 그중에 "그렇다면 그대가 오치이 님을 흠모하고 있다는 소문은 거짓이로구나"(49페이지)라는 말이 나옵니다. 여기에서는 앞서 그 혼사가 중지되었다는 점에 대해, 다테와키가 그것은 어쩔 수 없는 일이며 불충한 신하가 되고 싶지는 않다, 무슨 일이건 주군의 명령에 따른다는 의미가 담긴 이야기를 하고 있지요. 그에 대한 내용인데, 아무래도 이 시대의 무사의 대화로서는 흠모를 하느니 마느니 하는 것을 물어보는 것도 이상합니다. 이러한 일은 물어야 할 일도 아니며, 흠모하는 경우도 존재할 까닭이 없지요.

다테와키는 여기에 답하며 "소문의 책임은 소인에게 없을 터"라고 말합니다. "소문의 책임"이라는 것도 이 시대의 성격상 이상한 말이라고 생각합니다.

그리고 또한 조하치로가 "가로의 자식은 인정이라는 것을 어딘가에 깜빡 두고 온 것으로 보인다"라고도 말하지만, 일단 약혼이 취소되었다고 하는데 여전히 그 여성을 아내로 삼고 싶다거나 그 여성을 단념할 수 없다는 것은, 당시의 인정으로서는 미련입니다. 그런 말을 하면 세간에서 웃음을 사므로 사무라이가 아니라 해도 그러한 경우에는 단념하는 것을 시원스럽다고 여겼으며, 또한 실제로 단념하기도 했으니 그러지 않으면 기개가 없는 사람이라는 소리를 들어도 어쩔 수가 없지요. 그것이 당시의 인정이니, 시대의 마음가짐이 다르므로 이런 부분의 내용은 오늘날의 마음가짐에서 말하는 것처럼 들립니다. 시대를 잊고 있다는 생각밖에 들지 않는군요.

53페이지에는 "다카바타케 사방의 요로(要路)에, 비상 검문이 실시되었지만" 운운하는 내용이 쓰여 있습니다. "비상 검문"은 당시의 말이 아니지요. 오늘날로 치면 비상선을 쳤다는 내용처럼 보이는데, 이런 말은 당시에 없었을 뿐 아니라 비상선을 치는 등과 같은 사실도 없습니다. 게다가 여기는 영지의 구분이 다르니, 여기서 경찰적인 활동을 하려면 그 지역 영주의 손으로 이루어져야 할 텐데 이것은 어찌된 일일까요.

57페이지에 "뭐야. 묘한 소리를 하는군(妙なことをいうたな, 묘나코토오 이우타나)"이라는 조하치로의 말이 있습니다. 그 전에도 "라고 해서(だというて, 다토이우테)"라든가, "가깝다고 해도(近いというても, 지카이토이우테모)"라는 말이 있습니다. 이것은 다카바타케에서 돌아가는 길에 길동무가 된 수상한 여성과의 대화 속에 나온 말인데, 지금까지 옮겨 온 다른 말을 보면 오늘날 도쿄에서도 통용되는 말이지만 여기에 이르러 "いうた (이우타)"라든가 "いうて(이우테)" 같은 말투가 되었습니다.[9] 이것은 다른

지방의 말입니다. 그런 식으로 뒤섞인 말이 이 안에 무척 많습니다.

62페이지 부분에서, 조하치로의 칼 두 자루가 이 수상쩍은 오타키(お瀧)라는 여자 때문에 거친 숫돌에 갈려서 날이 뭉툭해지고 맙니다. 게다가 그것을 모르고 있다가 여자가 무심코 지껄이는 바람에 비로소 알아차려, 칼을 뽑아 보고 놀랐다고 써 있습니다. 하지만 조하치로는 무사이며 특히 검객이기도 합니다. 그 혼이라고 할 만한 칼 두 자루를, 어떤 틈을 보였기에 칼날이 무뎌지도록 망치게 두고 말았는지, 무척 의아한 이야기라고 생각합니다. 또한 그것을 모르고 있었다는 것은 아무래도 사실적인 이야기라고 여겨지지 않는군요. 참으로 어리석은 무사이며, 정말이지 예사로운 사람이 아닙니다. 그런 자가 이 안에서 한결같이 활약하며, 이 소설을 이끌어 가는 인간이라는 점에 이르러서는 정말 경탄할 수밖에 없군요.

거기에서 조하치로는 생각에 잠겨 이렇게 칼이 쓸모가 없어지게 된 이상, 군타이후를 찾아내어 베어 봤자 소용이 없으니, 찌르는 수밖에 없다고 생각했다고 써 있습니다. 이것이 나중에 무척 재미있는 이야기가 됩니다.

68페이지를 보면 술을 한 잔 마신 오타키라는 여자가 이 조하치로에게 반하여, 정사 장면이 벌어집니다. 화류계의 여자이니 과감한 짓을 벌인다는 것을 들어 보지 못한 바는 아니지만, 이것은 의외로 무례한 일인데도 조하치로가 화를 내지 않습니다. 이 여자가 나가주반 한 장만 입고 띠도 일부러 매지 않았다고 쓰여 있는데, 어떤 여자이건 메이와 시대에 나가주반이라니 이건 어떨지요.

---

9 현대의 표준어로는 いった(잇타), いって(잇테)라고 한다.

그리고 자신에게 기대어 오는 여자를, 조하치로가 안아서 이불 속에 밀어 넣고 재우고자 합니다. 그건 괜찮지만 "순간, 말없이" 급소를 찌르는군요. 그리고 얼마 뒤에 깨웁니다. 그러자 이 여자가 되살아나 그대로 쿨쿨 잠들고 만다는 것인데, 엉뚱한 곳에 유술(柔術)을 응용하는군요. 글을 너무 정교하게 쓰려고 하니까 이런 무리가 생깁니다. 대체 무엇을 위해 급소를 찔렀을까요. 주정뱅이가 버둥거리지 않도록 한 것이겠지요. 게다가 얼마 뒤에 깨우자 되살아나서 그대로 잠이 들고 말았다는, 그런 일이 있을 수 있다고 보는 걸까요. 깨웠더니 그대로 되살아나서 이내 쿨쿨 잠들고 만다고 생각하는 것이 무척 우습습니다. 뿐만 아니라 이런 경우에 유술을 활용하여 급소를 찌르거나, 바로 되살린다는 것도 어지간히 우스꽝스러운 이야기다 싶군요. 오타키는 가사 상태에서 되살아나 다음 날 아침까지 잡니다. 그 사이에 조하치로는 여관에서 달아났다고 하는데, 그런 일이 실제로 가능할 거라고 여기는 걸까요.

75페이지에서 조하치로가 군타이후를 만납니다. 고시가야(越ヶ谷)에서 센주(千住)까지 가는 길을 군타이후가 걷고 있던 참인데, 걸으면서 따르고 있던 사무라이들에게 가문의 중요한 일이며 무슨 이야기 따위를 술술 털어놓고 있군요. 걸으면서 방담을 나누고 있습니다. 작은 다이묘라고 해도 다이묘의 가로씩이나 되는 이가, 심지어 연배도 제법 되는 인물이 이렇게 행동하는 것은 무척 이상한 일 같습니다. 작자도 신경이 쓰였는지, "길을 가면서 이런 이야기를 하는 것은 부주의하기 짝이 없어 보이지만, 군타이후는 때때로 이 방법을 이용한다. 사람은 100명 중 99명까지는 방심하다 낭패를 보는 법이다. 가도에서 하는 이야기에 누가 커다란 비밀이 있을 거라고 생각하겠느냐, 그런 심산이었다"라고 밝히고 있습니다만, 이것은 곤란한 변명 같네요.

거기에 조하치로가 나와서 드잡이가 시작됩니다. 군타이후를 따르던

검객 인도 야스마라는 이가 먼저 진검으로 조하치로에 맞섰습니다. 이를 그 자리에서 쓰러뜨리고, 이번에는 군타이후에게 덤빕니다. 군타이후의 다리 쪽을 후렸지만 조금도 베이지 않습니다. 두 사람 다 다치지 않았습니다. 그래서 84페이지에서 조하치로가 "그렇다. 찌르기다. 찌르기를 쓰는 방법이 있었지!"라고 말합니다. 자신의 칼이 이미 날이 빠져서 베이지 않으니 "필승의 수단은 찌르기에 있다"라며 생각했다고 써놓고는, 막상 적을 만났을 때는 그 점을 잊고 있지요. 적을 베었다가 상대가 멀쩡한 것을 보고야 비로소 깨닫고 "크- 큰일이다!"라고 하다니, 이게 무슨 희극도 아니고, 마음가짐이 갖춰진 무사의 이야기라기에는 너무 심합니다. 2중, 3중으로 경솔함을 보이고 있으니 말이 안 되지요.

그러고 나서 거기를 겨우 벗어나 샛길로 우회한 조하치로가, 따돌렸던 오타키와 또 마주칩니다. 오타키는 무척 기뻐하며 돈을 준다느니 어쩌니 얘기합니다. 조하치로가 떠나 버리고 나서, 오타키를 따라다니던 마쓰코(松公)라는 작자 — 이 자가 일전에 오타키의 명령으로 조하치로의 칼 두 자루의 날을 망가뜨린 작자인데요 — 가 "슈쿠야쿠닌(宿役人)[10]에게라도 문책을 당하면 귀찮겠지요"라고 말합니다. 이것은 지금 이렇게 수상한 행색을 한 조하치로와 대화 따위를 나누다가 슈쿠야쿠닌에게 문초를 당하면 곤란하다, 라고 하는 말 같은데 슈쿠야쿠닌이라는 것이 이렇게 일반 경찰 사항 같은 일에 관여한다고 생각하는 것일까요. 거동이 수상한 인물이 있다면, 그것을 어떻게든 조치할 권능이 있다고 생각하는 것일까요. 대체 작자는 슈쿠야쿠닌이란 무엇인지, 어떤 직종의 인물인지를 알고 있을까요. 이 대화의 모양새로 보면, 어쩐지 슈쿠야쿠닌

---

10 에도 시대, 역참에서 도이야바(問屋場, 역참에서 사람과 말을 관장하던 사무소)를 관리하고, 주로 인마를 갈고 숙박 업무를 담당한 관리.

이라는 것이 거동이 수상쩍은 자를 단속하거나 붙잡아 둘 수 있는 인물처럼 읽힙니다. 그것은 필경 작자가 슈쿠야쿠닌이라는 것을 제대로 모르기 때문이라고 생각되네요.

92페이지에 보면, 이번에는 조하치로의 삼촌 신도 고자에몬이 있는, 오치이 님이라는 분이 거처로 삼은 저택이 나옵니다. 이것은 어떤 저택인가, "다마치에 가까운 시바의 바닷가에서 멀지 않으며, 높은 울타리를 둘러친 외관"이라고만 나오니 전혀 알 수가 없습니다. 혹은 알 수 없도록 만든 것이, 작자가 신경을 쓴 부분일지도 모르겠군요.

그 알 수 없는 저택의 울타리 밖으로 수상한 자가 찾아옵니다. 그러던 차에 신도 고자에몬이 경계를 서다가 붙잡아 문답을 벌입니다. 이는 우시카타의 한 사람이 악인에게 부탁을 받고 오치이 님의 동정을 살피러 온 것, 이라고 합니다. 그 이야기도 좀 이상한 느낌이 드는데, 그 수상쩍은 우시카타의 말에 "조하치 로닌의 입에서 들었는데, 이 저택의 공주님인지 아가씨에게 질 나쁜 애인이 있는지 없는지에 대해서"라고 하는 대목이 나옵니다. 우시카타가 조하치로에 대해 "조하치 로닌"이라고 말하는군요. 조하치로가 로닌이기는 해도 무사입니다. 그런 무사를 향해, 우시카타가 아닌 그냥 조닌(町人)[11]이라고 해도 "조하치 로닌" 같은 말은 할 리가 없다고 생각합니다.

그 대화에 이어(101페이지) "그 역할이라는 것이, 공주님인지 아가씨가 있는 곳에, 연애편지가 오지는 않는가 하는 것을 탐색하는 일이올습니다"라는 말이 있습니다. 무가 저택에 있어서, 그것도 하인들이라면 모를까, 호위 담당까지 딸려 있는 오치이 님의 거처에서 그런 식의 교류가

---

11 근세 사회계층의 하나. 도시에 사는 상인·직인(職人) 신분의 사람. 무사나 농민과 구별된다.

가능하다고 생각하고 있는 것일까요. 용의주도한 이 작자가 어째서 이런 내용을 썼을까요.

그리고, 앞에 나왔던 야쓰야마 ― 이 자는 그 후 조하치로의 편이 된 모양입니다만 ― 가, 109페이지에서 신도에 대해 "조하치 씨의 숙부님이로군요"라고 말합니다. 어엿한 무가에게 "조하치 씨"라고 하는 것도 이상하지만 심지어 그 숙부에게 "조하치 씨의 숙부님"이라고 하는 데에 이르면, 도저히 사무라이에게 할 소리가 아닙니다. 조닌 농민들의 말을 그대로 옮겨 오니까 이럴 때 이런 말이 튀어나오는 것으로, 그것은 또한 신도가 "아니, 누군가 했더니 야쓰야마 씨로군"이라고 하는 것을 봐도 잘 알 수 있다고 봅니다. 야쓰야마를 부르는데 "씨"는 필요가 없지요.

111페이지에 군타이후에 대해 쓰면서, "에도에 도착한 다음 날 밤"이라고 말합니다. 에도에 도착했다고만 하고 에도의 어디에 도착했는지는 말하지 않습니다. 이것도 용의주도하다면 그렇다고 할 수 있겠지요. 이런 경우는, 오다 가문의 가미야시키(上屋敷)[12] 내지 시모야시키여야 할 텐데, 여기에서는 말하지 않습니다.

114페이지에서 군타이후와 이야기하고 있는 효도 다헤(兵堂多兵衛)라는 자의 말 중에, "다테와키 공으로부터는 편지도, 인편을 이용한 소식도 확실히 없었습니다. 또한 오치이 님으로부터 편지도 오지 않았으며 인편을 이용한 소식이 도착한 낌새도 없습니다"라고 보고하는 대목이 있습니다. 작자는 이런 일도 있다고 여기고 있지만, 전에도 장황하게 말했듯이 무가에는 연애결혼이 없으니, 그것을 제대로 속에 갈무리하지 않으면 이런 일을 먼저 염두에 두지요. 그렇게 생각을 진행하다

---

12 에도 시대, 지위가 높은 무가(武家), 특히 다이묘가 평소의 주거로 삼은 집.

보니 이러한 사실도 있지 않았을까 하는 것이겠죠. 첫째로 지위가 있는 사람이라면, 혼자 있는 경우가 없으니 설사 그런 일을 하고 싶다고 해도 도저히 할 수 있는 상황이 아닌 것입니다.

이런 보고를 받거나 대화를 나누고 있는 곳은 앞에 나온 효도 다헤 — 이 인물도 오다 가문의 가신입니다만 — 라는 사람의 첩의 집인 모양입니다. 이것은 나중에 나오는 문장에서 비로소 알 수 있습니다만, 군타이후는 다테와키와 오치이 님의 사이에 아무런 이야기도 없다는 보고를 받고, "그렇군, 마음이 놓인다"라고 말합니다. 하지만 가까운 시일 안에 다누마(田沼)에게 오치이 님을 바칠 때까지는 종래와 같이 감시해 주기를 바란다고 하는 군타이후의 말 중에 "새것이 아니면, 포식을 좋아하는 그 분의 즐거움이 줄어들 것이다"라는 대목이 있군요. 참으로 저속한 말인데, 이러한 가로의 말이라면 같은 뜻을 담더라도 조금 더 우아한, 남이 듣기에 부끄럽지 않은 말을 사용해야 한다고 생각합니다. 이러면 너무 저속하지요.

여기까지 이야기를 마치더니, "그때까지 사양하던 여자를 불러들여, 군타이후도 다헤도 유쾌한 듯 담소를 나누기 시작했다"고 쓰고 있습니다. 이것은 방금 말했던 대로 효도의 첩의 집인 모양인데, 첩의 집의 어떤 방에서 이런 이야기를 나눴을까요? 어떤 여자를 지금까지 사양하고 있다가 이리로 불러들였을까요. 이것도 나중에 알게 되는 이야기인데, 군타이후는 에도에 도착한 날 밤에 이 효도의 첩의 집 같은 곳으로 기어들어 왔던 모양입니다.

이 첩의 집이라는 것은 어디에 있는가 하면, 123페이지에 "효도 다헤의 예비 주거가 시바 하마마쓰초(浜松町)에 있다. 일전의 밤, 군타이후가 왔던 곳은 이 예비 주거이다. 예비 주거란 첩의 집이기도 하며, 오다 가문의 특수 대우 부활을 위한 공작에 있어서, 오다 가문 저택 이외의 본부 같은 모양새의 장소이기도 하다"고 설명하고 있습니다. 효도라는 인물은 어떤 신분의 인물이었는지, 지금까지만 봐서는 잘 알 수 없지만 지위의 고하를 막론하고 무사라는 자가 조닌 소유의 집을 빌려 살아서는 안 됩니다. 재력으로 봐도 허용되지 않을 뿐 아니라, 당시의 법규가 허락하지 않습니다. 민중이 사는 곳은 시가, 무사가 사는 곳이 무가지로서 분명하게 거주 구역이 확립되어 있었지요. 그러므로 에도에 머무는 막부의 신하이건 각국의 다이묘건, 가신들이 에도에 와서 조닌의 집을 빌려 놓을 수가 없습니다. 게다가 통금 시간이 있어서 외박하는 일은 물론 불가능하며, 밤에 이런 곳에 와서 술을 마시거나 이야기를 나누는 일도 불가능합니다. 따라서 "저택 이외의 본부"라는 것을 거느리고 "오다 가문의 특수 대우 부활 공작"을 벌인다뇨. 그런 일도 결코 옛날의 방식이 아니지요. 저택 안에 얼마든지 작은 방이 있고, 나가야도 있으니 그중 어느 곳이든 밀담의 장소로 돌릴 수 있습니다. 이런 부분을 보면 지금의 정치가가 요정에 모여서, 무슨 공작에 대한 회의를 하고 있는 기분이 역력히 배어 나오는 것 같습니다. 에도 시대의 어느 때건, 또한 어느 번의 내부에서건 그런 일은 없었습니다.

117페이지에 "무사는 거의 뒤집혀질 듯이"라고 나옵니다. 이것은 식자가 잘못된 걸지도 모르겠군요. "뒤집어질 듯이"라고는 하지만, "뒤집혀질 듯이"라고는 하지 않지요.

160페이지에 조하치로와 신도 고자에몬의 대화가 쓰여 있습니다. 조하치로가 "군타이후 이놈, 다누마 녀석과 만납니까"라고 하자, 고자에몬은 "다른 데서 그런 소리를 해서는 안 된다, 험담이라고는 하지만 현재의 로주, 더욱이 예사롭지 않은 분을 녀석이라고 부르면 못 써"라고 하며 말립니다. 이것은 작자가 주의 깊은 인물이기에 이렇게 처리했겠지만 애초에 지적할 부분을 잘못 찾았으니, 모처럼 숙부가 말려도 전혀 말리는 보람이 없습니다. 이 당시의 사람이라면 아무리 분개했더라도 자기 번의 중역을 "이놈"이라고 부르는 일은 결코 없습니다. 하물며 로주인 다누마 도노모노카미(田沼主殿頭)[13]를 "녀석"이라고 부르는 일은 더더욱 없겠지요. 그런 사람에 대해 얘기할 때면, 대개 그 저택이 있는 곳을 가리키면서 말합니다. 그렇지 않으면 그 가문의 문장을 얘기하거나요. 이 책 앞쪽에는 다누마를 "덴지루시(田印)"라고 하는데, 그렇게 말하는 경우도 없었을 거라고 생각합니다. 그럴 경우에 사용하는 말로는, 가문의 문양도 있지만 저택의 소재지도 있으니 그것으로 충분할 터입니다.

조하치로는 고자에몬에게 그 말을 듣고, "여기서 말한다면 상관없겠지요"라고 합니다. 뒤에서는 아무리 로주라고 해도 "녀석"이라고 부른다는 이야기를 토대로, 이것을 썼다는 점은 잘 알겠습니다. 아무래도 너무 안이하다는 생각이 가시지 않는군요. 고지식한 근성이 작자에게 부족하니 그런 내용을 생각하고 그것을 말로 표현한 것입니다. 그래도 아직 마음이 놓이지 않으니 숙부로 하여금 말리도록 했지만, 아무래도 말리는 방식이 너무 두루뭉술합니다. 원래 어디에서도 그런 말을 하지는 않는 법이지요.

156페이지에 보면 "호이호이. 호이. 호이. 호이호이"라고 하는 가마꾼 목소리를 쓰고, "점점 다가오는 뒤의 가마꾼의 화장 소리(化粧聲)"라고 합니다. 가마꾼이 "호이호이"라고 하는 것을 "화장 소리"라고 했다는

---

13 다누마 오키쓰구(田沼意次, 1719~1788). 에도 중기의 막신. 제10대 쇼군 도쿠가와 이에하루의 고요닌에서 로주가 되어 막정의 실권을 장악. 적극적인 경제 정책을 진행하였으나 뇌물 정치가 횡행하여 자식인 오키토모가 성내에서 베인 뒤 세력을 잃고 실각했다.

말은 여기에서 처음 들어 보는군요.

그 가마는 군타이후가 검객 인도 야스마를 요시와라로 데리고 갔다가 거기서 돌아오는 길에 탄 가마인데, 이것을 조하치로가 요격합니다. 이 대화 속에도 꽤 이상한 말이 있습니다. "가문이 지금과 같은 꼴이어서는, 오치이 님도 행복하실 수 없다"(161페이지) — 이것은 군타이후의 말인데, 상당히 이상한 말을 쓰고 있습니다. 그러자 조하치로는 "그렇다고 첩으로 바치겠다는 말씀인가"라고 합니다. "첩으로 바치겠다는 말씀인가" 같은 말은 마치 라쿠고에라도 나올 듯한 표현이라, 이상하기 그지없습니다.

"측실이 꼭 측실인 것만은 아니다. 아드님을 낳으셔서 혹시 그 가문의 당주가 되었을 때, 생모이신 분의 입장은 어떻게 되는가. 그 말이다" — 이것도 군타이후의 말입니다. 주군의 혈육인 오치이 님이라는 사람을, 군타이후 등이 다누마의 첩으로 내놓으려고 하고 있지요. 그 일에 대한 이야기인데, "측실이 꼭 측실인 것만은 아니다"라는 것은 무슨 소리일까요. 아들을 낳아, 그 아들이 당주가 되었을 경우 생모의 입장은 어떻게 되는가. 그러니 "측실이 꼭 측실인 것만은 아니다"라고 하는데 말이죠. 이것은 어지간히 영문을 알기 힘든 이야기라고 생각합니다. 당주의 생모라면 가미도리(上通り)라고 하여 가족의 대우는 받습니다. 하지만 어머니의 대우를 받는 것은 결코 아닙니다. 이것은 무가의 규율로, 첩이라는 존재는 가신입니다. 그것이 당연하므로 "측실이 꼭 측실인 것만은 아니다"가 아니라, 측실은 어디까지나 측실입니다. 가미도리의 대우를 받게 되더라도, 그 점에는 전혀 변화가 없습니다. "아드님을 낳으셔서 혹시 그 가문의 당주가 되었을 때, 생모이신 분의 입장은 어떻게 되는가" 같은, 말도 안 되는 소리를 하는 이는 없을 터입니다.

그렇다면 이 군타이후라는 가로가, 잠깐의 변명을 위해 터무니없는

소리를 하는 거라고 이해해야 할까요. 하지만 당시는 그런 일을 누구나 알고 있었으니, 그런 일로 잠깐의 변명조차 가능할 리가 없지요. 조하치로는 거기에 대해 "무슨 헛소리냐. 그런 소리를 한다면 내 쪽에서도 묻겠다. 내가 아는 하타모토 녀석이" — 또 여기에서도 "녀석"이라고 합니다 — "집에 드나드는 할멈을 붙들고 다마요(たまよ), 다마요라고 부르고 있다. 할멈은 할멈대로 하타모토 녀석을 붙잡고 나으리 나으리 하고 부르며 넙죽넙죽 고개를 숙인다. 이 할멈은 하타모토 님의 생모란 말이다, 어미가 자식에게 이름으로 불린다, 그것은 어째서인가, 첩이었기 때문이다"라고 말하며, 무슨 수를 써도 첩은 첩이다라는 것을 주장하고 있습니다. 이것은 조하치로가 실례를 거론한 셈입니다만, 따로 예를 들어 말하지 않더라도 너무 당연한 일이라 아무것도 아닌 이야기인 것입니다. 군타이후는 그래도 아직 "그것은 그대가 세상을 보는 눈이 좁기 때문이다. 그러한 첩도 있지만, 내가 말하는 바와 같은 측실도 있다"고 합니다. "내가 말하는 바와 같은 측실"이란 어떤 측실일까요, 이쪽도 존재한다면 실례를 들어 줘야 알 수 있겠지요. 태어난 자식조차 적자와 서자로 나뉠 정도이니, 낳은 이에게도 분명히 차이가 있지요. 하물며 명백하게 가신인 이상, 내가 말하는 바든 말하지 않는 바든 가릴 것도 없습니다. 애초에 첩이니 측실이니 하는 이름은, 대외적인 이름에는 없습니다. 다이묘의 첩은 주로(中臈) 혹은 고쇼와 같은 식으로, 번에 따라 명칭은 다르지만 신분은 어느 쪽이든 신하로 정해져 있었던 것입니다.

그리고 제법 재미있는 것은, 군타이후가 "나를 죽이지 마라"고 합니다. 조하치로는 "싫다"고 하지요. 군타이후는 또한 "그렇다면 다카바타케의 가문의 소동이 된다, 그래도 괜찮으냐"라고 합니다. 이렇게 현재 거기 모인 사람들이 일제히 칼을 뽑고 달려드는 상황에, 어째서 이런 시시한 문답을 벌이고 있을까요. 연극의 무대라면 모를까, 너무나 여유 만만한 이야기라서 받아들이기가 힘듭니다.

그 문답에 이어서, 조하치로가 이런 말을 하고 있습니다. "내게 있어 서 천상이든 지하든 사랑스럽게 생각하고 모시는 단 한 사람", 이것은 오치이 님에 대해 말하는 것인데 "그 분을 위해서라면 2만 석이 다 무어 냐, 가문이 다 무어냐, 이 한 몸이 갈기갈기 찢어져도 후회하지 않을 내가, 오다 가문의 격식 따위는 길가의 나무토막이나 마찬가지다" — 이것이 오늘날의 사람의 마음가짐으로, 가문을 소중히 여기는 당대의 무가 기질과 얼마만한 거리가 있을까요? 지금이야 비록 로닌 신세이지 만 조하치로도 그 집안을 섬기던 자의 후예이니, 옛 주군의 가문에 대해 "2만 석이 무어냐"라는 둥 "길가의 나무토막"이라는 둥 하는 것은, 극도 의 폭언입니다. 이것은 정말이지 오늘날의 영문 모를 서생의 근성을 가 졌기에 하는 말이니, 가문의 소중함을 잊은 자는 옛날의 무사 중에는 결코 없었습니다. 이 정도로 주의해서 여러 가지 책을 읽고 깊이 생각하 는 작가가, 여전히 "가문이 무어냐"라고 하는 소리를 대사랍시고 선사 한다는 점에 대해서는 참으로 탄식을 금할 수 없군요. 이래서는 당대의 마음가짐을 망각하고 있는 정도의 이야기가 아니라, 아예 이런 것을 쓰 기보다 메이와 시대의 무사를 비난하는 논문이라도 쓰는 편이 낫다고 생각합니다. 도나미 조하치로와 같은 무사는 결코 없습니다. 작자는 없 는 것을 억지로 써냈다고 생각할 수밖에 없군요.

일단 이 책에 대해서는 이 정도로 해 두도록 하지요.

요시카와 에이지(吉川英治)의
『나루토 비첩(鳴門秘帖)』

상(上)

요시카와 에이지의 작품은 다른 작가들과는 달리 에도(江戸)에 관해 다소 알고 있는 듯한 인상을 받았습니다. 그런데 그것이 마음이 아픕니다. 에도와 관련한 것들이 소화되지 못한 채 여기저기서 불쑥불쑥 나오고 있습니다. 어설프게 알고 있는 것이 도리어 해가 되고 있습니다. 시대나 계급에 대해 자세히 알지 못하고 적어 실수만 할 뿐으로, 조금 알고 있는 것이 아예 모르는 것보다 나쁠 지경입니다. 이 점이 다른 작가들과 다른 점이라고 할 수 있을까요? 항상 첫 페이지부터 읽기 시작하지만, 이번에는 방법을 달리하여 첫 번째 장 '가미가타의 권(上方の巻)'은 읽지 않고 그다음 장인 '에도의 권(江戸の巻)'부터 조금 읽어 보았습니다. 따라서 이 평판기도 이 책(대중문학전집)의 347페이지부터 시작하며, 그 전의 사항에 대해서는 일절 얘기하지 않겠습니다. 본문을 읽지 않고 평판기만 읽는 분들은 당연히 자초지종을 알기 어려운 점도 있을 것인데 이것은 미리 양해 부탁드립니다.

'에도의 권'은 1765년 11월 중순의 일부터 적고 있습니다. 따라서 바로 오차노미즈(お茶の水)에 대해 "오차노미즈의 남쪽을 따라 나 있는 스루가다이(駿河臺) 언덕. 매일같이 잎을 떨구고 있는 벌거숭이 나무는 여성이 머리카락이 빠지는 것을 안타까워하는 것처럼 을씨년스럽게 바람을 맞고 있다"라고 적고 있는데, 아무래도 '오차노미즈의 남쪽을 따라 나 있는 스루가다이 언덕' 부분은 정말로 본 그대로의 스루가다이라고 생각하기 어렵습니다. '매일같이 잎을 떨구고 있는 벌거숭이 나무'

는 오차노미즈의 언덕 구석의 나무가 시들어 잎을 떨구고 있다는 것인데, 제 기억으로 저 오차노미즈의 성당 앞 주변은 '소적벽(小赤壁)'이라고 해서 한학 서생이 좋아했던 장소입니다. 그곳에 배를 띄우고 배 안에서 위를 향해 누워서 봐도 인가는 보이지 않을 정도로 언덕이 우뚝 솟아 있을 뿐만 아니라, 거기에 무성한 나무들이 많이 있어 푸른 하늘도 좁게 보일 지경이었습니다. 여기에 쇼센(省線)[1]이 지나가게 되면서 완전히 모습이 변해 예전과 같은 광경은 거의 없어졌습니다만, 메이지 시대가 되어서도 아직 옛 모습이 약간은 남아있었습니다. 그렇다 하더라도 겨울에도 좀처럼 벌거벗은 나무가 보이는 일은 없는데 하물며 메이와(明和)[2] 시대의 오차노미즈의 언덕에 관해 쓴 이 문장은 심한 거짓이라고 생각합니다.

여기서 가장 먼저 등장하는 인물은 스루가다이 스즈키마치(鈴木町)의 뒷골목을 다니고 있는 넝마장수입니다. 넝마장수가 머리를 숙이고 다니고 있는데 머리 위쪽의 창문에서 "넝마장수님" 하고 어떤 여자가 불렀습니다. 왠지 나가야(長屋)[3]는 아닌 것 같습니다. 2층인지 몇 층인지 적고 있지 않지만 단층집도 아닌 것 같습니다. 넝마장수는 저기로 와달라는 말에 "응? 부엌문으로?"라고 물었습니다. 그쪽에 쪽문이 있다고 하여 그 쪽문을 드르르 열었습니다. "드르르 열은 쪽문을 열어 놓고 바구니를 들고 들어갔다"라고 쓰여 있는 것으로 보아 여기가 부엌인 거 같습니다. 아무래도 2층에서 부른 것 같아서 쪽문을 열자 바로 부엌이 나온

---

1 예전 철도성의(鉄道省) 관리에 소속되어 있었던 철도선을 가리키며, 쇼센덴샤(省線電車)의 약칭이기도 하다.
2 일본의 원호로 1976년부터 1772년까지가 이에 해당한다.
3 1층짜리 하나의 건물에 각 세대를 벽으로 구분한 집합주택을 가리킨다.

것을 보아 이 집은 아마도 구조가 이상한 것 같은데, 그럼 이 집은 누구의 집인지 궁금해집니다.

넝마장수를 부른 여자는 "툇마루 쪽으로 오세요. 잠깐 낡은 종이들을 가지고 나올테니"라고 하며 앞서 말한 것처럼 "넝마장수님"이라고 했습니다. 이 단어를 사용하는 것으로 보아 필시 마치야(町屋)[4]의 여자입니다. 마치야라고 하기에는 이상한 주택이라는 생각이 들었을 때 작자는 이어 다음과 같이 적고 있습니다. "대강 보니 5인분의 녹봉을 받는 오코비토(御小人)[5]의 집인 걸까? 방치된 채 이어진 정원이 비좁은 가운데 마음씨가 좋아 보이는 목면 옷을 입은 젊은 부인이 넝마장수에게 팔 물건을 가지고 왔다." 스루가다이의 스즈키마치 주변에는 마치야가 없었다고 생각합니다. 공교롭게도 구미야시키(組屋敷)[6]도 없는 곳입니다. 게다가 '5인분의 녹봉을 받는 정도의 오코비토(御小人)'라는 것도 모르겠습니다. 1인 15섬의 녹봉은 대개 하급 무사에게 정해진 것으로 녹봉만 받고 있지는 않을 것입니다. 녹봉만 받는 것은 출입 상인이나 의사뿐입니다. '오코비토'은 완전 낮은 계급은 아니지만, 고케닌(御家人)[7]입니다. 여기에 적혀 있는 것을 보면 적은 봉급을 받는 사람이지만 사무라이의 집으로 '고신조(御新造)'[8]라고 불릴 정도가 되는 무사의 아내입

---

4 주거 병설형 점포로 일본에서 1950년 건축 기준법이 만들어지기 전에 지어진 목조 주택을 가리킨다. 상가와 주거를 결합한 일종의 주상복합 건물로 마치야(町家)라고도 한다.
5 에도성(江戸城)의 하녀나 부인 관리가 출입할 때 수행하거나 현관 경비, 심부름과 운반 등의 직무를 맡았던 사람을 가리킨다. 코비토(小人)라고도 하였다.
6 에도 시대 때, 하급 무사들이 모여 살던 저택.
7 쇼군과 주종관계를 맺은 무사로 쇼군을 알현할 수 있는 권한은 없었다.
8 무사의 아내.

니다. 그래서 구미야시키에 사는 것인데 아무래도 이 집의 구조는 이해가 가지 않습니다. 마치 이것은 '5인분의 녹봉을 받는 정도의 오코비토'와 같은 맥락입니다.

특히 이 젊은 부인의 말투를 보면 무엇보다도 넝마장수에게 '님'이라는 호칭을 붙여서 부릅니다. 아무리 1년에 봉급으로 15섬을 받는다고 해도 사무라이라면 '넝마장수'로도 족합니다. "담뱃불을 빌리며 이야기에 열중하는 넝마장수"라는 대목도 있는데 옛날 사무라이의 집은 아주 고상한 곳으로 넝마장수에게 담뱃불을 빌려주고 그와 이야기에 열중하는 것은 있을 수 없습니다. 그런 것은 살림만 하는 부인이라면 가능한 이야기로 무사의 부인에게는 있을 수 없는 이야기입니다. 더욱이 이것이 더 얼토당토하지 않은 것은 넝마장수 쪽에서는 "이 스루가다이에 있는 고가구미(甲賀組)[9]라는 것은 분명 요 앞 울타리에 있는 새까만 무사의 저택이 아니었나요?"라고 하며 그 동정을 물어 탐색하려고 하고 있습니다. 이에 대해 고케닌의 부인은 아주 어이없는 말을 합니다. "그래요. 새까만 저택이라고 해서요. 밀정 역할을 하는 27개 가문의 사람들이 여기에 함께 살고 있어요"라고 하는데 스루가다이 어쩌고 하는 새까만 무사 주택이 거기에 있었다고 하는 것은 들은 바가 없습니다. 그것이 27채 있었다고 하는 것은 물론 고가구미, 또는 고가슈(甲賀衆)[10]라고 하는 사람들이 밀정자로 있었다는 것도 모르겠습니다. 고가슈는 무가에 딸린 병졸로 오루스이(御留守居)[11]를 대동하는 사람이라고 알고 있습니

---

9 고가(甲賀) 지방(현 시가현(滋賀県)에 해당)의 향사(郷士)로 에도 막부를 섬기며 총포를 관리했던 부대의 병졸.

10 에도 시대 고가(甲賀) 지방에 정착한 지방 토착 무사.

11 에도 시대 때, 전국의 통치 관련 업무를 총괄하는 최고직 로주(老中)의 관할 아래

다. 밀정과 같은 역할을 한 것은 절대 아닙니다. 고가구미라고 하면 그 둔갑술의 고장이 고슈(江州)의 고가(甲賀)니까 이런 것에 낚여 작자가 대충 쓴 것이겠지요. 막부의 고등 탐정이라고 할까 정사 탐정이라고 할까, 장군이 여러 다이묘(大名)[12]들의 동정이나 세상 돌아가는 일을 살피도록 하게 한 직무에 대해서는 앞에서도 잠깐 언급했는데, 8대 쇼군 도쿠가와 요시무네(德川吉宗) 시대 이후 '오니와반슈(御庭番)'[13]라는 직책이 모두 그 일을 담당하였습니다. 오니와반슈 중에는 갑자기 입신출세하는 자들도 있고 훌륭한 막부의 관리가 된 이들도 많이 있었습니다. 이러한 이들이 있었기 때문에 고가구미 따위를 부리지 않아도 지장이 없었으며, 또한 고가구미의 둔갑술 중에는 태평한 세상에는 맞지 않는 것도 있었겠지요. 고가구미는 일반 병사로 둔갑술의 임무는 없었습니다. 따라서 탐정 역할도 없었습니다.

이어 이 부인이 점점 고가구미의 역할이 없어졌기 때문에 라고 하며 "그 가문을 조정에서도 줄이려고 하신다는 이야기네요"라고 하자 넝마장수 놈은 고개를 끄덕이며 "그렇지요. 곤겐(權現)[14] 님 시대에는 전투도 있고 적도 많았지요. 그래서 자연히 고가구미니 이가모노(伊賀者)[15]니하며 대규모로 그 명을 받들 필요가 있었지만 지금은 천하가 태평하니뭔가 구실을 만들어서 줄일 수단을 찾는 것이지요"라고 합니다. 이 자

쇼군(將軍)의 부재 시 에도성을 수호하는 역할을 담당하였다.

12 에도 시대 1만 석 이상의 영지를 가지고 쇼군과 주종관계를 가진 무사.

13 에도 시대 제8대 쇼군 도쿠가와 요시무네(德川吉宗)가 만든 막부의 직책 중 하나로, 쇼군에게 직접 명령을 받아 비밀리에 첩보활동을 한 밀정.

14 에도막부의 초기 쇼군 도쿠가와 이에야스(德川家康, 1543~1616)를 높여서 부르는 말.

15 이가(伊賀, 현 미에현(三重県)에 해당하는 지역을 근거지로 뛰어난 둔갑술을 구사하여 에도막부와 여러 다이묘에게 채용되었던 자.

는 시시한 넝마장수가 아닙니다. 하급 포리(捕吏)가 넝마장수로 변신한 것인지, 이렇게 조정의 일을 쉽게 폭로한다는 것은 당시 큰일이 날 일입니다. 또 신분이 낮은 무사의 집이라는 둥, 막부가 필요가 없어지니까 점차 줄이려고 하는 동태를 어떤 자인지도 모르는 지나가는 넝마장수 따위가 지껄인다는 것은 있을 수가 없는 일입니다. 아무리 입이 가벼운 여자라 한들 그러한 소문을 퍼트린다는 것은 시대상 있을 수가 없습니다. 그러나 이렇게 하지 않으면 이 소설은 쓸 수가 없겠지요.

이 이야기를 한 김에, 바로 이 전에 오래된 고가구미의 저택 한 채가 망했다고 부인이 말하자 넝마장수는 "그것은 고가 요아미(甲賀世阿彌)라고 하는 27채 중에 종갓집 가문입니다"라고 합니다. 그러나 고가구미에 고가(甲賀)라고 하는 사람은 없었습니다. 고가라고 하는 것은 오미(近江)[16]의 지명입니다. 이것을 본떠서 고가구미, 고가슈라고 부른 것으로 그중에 '종가'라고 하는 것이 있을 리가 없습니다. 모두 똑같은 병사이기 때문에 본가라든지 종가라는 것이 있을 리가 없습니다. 넝마장수가 망한 가문의 이름까지 알고 있자 부인이 깜짝 놀라니 넝마장수 놈은 "제 어설픈 모습을 보아 아시겠지만 제 본업은 정말 이게 아니기 때문에"라고 했습니다. 그러자 부인은 더욱 놀라 매일 이 주위를 어슬렁거리지만 일이 없는 것 같아 안타까워 생각해 부른 것인데 그런 사람이라면 왠지 기분이 나쁘니 돌아가 달라고 하였습니다. 그러자 "아니 저는 수상한 놈이 아닙니다. 망한 고가 집안의 일에 대해 아시는 것만이라도 말해 줄 수 없나요"라고 하자 부인은 신원이 확실하지 않은 자에게 함부로 말할 수 없다고 했습니다. 이건 당연한 이야기이지만 이미 이 앞에서

---

16 현재 사가현(滋賀県)에 해당.

부인은 넝마장수에게 막부의 소문에 대해 말했습니다. 매우 앞뒤가 맞지 않는 이야기입니다. 넝마장수는 상대를 안심시켰다고 생각하고 "제 신분을 밝히겠습니다"라고 하며 안 옷깃에서 감색의 술이 붙어있는 철제 곤봉을 꺼내 보여 주었다고 적고 있습니다. 감색 술이 붙어있는 철제 곤봉이라는 것은 어떤 곤봉일까요? 도신(同心)[17]이 가지고 있는 것도 요리키(与力)[18]가 가지고 있는 것도 비단으로 만든 술에 틀림이 없습니다. 그것이 감색 술이라는 것은 납득이 가지 않지만 부인은 그것을 보자 크게 놀라며 곤란한 사람을 불러들였다는 모습이었습니다. 그러나 곤봉 정도 꺼냈다고 해서 하급 무사의 부인이 놀랄 턱이 없습니다. 가령 박봉을 받을 지어도 무사의 부인이면 도시의 하급 관리나 병사 따위에게 손가락질을 당하지 않을테니 놀랄 필요도 없고, 또 그런 도시의 하급 관리인 것을 알았다고 해서 부인이 두려울 것도 없습니다.

이어 넝마장수 놈은 한술 더 떠 "자세한 것은 말씀드리지 못하지만 저는 오사카(大阪)의 히가시 부교쇼(東奉行所)[19]의 부하입니다"라고 합니다. 이 자는 메아카시(目明し)[20] 만키치(萬吉)라는 놈으로 내가 읽지 않은 '가미카타의 권(上方の巻)'에서도 꽤 활약한 것 같습니다. 이 남자는 오사카 히가시 부교쇼의 사람, 마치부교쇼의 부하도 아닙니다. 어느 쪽이든 도신 소속입니다. 이것은 작자가 확실하게 모르기 때문에 이렇게 적은 것입니다. 만키치는 오사카 사람이지만 오사카에서 에도의 고가

17 에도 막부의 하급 무사.
18 상급 무사 아래에서 일했던 중간 관리급의 하급 무사로 같은 하급 무사 도신보다는 상급에 해당하였다.
19 에도 시대 직명으로 영내 도시의 행정과 사법을 담당하였던 직책.
20 에도 시대 도신(同心), 요리키(与力) 아래의 하급 포리를 가리킨다.

요아미라는 사람에 대해 알아보러 온 것으로 되어 있습니다. 그렇다면 더욱 문제로 오사카의 마치도신(町同心)[21]이 에도의 일을 알고 싶어 이 메아카시를 에도에 보냈다는 것은 아무 쓸모가 없는 일입니다. 단지 얘기를 듣고 돌아가는 정도로 손 쓸 방도가 없는 것입니다. 따라서 자신의 신분을 얘기한다 해도 아무도 안심시킬 수 없을 뿐만 아니라, 부하는 곤봉을 가지고 있지도 않습니다. 부하는 첩자를 말하는데 이 사람은 곤봉을 가지고 있지 않습니다. 도신을 따라 걷고 있는 부하는 병사로 이 자는 도신과 동행할 때만 곤봉을 가지고 있지, 그 이외에는 가지고 있지 않습니다. 그렇다면 이 경우는 제쳐두고 부하인 것을 어떻게 증명하는가 하면 소속 도신의 명함을 가지고 있는 것입니다. 그뿐으로 그러한 증명을 일반 사람에게 하는 것은 어렵습니다. 더욱이 오사카 마치도신이 부리고 있는 병졸이 에도에 와서 그런 신분 증명을 하려고 하는 것은 상당히 어려운 일 입니다. 이 작자뿐만 아니라 메아카시도 부하라고 칭하는 사람들을 잘 알지 못하고 함부로 곤봉을 가지고 있다던가 곤봉으로 신분을 증명한다고 잘도 쓰고 있으나 이것은 큰 오류입니다.

하급 무사의 부인이 그 가문의 이야기를 듣고 안심하였다는 것은 적혀 있지 않지만, 만키치를 상대로 많은 이야기를 하고 있습니다. 무슨 연유로 만키치는 에도의 고가 요아미의 집을 조사하러 온 것일까요? 이 이야기는 '가미카타의 권(上方の卷)의 어딘가에서부터 얽혀 있는데, 여기서 설명하고 있는 것을 보면 만키치는 에도에 입성하자 바로 고가의 집을 방문했습니다. 그런데 그때는 이미 문패가 바뀌어 다른 사람의 이름이 걸려 있었습니다. 어째서 요미이의 저택이 다른 사람의 것이 되었

---

21 에도 시대 마치부교쇼 소속의 도신.

는가라고 하면, 이 고가 요아미라는 자는 막부의 밀정 역할을 하였는데 아와(阿波)[22]의 하치스카(蜂須賀)가 뭔가 범상치 않은 일을 꾸미고 있다고 의심이 들어 그것을 알아보기 위해 아와로 가서 만 10년이 지나도 돌아오지 않는 것이었습니다. 밀정 조직에는 법규가 있는데 만 10년이 지나도 밀정이 돌아오지 않는 경우에는 죽은 것으로 생각하고 그 가문과는 단절하는 것을 규칙으로 합니다. 고가 요아미 집안은 녹봉을 몰수당하고 저택도 다른 사람에게 뺏겨 버렸다고 하는데, 이것은 전혀 알지 못하는 이야기로 '밀정 조직의 법규'라는 것은 본 적도 들은 적도 없습니다. 물론 이 작자도 보고 들은 적이 없을 것입니다. 애당초 고가구미가 막부의 밀정이라는 것부터가 이미 없는 사실로, 이후도 모조리 거짓에 아무래도 봐줄 수가 없습니다. 이상이 내가 읽은 247페이지부터 251페이지까지로 5페이지에 걸친 이야기인데 이 이야기는 여기서 이미 망한 것이라고 생각합니다.

막부의 하인이라는 자들은 신분의 높고 낮음에 상관없이 자기 마음대로 외박을 하고 다닐 수 없습니다. 하룻밤이라도 자신의 저택을 벗어나는 것은 허용되지 않습니다. 만약 그것이 밖으로 알려지게 되면 그것만으로도 가문과 인연을 끊게 됩니다. 그러나 막부의 목숨이 걸려 있을 경우는 다릅니다. 막부의 밀정 정도 되는 임무를 맡은 자라면 반년, 1년 또는 3년도 돌아오지 않는 경우도 자주 있었습니다. 이 경우는 쇼군의 명령으로 간 것으로, 자신의 의지로 어떤 곳이 수상하다고 해서 가는 경우는 결코 없습니다. 따라서 오니와반 내의 사람들에게는 어떤 목적으로 인지는 알려지지 않아도 어디로 갔는지는 알려졌습니다. 이외에

---

22 현재 도쿠시마현(德島県)에 해당하는 지역.

는 어디에도 오니와반슈의 아무개가 언제부터 어디에 갔다는 것이 외부에서는 알 리가 없었습니다. 그런 사람이 만약 출장지에서 예상치 못한 일이 있을 때는 어떻게 할 것인지에 대한 것도 물론 아무도 모릅니다. 하지만 그 가문과 인연을 끊게 되는 일은 없게 되어 있었다고 보이며, 오니와반 집안은 요시무네 쇼군 때부터 막부 말기까지 한 채도 줄어든 적이 없습니다.

스루가다이에 고가슈의 저택이 있었다는 것도 모르겠으나, 스루가다이에는 고가 마을이 있습니다. 이에 고가슈가 살고 있었다는 것에서 마을의 이름이 되었다는 설도 있습니다. 하지만 고가슈가 고가 마을의 화재에 대비하기 위한 건물에서 일하고 있었던 것은 사실이나, 스루가다이에 산 것은 의문이 간다고 이미 앞에서 말했습니다. 뿐만 아니라 녹봉의 액수는 어떤 경우에도 1년에 약 7석을 받는 신분인데, 고가 요아미 저택은 "낮인데도 모든 덧문이 완전히 닫혀 있다"라고 적고 있습니다. 그렇다면 아무도 없는 것인가 했는데 요미이의 저택은 아가리 야시키(上り屋敷)가 되었기 때문에, 다비카와 슈마(旅川周馬)라는 자가 대신 하사 받아 살고 있어 사람이 없을 리가 없습니다. 고가 요아미라는 자가 무슨 임무를 맡고 있는지, 어느 정도의 녹봉을 받는지 모르지만 당연히 이런 훌륭한 저택을 가진 고가슈의 사람은 아닙니다. 더 작은 저택이라고 해도 구미야시키를 받기 위해서는 그 조직의 사람, 이 경우라면 고가슈여야 합니다. 고가슈로 저택을 받는 자는 도신으로, 도신에게는 도신으로서의 임무가 있습니다. 이외에도 말해야 할 것이 산더미이지만, 그러한 임무를 가지고 임하는 신분이기 때문에 다른 구미(組)의 사람과 같게 해야 합니다. 그 저택만 현관에 못 질을 하는 일은 있을 수 없습니다. 그렇게 하면 구미카시라(組頭)나 다른 이에게 반드시 주의를 받습니다. 이런 수상한 저택을 "기와로 덧댄 스미야시키(隅屋敷)

에만 창문이 열려있었다"라고 적고 있는데, 스미야시키라는 것이 어떤 것인지 들어 본 적도 없습니다. 원래 고가 마을에는 화재에 대비하기 위한 건물과 하타모토(旗本)[23]들의 저택뿐으로 구미야시키가 없었다는 것을 언급해 둡니다.

만키치는 이곳의 동태를 살피려 했지만 아무래도 감이 잡히지 않자 이럴 바에는 넝마장수가 되어 근처를 돌며 수소문하고자 하였습니다. 요아미의 집에는 지에(千絵)라고 하는 딸이 하나 있어 만키치는 그 딸의 행방을 알아봐야 하는데 그게 도통 알 수가 없었습니다. 근처 고가구미 무리에게 수소문 해봤으나 역시 알 수가 없었습니다. 어디에 물어봐도 자기들은 모른다는 대답뿐 계속 답을 얻을 수 없었습니다. 때문에 고민하고 있었는데 하급 무사의 집 부인의 입에서 요아미의 딸의 행방을 들을 수 있게 되었습니다. 이 만키치와 부인의 문답 중에 오사카에서 온 만키치의 사투리 "없습니더"가 눈에 띄는데, 이보다 더 이상한 것은 부인의 설명 중에 슈마가 "조정에서 오다이치(お代地)[24]를 하사받은 것을 좋은 기회로"라는 부분입니다. 이는 정말 모를 일로 이 말대로라면 가에치(替地)로 받은 것이 아닙니다. 가에치라는 것은 막부의 요청으로 땅을 바치고 그 대신 다른 땅을 하사받는 것입니다. 이것은 아가리 야시키(上り屋敷)니까[25] 같은 임무를 띤 자에게 주는 것이므로 가에치가 아닙니다. 하타모토나 고케닌(御家人) 가문이 망했을 경우 그 신분에 상응하는 자가 거기에 사는데, 구미야시키는 같은 직무인 자여야 합니다. 이

---

23 에도 시대 쇼군의 직속 가신단 중 1만 석 이하의 영지를 하사받고 쇼군을 알현할 수 있는 무사.
24 에도 막부가 에도 시중에서 강제로 거두어 쓴 토지 대신에 시중에 나누어 준 토지.
25 에도 시대 때 범죄 등을 저질러 막부 또는 번에 압수당한 저택을 가리킨다.

경우 고가구미가 스루가다이에 살고 있었다는 것은 거짓말인데 그렇게 적고 있으니 잠시 구미야시키의 관습에 대해 저는 얘기하고자 하는 것입니다.

그 말에 이어서 "세상에는 지에 님이 다른 곳으로 떠났다고 말을 퍼트렸는데 사실은 문에도 창문에도 못질을 하여 저 저택 깊숙이 감금하고 있는 것이에요"라고 하고 있습니다. 이것은 요아미의 저택을 하사받은 다비카와 슈마라는 작자가 나쁜 놈으로 이런 짓을 하고 있다는 것입니다. 그런데 저택을 하사받을 때는 당연히 받는 사람도 오고 가문 사람이 입회하여 한 번에 깔끔하게 반환되며, 또 아키야시키부교(明屋敷奉行)라는 것이 있습니다. 이런 과정을 거쳐 다시 하사받는 사람에게 저택이 주어집니다. 이때까지 남은 가족들도 퇴거해야 합니다. 가족들을 그대로 두고 저택을 주는 것이 아닙니다. 그렇기 때문에 한번 퇴거한 요아미의 딸을 질질 끌고 와 저택에 가두는 것이 가능하지 않습니다. 한 가지 방법으로 한번 퇴거한 가족들을 속이고 달래 감금하는 것이 가능할지도 모릅니다만, 여기에는 그러한 것 없이 요아미의 가족을 그대로 감금한 것처럼 보입니다.

만키치는 하급 무사 부인의 말을 듣고, 지금은 다비카와 슈마의 저택이지만 원래는 요아미의 저택이었던 곳에 몰래 들어갔습니다. 저택 내부를 여기저기 주의 깊게 살펴보던 중, 전에 있었던 구석 손님방의 창문이 오늘도 12~15cm 정도 열려있었습니다. 거기에 자신이 찾고 있는 요아미의 딸이 갇혀 있지 않을까 생각해 만키치는 작은 목소리로 지에를 불러 보았습니다. "창문은 무가 저택이라서 키가 닿지 않을 정도로 높은 곳에 있었다"(255페이지)라고 적고 있는데, 이 집 구조가 어떻게 되어 있는지 모르겠습니다. '무가 저택이라서 창문이 높다'라고 하고 있는데 히라야라면 그렇게 높을 것 같지도 않아 보입니다. 아니면 2층집 인 것인지 이 창문은 어떤 창문인지도 모르겠습니다.

그리고 몇 페이지인지 장황하게 적고 있지만 결국 이 여자는 지에가 아닙니다. '미오쿠리 오쓰나(見返りお綱)'라는 철면피 같은 여자였습니다. 이런 곳에 왜 있느냐고 오쓰나에게 묻자 지금 여기에 사는 다비카와 슈마에게 도박 빚이 있어서 그것을 받으러 왔다고 하였습니다. 슈마가 없어 눌러앉아 기다리고 있는 것이라고 했습니다. 만키치는 오사카에 있었던 메아카시(目明かし)이고 오쓰나는 소매치기인데 '가미카타의 권'에서 꽤 활약한 것 같습니다. 특히 만키치는 오쓰나에게 뭔가 도움을 받은 모양으로 구면인 그들은 많은 얘기를 나누고 있습니다. "당신은 사람을 체포하는 임무를 가지고 있지만, 내가 생각하고 있는 일이 있는데 힘을 써주지 않겠어요? 우리 집은 혼고 쓰마고이 잇초메(本郷妻恋一丁目)…"라며 오쓰나는 만키치에게 부탁을 하는데 '혼고 쓰마고이 잇초메'는 메이와(明和) 시대에 없었습니다. 막부 말기에도 없습니다. 이곳은 무사들이 사는 곳으로 마을을 세는 단위인 '초메(丁目)'라는 것이 없습니다.

오쓰나는 그렇게 말하며 덧문을 열어 창문으로 모습을 보였습니다. 그 모습에 대해 "머리는 구라마에후(蔵前風)[26]로 둥글게 늘어트려 올린 모습으로 히후(被布)[27]를 입어 샤미센이나 다도, 꽃꽂이 선생님과 같은 몸짓"(261페이지)이라고 적고 있습니다. '구라마에후로 하여 둥글게 늘어트려 올린'이라는 것은 들어 본 적이 없습니다. 남성의 경우 '구라마에

---

26 에도 시대 후기에 유행한 여성의 묶음 머리 스타일의 하나이다. 마루사게(丸髷)의 일종으로 머리를 묶어 둥그런 부분을 높게, 앞과 뒤는 짧게 하고 후두부 부분의 머리카락을 낮게 한 스타일을 가리킨다.

27 기모노의 위에 걸치는 외투의 일종.

혼다(藏前本多)'[28]라는 머리 스타일이 있었고 이것이 후다사시(札差)[29]들의 머리였는데, 여성의 경우 구라마에 스타일은 없습니다. 더욱이 '둥글게 늘어트린 모습'은 보고 들은 적도 없습니다. 작자가 어떤 머리 스타일을 독자들에게 상기시키려고 했던 것인지 모르겠습니다. 그리고 '히후'는 덴메이(天明)[30] 말, 오노에 쇼로쿠(尾上松緑)[31]가 이와후지(岩藤) 역을 맡았을 때 무대에서 히후를 입었습니다. 쇼로쿠는 히후를 머리를 묶는 용도로 사용했는데, 이것이 당시 유행하여 미망인들은 히후를 꼭 입기에 이르렀습니다. 히후는 은거하며 지내는 여성들의 전용 의복이 되었다고 합니다. 따라서 '둥글게 빗어 올린 모습'이라는 머리 스타일이 무엇인지는 모르겠지만, 어쨌든 머리를 묶은 사람이 입는 것은 아닙니다. 이는 덴메이 시대 때 히후가 유행했었다는 것을 듣고 이렇게 잘못적은 것 같습니다. 내가 이 글의 맨 처음에 본 것이 소화되지 못한 채로 여기저기서 나온다고 한 것이 이러한 부분입니다. 그리고 가야금이든지 다도라든지 꽂꽂이 선생이란 것이 메이와 시대 때 있었을까요? 물론 없지는 않았을 것입니다만 모두 남성들로 여성이 그러한 선생이 되는 일은 없었습니다. 여성 선생이 나오는 것은 아주 나중입니다.

---

28 에도 시대 남성의 묶음 머리 스타일의 하나인 혼다마게(本多髷)의 일종으로 에도 아사쿠사 구라마에(藏前)의 후다사시(札差) 사이에서 생겨나 대중적으로 유행하였다.

29 에도 시대 하타모코토나 고케닌과 같은 무사 계급이 녹봉으로 받은 미곡을 중개하였던 상인을 가리킨다. 아사쿠사의 구라마에(藏前)에 점포를 내서 미곡의 수취, 운반, 매각 등을 대행하고 수수료를 받거나 구라마에 미곡을 담보로 높은 이자를 취하기도 하였다.

30 일본의 원호로 1781년부터 1789년까지가 이에 해당한다.

31 오노에 쇼로쿠(尾上松緑, 1913~1989). 일본의 영화, 드라마, 가부키 배우로 본명은 후지마 유타카(藤間豊)이다. 아버지 대부터 유명한 가부키 집안으로 가부키뿐만 아니라 전후에는 TV 드라마에도 진출하여 1963년 NHK 대하드라마의 〈꽃의 생애(花の生涯)〉에서 주인공 역을 맡는 등 활발하게 활동하였다.

또 이 대목에서 오쓰나는 다음과 같이 얘기합니다. "언제 와도 못질이 되어 있으니 부아가 치밀어 오늘은 그곳을 억지로 열었습니다. 그리고 이 방으로 들어와 슈마가 돌아오기를 기다리고 있는데 구사조시(草双紙)[32]가 쌓여 있어 무릎을 베고 읽고 있었더니..."라고 하고 있는데, 이런 집에 구사조시가 많이 쌓여 있는 것은 이상한 얘기입니다. 인기척도 아무것도 없는 집에서 더욱이 슈마라는 작자는 혼자 사는데 구사조시가 많이 있다는 것도 이상하며, 가장 이상한 점은 메이와 시대인 만큼 어디에도 구사조시는 없습니다. 보통 구사조시는 합 권인데 메이와 시대에 합 권이 있었다면 그것은 말도 안되는 것입니다.

만키치와 오쓰나의 이어지는 대화(263페이지) 중에는 "소매치기와 메아카시라니 네덜란드제 가루타(オランダ骨牌)로 엮였네요"라고 하는 부분이 있다. 이 '네덜란드제 가루타'는 어딘가 '상방의 권'에서 나온 사건을 말하는 것 같은데 이는 정말 황당합니다. 도박도 했을 정도이니까 화투, 주사위 등을 했을 터이지만 이 시기에는 메쿠리 후다(めくり札)[33]가 어울립니다.

이러고 있을 때, 여기에 또 오주야 마고베(お十夜孫兵衛)라는 자가 나옵니다. 이 자도 앞에서부터 나온 인물로 사람을 베는 일을 했던 떠돌이 무사였던 것 같습니다. 이 부분이 또 이상한데 바로 '갈색 칼집의 두 자루의 칼'입니다. 이는 칼집이 갈색이라는 의미로 이 외에는 설명할 길이 없는데 어떤 것인지 들어 본 적도 없습니다. 신고 있는 것이 사메

---

32 에도 시대 중기, 후기에 나온 통속소설의 한 형태로, 매 페이지에 삽화가 있으며 여백은 히라가나로 된 본문의 형식을 취하고 있다.
33 카드놀이인 메쿠리 카루타의(めくりカルタ)의 일종으로 카드를 쌓아 놓고 한 장씩 젖혀 화투처럼 맞추어 가져가 끝수를 겨루는 놀이.

오의 셋타(鮫緒の雪駄)[34]라는 것도 모르겠고 입고 있는 것이 '오주야(十夜) 두건'이라는 등 죄다 모르는 것뿐입니다. 만키치는 이제까지 여러 복잡한 상황들이 있었기 때문에 이놈도 잡고 싶어졌습니다. 이러한 심정을 적은 뒤 "호엔류(方圓流)라는 포승술로 지금 네 몸의 목덜미를 휘어 감아 온몸을 꽁꽁 묶어 졸라주마"라고 적고 있습니다. 범인을 잡는 방법에는 여러 가지 방식이 있는 것 같습니다만 '호엔류'라는 포승술이라든지 6미터나 되는 포승은 들어 본 적이 없습니다. 메아카시나 부하가 자기들 마음대로 사람을 체포할 수 없다는 것은 이미 앞에서 여러 번 언급했습니다. 때문에 포승 같은 것을 가지고 있을 걱정은 없습니다. 도신과 동행할 때는 곤봉도 포승도 지니고 있지만 혼자일 때는 가지고 있지 않습니다. 다와라구구리(俵ぐぐり) 따위는 너무 아마추어 같은 포승술입니다. 쌀가마니처럼 동여맨다는 의미 같은데 이런 방법으로 체포한다면 어떤 포승술도 의미가 없습니다.

그때 담벼락 안쪽에서 오쓰나가 샤미센(三味線)[35]을 연주하기 시작했습니다. "소노하치부시(薗八節)[36]인지 류타쓰(隆達)[37]인지 조용히 손톱을 퉁기며 이렇게 저렇게 미즈초시(水調子)[38]로 연주하고 있었다"라고 하는데, 아무도 없는 곳에 샤미센이 있는 것도 이상한 이야기입니다. '소노

---

34 눈이 올 때 신는 일본 전통 남성용 신발 중 하나로 짚신에 가죽을 대고 뒤꿈치에 쇠붙이를 박은 모양이다.
35 일본의 전통 현악기로 손가락으로 뜯지 않고 바치(撥)라는 일종의 채를 이용하여 연주한다.
36 에도 시대 중기 미야코지 소노하치(宮古路薗八, ?~?)가 창시한 조루리(淨瑠璃) 음악 고전의 하나로 미야조노부시(宮薗節)라고도 한다.
37 에도 시대 초기의 유행가로 류타쓰부시(隆達節)라고도 한다.
38 샤미센의 줄을 느슨하게 당겨 박자를 매우 낮게 연주하는 것을 가리킨다.

하치부시인지 류타쓰인지'라고 했지만, 류타쓰 따위를 알고 있는 사람은 메이와 시대에 있었을 턱이 없습니다. 미즈초시로 연주하는 것도 좋지만 '손톱을 튕기며 이렇게 저렇게'라고 적고 있는 부분을 보면 작자는 미즈초시를 알고 있지 않은 것 같습니다.

271페이지에서는 마고베에 대해 "아직도 제 버릇인 사람을 베서 돈벌이하는 것 같은데"라고 적고 있습니다. 이는 '가미카타의 권'에서도 마고베가 자주 사람을 베는 것으로 돈을 취했기 때문에 에도에 와서도 그런 짓을 했을 것이라고 한 것 같습니다. 그런데 메이와 시대쯤에는 오사카도 에도에서도 사람을 베는 짓을 하는 그런 뒤숭숭한 시대가 아니었습니다. "허리띠도 유행하는 덴쿠로(伝九郎) 취향"이라고 적고 있는데 이것도 어떤 취향인지 모르겠습니다. 어떤 모양인지 색감인지 그것도 모르겠습니다. 덴쿠로라고 하면 나카무라 덴쿠로(中村伝九郎)[39] 일 텐데 그렇다면 더 시대가 오래되었을 것입니다. 그렇다 치더라도 덴쿠로라는 오비(帯)[40]는 들어 본 적이 없습니다.

272페이지에는 "오쓰나가 가끔 꽃꽂이를 가르치러 가는 듯한 모습을 하고"라는 부분이 있는데 '소토케이고(外稽古)'라는 말은 들어 본 적이 없습니다. '데케이고(出稽古)'겠지요.[41] 여성 스승이 없었다는 것은 이미 앞에서 나왔는데 데케이고라는 말조차 작자가 모른다는 것은 너무나도 안쓰러울 지경입니다.

---

39 에도 시대 가부키(歌舞伎) 배우 가문.
40 일본 전통 의복인 기모노의 허리 부분을 감싸는 허리띠.
41 게이고(稽古)는 학문, 기술, 무술, 예능 등을 익히고 연습하는 것을 가리키는데, '데케이고(出稽古)'라고 하면 출장 지도를 가리킨다. 여기서는 출장 지도인 데케이고가 아닌 소토케이고(外稽古)로 잘못 사용한 용례를 지적하고 있다.

마고베가 슈마의 저택에 침입하려고 하고 있을 때 마침 슈마가 돌아왔습니다. 그런데도 슈마는 일절 비난하지 않습니다. 무가의 저택에 들어가려고 하는 것은 당연히 가택 침입쇠인데, 이 경우는 마을 사람의 집이라도 큰일이 날 일입니다. 하물며 무가 저택의 담을 넘어 들어가려고 하는 사람을 잡았는데도 슈마는 제대로 혼을 내지도 않습니다. 275페이지 이후에 두 사람의 대화가 이어지는데 저택을 침입한 것에 대해서는 일절 말하지 않습니다. 같은 나쁜 놈들끼리의 동병상련이라는 것인지? 옛날에는 저택에 출입하는 것이 매우 엄중하여 출입이 매우 까다로웠을 것입니다. 작자는 이러한 것을 모르고 있어 이 대목도 이상합니다.

이뿐만이 아닙니다. 이 다비카와 슈마라는 작자가 어떤 모습을 하고 있느냐 하면은 "27~28살의 젊은이"로 "어린 사무라이 주제에 머리를 묶어 뒤로 넘겨 몹시 거드름을 피우는 풍채"라고 적고 있습니다. 슈마는 구미야시키를 하사 받았으므로 도신임에 틀림없지만 도신은 머리를 묶고 있을 리가 없습니다. 얼마나 말도 안 되는 것을 쓴 것인지. 여기서 또 마고헤이에 대해 "단세키류(丹石流)[42] 스에모노기리(据物斬)의 달인"이라 하고 있습니다. 이것은 '가미카타의 권' 이후 몇 번이나 반복되고 있는 것 같습니다만 단세키류라는 방식은 들어 본 적이 없습니다. 스에모노기리는 칼이 잘 드나 시험을 해보는 것이라고 여겨지는데 이러면 아무래도 검술과 같이 들립니다.

슈마의 저택은 대문은 닫혀있고 현관에는 못이 박혀 있습니다. 마당 출입문도 자물쇠로 잠겨져 있습니다. 때문에 메아카시 만키치는 "담벼

---

42   이비 단세키(衣斐丹石)가 아즈치모모야마(安土桃山) 시대에 성립한 검술 유파.

락의 썩은 부분에 구멍을 찾아 개처럼 기어 들어갔다" 그리고 마고베는 "문 앞의 버려진 돌을 발판으로 해서 담벼락 위에 한 손을 걸치고 기어 올라갔다"라고 적고 있습니다. 슈마는 주인이니 허리춤에서 열쇠를 꺼내 쪽문을 열어 들어갔는데, 슈마보다 먼저 들어간 오쓰나는 어디에서 어떻게 들어갔는지 그것이 적혀 있지 않습니다. 작자도 모르는 눈치로 "오쓰나는 어디에서 들어왔는지 모르겠으나"(273페이지)라고 하고 있습니다.

마고베가 슈마에게 잡힌 밤, 슈마는 마고베를 밖에 기다리게 한 채 어딘가로 가버렸습니다. 마고베는 '가미카타의 권' 이후 오쓰나를 집요하게 따라다닌 모양이지만 이 녀석도 그날 밤은 허무하게 철수했습니다. 그럼에도 불구하고 천하태평한 것은 오쓰나로 "완전히 눌러앉아 그 저택을 당분간 거처로 삼기로 마음먹고 있다"라고 적고 있습니다. 이 정도면 농성이 아니고 칩거하며 재촉하는 것입니다. 그렇게 오쓰나가 기다리고 있는 방은 "한 칸을 깨끗하게 청소하고 골방 구석에서 발견한 이동식 고타쓰 속에서 붉게 염색한 이불을 덮고 웅크리고는" 앞에도 나왔던 구사조시를 대강 보고 있습니다. 그뿐만이 아니라 "다만 불편한 것은 식사인데 이것도 당분간의 분량은 준비한 것인지 청화 사기 찻주전자에 차를 끓이고 밤 만주까지 곁들여 읽을 책 옆에 두었다"라고 적고 있습니다. 이 내용은 277페이지부터 278페이지에 걸쳐 적혀 있는데, 가장 먼저 방치된 집인데 어째서 불이 난 것일까요? 불이 없는 집이라고 한다면 어떻게 차를 끓일 수 있을까요? 사기 찻주전자는 당시 유행한 것인데 원래는 증차(蒸茶) 도구입니다. 이 시대에는 매우 새로운 도구였는데 그런 것이 왜 이 집에 있는 것일까요? 게다가 이것은 하루 이틀 정도의 이야기가 아닙니다. "8일이 지나도 다비카와 슈마는 아직 돌아오지 않는다"라는 것을 보아, 일주일 이상 이렇게 칩거했다고 보입니다. 아무리 좀 준비해서 왔다고 해도 8일 동안이나 밤 만주만 먹고 견딘다는 것은 있을 수 없으며, 이는 지금 시대에 생각해 보아도 이해할 수 없습니다. "붉게 염색한 이불에 이동식 고타쓰, 구사조시와 샤미센, 차와 밤 만주. 거기에 머리를 둥글게 말아 올린 미인이 겨울 햇살을 받고 있으면 누가 보아도 이 저택의 젊은 부인 또는 첩이지 설마 소매치기가 농성하고 있다고는 보이지 않을 것이다"(278페이지)라고 적고 있습니다. '붉게 염색한 이불'이라는 것이 어디에 있었습니까? 그리고 앞에서는 "머리는 구라마에 스타일로 하여 둥글게 늘어트린 모습"이라고 했으면서, 이번에는 "머리는 구라마에 스타일로 하여 둥글게 빗어 올린 미인"이라고 적고 있습니다. 어느 쪽이 맞는 것일까요? 늘어트리든 올렸든 '구라마에 스타일'은 어떤 것일까요? 둥글게 말았다면 필시 과부나 은거하는 여자는 아닙니다. 그런 여자가 히후를 입고 있는 것은 더욱더 이상합니다. 그런 행색을 하고 있는 사람을 "누가 보아도 이 저택의 젊은 부인 또는 첩"이라는 것은 무슨 말입니까? 얼토당토않은 일입니다. 부인은 부인, 첩은 첩인데 이들이 같은 행색을 하고 있다고 생각할 만큼 작자는 아무것도 모릅니다. 즉 오늘날의 감각으로 생각해서 이런 결과가 나오는 것입니다. 고가구미의 도신으로 1년에 쌀 7석의 녹봉을 받는 가문으로 볼 때 부인도 첩도 아닙니다.

그리고 또 "그런가 했더니 오쓰나는 또 오토기조시(お伽草子)[43]를 주워 읽더니, 덧없는 여자의 연애 이야기를 발견하고는"이라고 적고 있습니다. 앞에서는 '구사조시'였는데 이번에는 '오토기조시'로 바뀌어 있습

---

43 가마쿠라 시대부터 에도 시대에 걸쳐 성립한 통속소설로 서민 독자층을 대상으로 하였다. 삽화가 들어있으며 독자층이 넓고, 내용은 권선징악 등 교훈적이고 계몽적으로 당시 서민들의 삶의 애환과 가치관을 엿볼 수 있다.

니다. 오토기조시라고 하면 말할 것도 없이 아시카가 문학(足利文学)으로 그것은 오늘날에도 전해지고 있기 때문에 가능할 수도 있지만, 그런 것은 이 저택에 없었을 것입니다. 가령 있더라도 오쓰나 같은 여자가 오토기조시를 읽고 무슨 재미를 느낄까요? 그리고 오토기조시 중에 '덧없는 여자의 연애 이야기'라고 하는 그런 장르는 없습니다. 이는 작자가 구사조시가 무엇인지, 오토기조시가 무엇인지를 모르는 것을 스스로 자백하고 있는 것입니다.

279페이지에서는 이 저택에 대해 "이 주변은 모두 처마가 떨어져 있는 은밀한 저택"이라고 하고 있습니다. 구미야시키라고는 하지만 달리 뒤죽박죽 나가야처럼 지어져 있지는 않습니다. '은밀한 저택'이 있었다고 생각하는 것은 당치도 않은 일로, 그런 것은 있지도 않습니다. 은밀한 역할을 하는 저택이라면 사쿠라다(桜田)의 오니와반의 저택이 있었습니다. 그렇지만 이것을 음지에서는 물론 양지에서도 '은밀한 저택'이라고는 하지 않았습니다.

그리고 이야기가 바뀌어 마고베가 이 저택에 침입합니다. 계속 마음을 품고 있었던 오쓰나가 이 비어있는 저택 안에 있다는 것을 알고 왔기 때문에 어떻게 강간이라도 할 태도입니다. 289페이지에는 이 저택의 구조가 "두 건물을 잇는 다리를 넘으면 바로 방이 있다. 오른쪽은 서원, 왼쪽은 거실인데 옛날 이 저택의 주인 고가 요아미가 있었을 시절에는 여기를 거처로 사용한 듯 모두 목재로 지어진 별채였다"라고 적고 있는데 이것은 매우 이상합니다. 서원이나 두 건물을 잇는 다리가 있는 건축물이 1인당 15섬의 녹봉을 받고 있는데 가능하다는 것은 놀라 까무러칠 이야기입니다.

마고베는 오쓰나를 손에 넣으려고 뒤쫓아갔습니다. 복도 끝 궁지에 몰렸을 때 그 막다른 벽에 "외국에서 들여온 물건인지 폭이 약 85cm,

길이 약 150cm 정도의 유리 거울"이 박혀 있었습니다. 비틀거리던 오쓰나의 손이 이 거울에 닿자 "거울이 한 바퀴 휙 돌더니 순식간에 오쓰나의 몸이 빨려 들어가 자취를 감추고, 마고베의 앞에는 차가운 거울만이 있을 뿐이었다"(292페이지)라고 적고 있습니다. 메이와 시대에 그런 유리로 된 거대한 거울이 있을 턱도 없으며, 또 그 거울을 벽에 붙박이 할 기술도 없었습니다. 같은 페이지에 '간도가에시(龕燈返し)'[44]라고 부르는 비상문 같은 것이 무가 저택의 경우 거실 근처에 반드시 숨겨져 있다고 들었습니다. 그러나 당시 드물게 외국에서 건너온 거대한 거울이 벽에 박혀 있거나, "대체 어디로 이어지는 것일까?"라고 하며 거울을 뒤집어 보고 있는 이런 대목은 당시 무가 저택에는 이런 거울이 다 있었다는 듯이 쓰고 있습니다. 이런 이야기는 들어 본 적도 없고 정말 바보 같습니다.

이때 갑자기 슈마가 등장하여 마고베와 이런저런 대화를 합니다. 그 중 299페이지(아마 서원에서 하는 대화 같은데) 방 안에 있는 갈고리 같은 것을 당기며 "바닥이 꺼져 나락으로 갈지 천장이 떨어질지"라며 어떤 장치를 설치해 놓은 듯한 말을 하고 있습니다. 누구의 거실이던지 그런 바보 같은 장치가 있을 리가 없습니다.

303쪽에 노리쓰기 겐노조(法月弦之丞) ― 오치에의 연인인 것 같음 ― 그에 대해 "세키운류(夕雲流)[45]의 달인으로 에도 검객을 통틀어 출중한 실력"이라 하고 있는데 세키운류라는 검술은 들어 본 적도 없습니다.

---

44 본래 가부키(歌舞伎)에서 장면 전환의 방법 용어인 이도코로가와리(居所変)의 하나인데 일반적으로는 단시간에 이루어지는 장면 전환을 가리킬 때 사용한다.
45 에도 시대 초기 하리가야 세키운(針ヶ谷夕雲)이 창시한 검술 유파로 무주신켄류(無住心劍流)라고도 한다.

이어 슈마와 마고베는 화해를 하고 한 잔 하려고 밖으로 나갑니다. 그 나가는 문에 대해 "어두컴컴한 안쪽 방에 들어가더니 방구석의 벽을 꾹 하고 눌렀다. 벽에 경첩이 붙어있어 문처럼 열리는 것이었고 마루 아래를 향해 깊이 돌계단이 이어져 있었다"(304페이지)라고 하는데 실로 기상천외한 저택입니다. 이 저택은 뭐 하나 제대로 된 것이 없는 집이 아닙니다. 아무리 많은 녹봉을 받는 사람이어도 이런 말도 안 되는 저택을 가지고 있을 턱이 없습니다. 이런 대목을 읽으면 옛날 유행했던 구로이와 루이코(黒岩涙香)[46]의 탐정소설 번역물, 이때부터 일본 사람들은 탐정소설을 좋아하게 되었는데 이와 비슷한 취향입니다.

308페이지에서는 밑으로 떨어진 오쓰나가 옆방에 누군가 있다고 생각하여 벽 틈을 쪼개려고 "비수의 칼잡이를 명치에 대고 있는 힘껏 틈으로 칼날을 쑤셔 넣었다. 그러나 느티나무 같은 재질의 두꺼운 판에 걸렸는지 칼날이 뚫지 못하였다"라고 하고 있습니다. 비수의 칼잡이를 명치에 대고 있는 힘껏 틈으로 칼날을 쑤셔 넣으면 필시 죽게 되어 있습니다. 여기서는 오쓰나가 죽었다고 되어 있지 않으므로 대체 무슨 생각으로 이런 바보 같은 것을 적었는지 모르겠습니다.

이어 오쓰나는 방법을 바꿔 "신중에 신중을 기하며 사각사각, 사각사각… 마치 가면이라도 조각하는 듯이 파내기 시작했다." 드디어 점점 나무 벽이 파지면서 마침내 맞은편을 엿볼 수 있는 구멍이 생겼습니다. 이윽고 오쓰나가 옆방을 엿보는 모습을 "비수 날을 손 뒤에 감추고 파낸

---

46 구로이와 루이코(黒岩涙香, 1862~1920). 일본의 사상가, 소설가로 본명은 구로이와 슈로쿠(黒岩周六)이다. 번역가, 작가, 기자로도 활동하며 1892년 일간신문 『요로즈 초호(萬朝報)』를 창간하였다. 1889년 일본의 최초 탐정소설 『세 가닥의 머리카락(三筋の髪)』을 썼으며, 대표작으로는 『철가면(鉄仮面)』, 『유령탑(幽霊塔)』 등이 있다.

구멍에 눈을 대고 들여다보자"라고 하고 있습니다만, '비수 날을 손 뒤에 감추고'가 무슨 말인지 모르겠습니다.

옆방을 들여다보자 그곳은 "평범한 방의 모습, 아니 오히려 화려한 모습"으로 "금박을 입힌 선반, 모과나무 기둥, 고급 장식이 들어간 다다미 그리고 비단 행등의 은은한 빛이 이 모든 것을 봄비처럼 적시고 있다..."라고 묘사하고 있습니다. 이런 것은 세상에 존재하는 것들입니다. 이상한 장치들이 설치되어 있는 이 저택은 믿을 수 없지만 금박을 입힌 선반, 모과나무 기둥, 고급 장식이 들어간 다다미 그리고 비단 행등은 있지 않습니까? 그것은 그렇다 치고 이어 "그 도코노마(床の間)[47]를 향해 세련된 기품 있는 여성이 새까만 머리카락을 뒤로 늘어뜨리고 미동도 하지 않고 합장을 한 채로 있다"라는 대목이 나옵니다. 이 여성이 오치에라고 하는 요아미의 딸인데 고케닌의 딸이 머리카락을 '늘어뜨리고' 있는 모습은 이상합니다. 그렇게 바보 같은 모습일 리가 없습니다. 그리고 어떤 옷을 입고 있는지에 대해서는 312페이지에서 "하얀 솜 눈 같은 가이도리(かいどり)[48]를 입고, 윤기를 머금은 검은 머리카락은 끈으로 묶어 뒤로 늘어뜨렸다"라고 하고 있습니다. 고케닌의 딸이 무슨 연유인지는 모르겠으나 가이도리 따위를 입고 있을 리가 없습니다. 감금되어 있을 경우뿐만 아니라 보통 때도 공식적인 자리에서도 신분이 있기 때문에 가이도리를 입었다는 것은 받아드릴 수 없습니다. 또 여기서 "검은 머리카락은 끈으로 묶어 뒤로 늘어뜨렸다"라고 하는데 작자는 이

---

47 다다미방의 정면 상좌에 바닥을 한 층 높여 만들어 놓은 곳에 벽에는 족자를 걸고, 바닥은 도자기, 꽃병 등으로 장식해 놓은 공간을 가리킨다. 도코노마는 에도 시대 때까지 서민들에겐 허용이 되지 않았으나, 18세기 중엽부터는 서민 가정에서도 조금씩 나타나기 시작하여 각 가정의 부의 상징처럼 정형화되기 시작하였다.

48 에도 시대 무사 가문 여성의 정장.

러한 모습을 '늘어뜨렸다'고 합니다. 어떤 경우에도 이러한 머리 스타일을 하고 있을 턱이 없습니다. 이런 이상한 머리 스타일을 하고 가이도리를 입고 있는 것은 얼토당토않습니다.

313페이지에는 이런 건물이 있다고 설명하고 있습니다. "거울 뒤편 오쓰나가 떨어진 곳은 무슨 일이 있을 때 예전에 고가 가문의 밀정들이 모여 정보를 주고받던 회합 장소였다. 모든 밀정 활동은 비밀리에 진행되어야 했기 때문에 회의나 정보 교환은 반드시 종가의 지하 밀실에서 이루어졌다"라고 하고 있는데, 회합 장소라는 것이 무엇을 말하는지 작자는 모른다고 생각합니다. 이렇게 밀정이 가끔 만나는 방이 따로 있었다고 생각한 것이겠지요. 그래서 밀정들은 이 방을 '거울 아래' 또는 '수다방'이라고 불렀다고 하고 있습니다. 그 옆방이 '밀견 공간(密見の間)'이라는 방으로 거기에 오치에와 유모 둘이 감금되어 있다는 것입니다. 우습게도 전부 말이 안됩니다. 겁도 없이 용케도 이렇게 엉터리로 쓸 수 있었구나 하고 감탄합니다. 또 이런 것에 우롱당하는 것을 모르는 독자가 있다니 어처구니가 없습니다.

하(下)

327페이지에서는 무대가 바뀌어 사자 탈춤을 추는 아이들이 나오는데 그 사자탈을 쓴 아이에 대해 "후박나무 굽의 게타(下駄)[49]를 화창한 날 딸깍딸깍 거리며"라고 적고 있습니다. 당시에 게타는 있었지만 후박

---

49 일본의 전통 나막신으로 발을 대는 평평한 나무판에 세 개의 구멍을 내어 '하나오(鼻緒)'라는 끈으로 고정하고, 아래는 '하(齒)'라는 나무 굽 2개로 구성되어 있다.

나무 굽 같은 것은 없었습니다. 그리고 우리의 기억으로도 사자 탈춤을 하는 사람은 대체로 짚신을 신고 있었지, 게타를 신게 된 것은 메이지 시대가 되고 나서의 일입니다. 사자 탈춤은 호레키(宝曆)[50] 이후로, 메이와나 안에이(安永)[51] 시대 때는 그다지 볼 수 없었다는 사실이 많은 문헌에 남겨져 있습니다. 이런 사실을 작자는 당연히 고려하지 않았겠지요. 이 사자 탈춤을 추는 아이들은 어디에 있냐고 하면 요시와라(吉原) 근처에 살고 있는 것 같습니다. 에도 시대 사자춤을 추는 사람들은 에치고(越後)에서 와서 값싼 여인숙에서 묵으며 돌아다녔기 때문에 집이 있을 턱이 없습니다.

334쪽은 스루가다이의 고가구미 저택에서 발생한 화재에 대한 대목인데 "바로 그리 멀지 않은 스지카이(すぢかい)의 파수꾼이 망을 보는 장소로 성의 가장 바깥 성문의 밤을 지키는 화재 감시소 위에서 갑자기 귀를 놀라게 하는 한쇼(半鐘)[52] 소리"라고 적고 있습니다. 막부 시대에는 조비케시(定火消)[53]라는 것이 있었습니다. 이것은 일명 주닌비케시(十人火消)[54]라고도 불리며 그 화재 대비소가 10곳이 있었는데, 그중에 스지카이 화재 감시소라는 것은 없습니다.

그곳에서 "댕" 하고 경종이 울렸다는 것인데 스지카이에는 화재 경비

<hr />

50 일본의 원호로 1751년부터 1764년까지가 이에 해당한다.
51 일본의 원호로 1772년부터 1781년까지가 이에 해당한다.
52 화재 등의 위험을 알리기 위해 망루 등에 설치한 종.
53 에도막부의 직명으로 현재의 소방서에 해당한다. 1657년 메이레키 대화재(明曆の大火) 후, 1658년 화재 예방을 강화하기 위한 목적으로 만들어진 막부 직할의 소방 조직으로 화재 관련 일 외에도 에도 시내의 방범, 비상 경비 등을 맡기도 하였다.
54 처음 욘쿠미(4組)으로 시작한 에도 시대의 소방 조직 조비케시(定火消)는 일시적으로 주고쿠미(15組)까지 늘었다가 1704년 이후 주쿠미(10組) 체제가 확립되어 이후 주닌비케시(十人火消)라고 불리게 되었다.

소가 없으니까 망루를 지키고 있었던 사람들이 경종을 울렸다는 이상한 이야기입니다. 이 대목에서 "그리 멀지 않은"이라고 한 것을 보면 스루가다이 쪽이라는 것이겠지요. 그렇다고 한다면 스루가다이와 오차노미즈에 화재 경비소가 각각 하나씩 있었습니다. 이 화재 경비소들이 스루가다이에서 가장 가까우니 불이 났다고 하면 이쯤에서 경종이 울렸을 것입니다. 그렇지만 이렇게 가까운 곳이라면 '댕' 하고 종을 칠리가 없습니다.

이 대목은 넝마장수로 변장한 만키치가 음식점에서 화재가 난 것을 알게 되었고, 같은 페이지에서 "음식점 2층에서 젊은 사람 서너 명이 넘어질 듯이 뛰어 내려왔다"라고 적고 있습니다. 음식점은 2층이 아니고 대개 단층입니다. 그런데 여기 적은 것을 보면 "확 하고 하얀 연기가 피어올랐다." 정도인데 또다시 경종이 울립니다. 게다가 "잇따라 치는 경종 소리"라고 적고 있습니다만 그럴 수는 없습니다. 이 작자는 경종을 치는 법을 모르는 것이겠지요. 경종을 연속으로 치는 소리는 "댕 댕 댕"이 아닙니다. 경종을 치는 방법은 한 번 치고, 두 번 치고, 세 번 치고, 연속으로 치고, 계속 치는 것입니다.

336페이지에서는 "첫 번째 경종을 울린 망루와 함께 이윽고 멀리 료고쿠(両国)의 망루와 도리코시(鳥越) 부근의 망루에서도 댕, 댕 하고 맑은 종소리가 들려왔다"라고 하는데 료고쿠의 망루는 어디를 가리키고 있는 것일까요? "첫 번째 경종을 울린 망루"도 어디서 나왔는지 모르겠으나 첫 번째 종은 절의 것이고, 잇따라 친 종은 화재 대비소가 아니라 마을의 것입니다.

이어 337페이지의 앞부분에서는 "파수막에서 판목이 돌며"라고 한 부분이 있습니다. 가까이에서 난 불의 경우 판목을 치며 도는 것이 오랜 방법인데 나중에는 쇠로 만든 막대기를 치며 돌아다녔습니다. 게다가

"둥, 둥 하고 파수꾼이 뒷길을 돌며 북을 치며 알리고"라고 적고 있는데 파수꾼은 마을 대문을 지키는 사람으로 마을 하급 관리로 소속되어 있었습니다. 이런 사람이 화재 시 알리는 역할도 하지만 북을 치며 알린다는 것은 들은 바가 없습니다.

같은 페이지에 '고바(紅梅)'라는 지명이 나오는데 메이와 시대나 에도 지도에서 '고바'라는 곳은 찾을 수 없습니다. 그다음 페이지에서는 "고바 언덕에서 오르막길을 가로질러 앞을 막은 녀석들을 밀치며 곧장 스루가다이로 뛰어 올라갔다"고 하여 언덕길인 것처럼 보이나 '고바'든 뭐든 간에 언덕 같은 것은 없습니다. 이 주변의 지리에 대해서 왜 적은 것일까요?

만키치는 열심히 작자가 말한 '검은 저택'까지 왔습니다. 그러나 전혀 불길은 보이지 않고 "한쪽 면에서 밤안개 같은 옅은 연기가 사방에서 스멀스멀 새어 나오고 있다"라고 적고 있습니다. 거기서 불이 났고 불길이 일어 경종을 쳤다고 한 것입니다. 그런데 힘들게 발화 지점까지 왔는데도 불이 보이지 않는 상황인데 화재 대비소에는 어떻게 불이 난 것을 안 것일까요? 심히 연유를 알 수 없는 이야기입니다.

그리고 그 안개 같은 연기가 "인가가 없는 오차노미즈의 언덕 끄트머리라는 것이 알려지자 그것참 수상한 불이라며 모두 그쪽으로 내달렸다"라고 적고 있는데 인가가 없는 곳일 리가 없습니다. 작자의 설명에 따르면 이 언덕에는 실제로 고가구미의 저택이 있고 게다가 그 검은 저택에서 불이 나고 있습니다. 작자의 설명에 따르면 이 언덕에는 검은 저택에 슈마가 항상 출입하는 숨겨진 길이 있어 조금 전 마고베와 함께 나간 것입니다. 그리고 거기에서 연기가 나오고 있다는 것인데 이 부분도 도통 연유를 모르겠습니다.

350페이지에서는 "간다(神田) 일대와 스루가다이 언덕 초입은 전부 사람과 등불, 소방 두건과 소방 깃발, 도구들의 불빛으로 가득했다"라고 적고 있습니다. 그런데 스루가다이는 마치야가 아닙니다. 마치야가 아닌 곳에 일반 소방대와 인부들이 뛰어올 곳이 아닙니다. 무가 지역의 화재를 주로 진압하기 위해 조비케시라는 것이 있어 출동하려면 출동할 수도 있으나 이 경우 너무 당연시하고 있으며, 불이 나 혼잡할 수는 있지만 도시같이 북적북적하지는 않습니다.

여기서 이야기가 바뀌어 슈마와 마고베는 한 잔 마시러 나가는데 그 장소가 "장소는 교바시(京橋) 사쿠라신미치(桜新道)의 나가사와초(長沢町) 뒤편 근처이다"라고 되어 있습니다. 그런 곳까지 어째서 일부러 마시러 간 것인지, 그렇다 하더라도 이 지명은 '마치카가미(町鑑)'[55]에서 찾을 수도 없을 뿐만 아니라 "그곳은 기센(喜撰)이라는 가쿠부로(額風呂)[56]의 안으로 유나(湯女)[57]를 상대로 세상 사람들의 눈을 피해 떠들썩하게 놀 수 있게 만든 곳"이라고 적고 있습니다. 메이와 2년(1765)에 그런 후로야(風呂屋)[58]가 에도에 있을 리가 없습니다. 모토요시와라가(元吉原)가 신요시와라(新吉原)로 옮길 때[59] 당시의 마치부교(町奉行)[60]는 이전하는 조건으로 시내의 매춘부들을 모조리 청산했습니다. 그때 후로

---

55 에도 시내 마을의 이름, 위치 등을 기재한 서적.
56 공중목욕탕과 다르게 개별 실이 있었던 목욕탕을 가리킨다.
57 에도 시대 공중목욕탕의 개념인 후로야(風呂屋)에서 손님의 등을 밀어주거나 머리를 감겨주는 등의 서비스를 하였던 여성 목욕탕 종업원을 부르는 말을 가리킨다. 이들 중 일부는 저녁에는 손님들을 상대로 술을 팔며 매춘을 하기도 하였다.
58 에도 시대 공중목욕탕으로 유야(湯屋)라고도 불렀다.
59 요시와라(吉原)는 에도에 있던 유곽으로 메이레키 때 큰 화재로 닌교마치에서 이전하게 되었는데, 예전 자리의 요시와라를 '모토요시와라(元吉原)', 이전한 요시와라는 '신요시와라(新吉原)'라고 불렀다.
60 에도의 입법, 행정, 경찰, 소방 등의 시정을 관리하였던 직책.

야도 전부 금지되어 버렸습니다. 그 후로야에 종사하였던 유녀들은 에도 초기에는 꽤 인기가 있었던 것 같습니다. 가쓰야마(勝山)라고 하는 유명한 유녀도 그 후로야 출신이었다고 합니다. 메이레키(明曆) 때의 큰 화재, 그리고 에도에서 사라진 유녀던가 후로야가 메이와 시대의 에도에 어째서 나오는 것일까요?

이 나가사와초(長沢町)는 여기에서도 분명히 교바시(京橋)라고 적고 있습니다. 게다가 352페이지를 보면 거기서 마시고 있던 슈마의 귀에 '경종' 소리가 들렸다고 합니다. 그런 먼 곳까지 '경종' 소리가 울릴 리가 없습니다. 오늘날이라면 가능한 일이겠지만요.

354페이지에서는 화재 상태에 대해 "쇼헤이바시고몬(昌平橋御門)에서 사에키초(佐柄木町) 일대, 렌자쿠초(連雀町)에서부터 후로야마치(風呂屋町) 부근까지 온통 불길이 번지고 있었습니다"라고 적고 있습니다. 쇼헤이바시고몬이라는 것은 무슨 연유일까요? 스지카이(筋違)에는 스지카이 문이 있었습니다만, 쇼히이바시고몬이 있었다는 것은 전혀 들어보지 못했습니다. '후로야마치'라는 것은 옛날 단젠부로(丹前風呂)[61] 시대 때 이야기로 그 시대라고 하면 후로야마치도 있었을 것이지만 메이와 때는 이미 이름도 남아 있지 않았습니다. 간에이(寬永)[62] 시대에 단고 도노마에(丹後殿前)라고 불렸던 호리 단고노카미(堀丹後守)의 저택 바로 그 앞은 사에키초(佐柄木町)부터 기지초(雉子町)로 이어지는데 예전에는 그곳을 시켄마치(四軒町)라고 불렀다고 합니다. 그 마치야 즉, 시겐마치

---

61 에도 시대 초기 간다(神田)에 있었던 동네 공중목욕탕 개념의 마치부로(町風呂)를 가리키는 총칭이다. 호리 단고노카미(堀丹後守)의 저택 앞에 있었던 것에서 '단젠'이라고 불리게 되었으며, 여성 종업원 유나(湯女)를 두어 호객을 하기도 하였으나 메이레키(明曆) 3년(1657년)에 금지되었다.

62 일본의 원호로 1624년부터 1644년까지가 이에 해당한다.

에 단젠부로가 있었던 것인데 이러한 사실은 이미 모두가 고증하지 않으면 모를 정도입니다. 그것을 후로야마치라고 적는 것은 아무것도 모르고 있다는 것입니다. 이는 마치 이야기를 메이레키 이전으로 되돌리는 것입니다. 한편 후로야마치가 아직 있는 것처럼 썼는가 싶더니, 다음 쪽에서는 "고지인가하라(護持院ヶ原)까지 뛰어오니"라고 적고 있습니다. 후로야시키가 존재하고 있었을 때 고지인(護持院)[63]은 없었습니다. 하물며 고지인을 철거하고 그 흔적이 벌판이 되었다는 것은 있을 수 없습니다. 시대를 착각한 게 아니라 시대가 뒤섞여져 있다고 하는 것이 맞을까요?

356페이지에서는 "수많은 등불, 화재용 두건, 소방 메쓰케(火消目付)[64]의 비단 라샤[65]" 등등을 적고 있는데 '수많은 등불'이라는 것은 무엇이 빛나는 건지 알 수 없는 말입니다. '소방 메쓰케'라는 역할은 막부에 없었습니다. 따라서 그것이 어떤 복장을 하였는지는 알아볼 필요도 없는 이야기입니다.

여기서 조비케시에 대해 조금 설명해 보겠습니다. 무사 저택의 소화를 맡는 조비케시는 대략 3천 석 이상의 하타모토슈(旗本衆)가 됩니다. 상당히 돈을 버는 직책이었던 것 같습니다. 직무 수당이 3백인 후치(扶持), 요리키 6명, 도신 30명씩이 한 조로 구성되었습니다. 예의 유명한 '가엔(ガエン)'이라는 놈은 이 직책이었습니다. 하타모토슈가 조비케시

---

63 에도의 간다바시(神田橋)에 있었던 진언종(真言宗) 사찰.
64 메쓰케(目付)는 막부의 관직명으로 에도 막부에서는 하타모토나 고케닌을 감시하는 직책이었는데, 여기서는 실재하지는 않았으나 소방 감시 역할의 의미로 사용한 것으로 보인다.
65 양털로 짠 두툼한 방모 직물로 여기서는 소방대원의 방화복을 의미한다.

일을 한 것에 대해서는 많은 이야기가 있습니다만, 부자인 하타모토슈를 가난하게 하는 역할로 그 역할을 잘하면 출세도 가능하기도 하였습니다. 그래서 꽤 자신을 희생하고 스스로의 출세를 위해 일하는 경우도 있었습니다. 무엇보다도 신분이 좋기 때문에 '화재 대비소의 영주님'으로 불렸습니다.

그래서 꽤 거드름을 피우기도 했는데, 먼저 불이 나면 높은 화재 감시대에서 북을 칩니다. '둥, 둥, 둥, 둥, 둥, 둥' 하고 한 번씩 이어서 치는데 이를 '오카와(大鼓)'라고 합니다. 이렇게 북을 치면 아래에 있는 사람이 재빨리 말을 타고 나가기 위해 "불의 기세가 강합니다"라고 합니다. 이를 필두로 다 같이 모여 달려갑니다. 또는 멀리서 난 불일 경우 불이 난 곳을 알릴 때까지 북을 치는데, 아래쪽에서는 "불이 보이지 않습니다"라고 합니다. 빨리 말을 타고 나가야 할 경우, 즉 가까운 곳에 불이 났을 경우에는 "말은 필요 없습니다"라고 합니다. 북을 고쳐 칠 경우에는 '둥, 땡, 둥, 땡, 둥, 땡, 둥, 땡, 둥, 땡'처럼 북과 종을 한 번씩 번갈아서 쳤다고 합니다.

이 마을에서 일어난 화재의 경우 '잇달아 치는 종소리'가 가장 어울립니다. 그 다음이 세 번, 두 번, 한 번으로 되어 갑니다. 화재 대비소에도 담당자 구역이라는 곳이 존재합니다. 마을 소방서도 그러하지만 지원을 해야 하는 구역도 있고, 또 아주 가까이에서 나는 화재도 있습니다. 이러한 차이에 따라 바삐 북을 치거나 느리게 북을 치거나 하는 것입니다. 그런데 이 작자는 이러한 것을 하나도 모르기 때문에 바로 옆에 화재 대비소가 있어도 한쇼 소리에 대해서만 말할 뿐 북소리에 대해서는 조금도 얘기하지 않습니다. 북을 치는가 했더니 그건 파수꾼이었다는 등 말이 되지 않습니다. 조비케시와 마을 화재 경비대가 각각 어디에서 어떻게 일하는지 그런 것을 하나도 생각하지 않고 있습니다. 그렇기 때문에 이렇게 엉망으로 적을 수 있겠지요.

이어 다시 본문으로 돌아와 만키치는 화재의 소동 속에서 오쓰나와 오치에를 구조해 강변까지 온 것으로 적고 있습니다.(359페이지) 그리고 주인이 누구인지 모르겠지만 정박해 있는 배를 발견하여 줄을 풀고 "적당한 작은 배를 신사 뒤쪽으로 끌고 왔다"라고 적고 있습니다. 스루가다이 그림지도를 보면 이것은 쇼헤이바시 근처에 있었던 배인 것일까요? 신사라는 것은 오타 히메이나리(太田媛稲荷) 이외에는 없습니다. 오타 히메이나리라고 한다면 강을 따라 나 있지 않은 쪽은 아와지자카(淡路坂)이기 때문에 배를 움직일 수가 없습니다. 강 쪽은 가파른 언덕입니다. 요즘은 쇼센이 지나기 때문에 깎아내려져 있지만, 옛날에는 우뚝 솟아 있었던 언덕으로 그쪽으로 배를 끌고 가는 것은 가능하지 않습니다. 또한 쇼헤이바시 근처에 배가 방치되어 있을 리도 없습니다. 이 대목은 모두 말도 안 되는 이야기로 그런 일이 있었다고 생각할 수 없습니다.

이 작자뿐만 아니라 개별 작자들도 부디 '에도 지도(江戸図)'나 '부칸(武鑑)'[66]을 한번 보기를 바랍니다. 가까이에 편리한 책이 있으니 조금이라도 읽을 의욕이 있다면 함부로 적지 않을 것입니다. 야담책도 선대의 간다 하쿠잔(神田伯山)이나 다카라이 바킨(宝井馬琴) 등을 보면 검술 용어도 이 작자들에게 좋은 수준입니다. 이것도 읽기를 바랍니다.

---

66 에도 시대 때 출간된 다이묘, 하타모토, 막부의 성명·녹봉·계보 등을 적은 연감식 책.

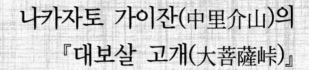

나카자토 가이잔(中里介山)의
『대보살 고개(大菩薩峠)』

상(上)

　나카자토 가이잔의 『대보살고개』(보급본 제1권)를 읽어 보겠습니다. 이 소설은 첫머리에 오쿠타마(奧多摩)[1]의 지리와 생활상에 대해 적고 있는데, 작자가 이곳 출신이기 때문에 꾸며낸 부분이 없습니다. 정말 미더운 부분이 없게 적었을 것입니다. 그러나 여느 작품처럼 말투나 어딘가에 이상한 구석이 있습니다. 그리고 무가의 생활에 대한 부분에서는 역시 이상한 점을 발견할 수 있습니다. 이 작품은 대중 문예 중 그 시기가 빠른 편에 속하는 것 같습니다만, 이상한 점이 있는 작품으로도 빠르다고 생각합니다.

　12페이지에서 우즈키 분노조(宇津木文之丞)의 여동생이라며 이 소설의 주인공인 쓰쿠에 류노스케(机竜之助)를 찾아온 여성이 있습니다. 이 여성은 "류노스케 님을 알현하기를 바라옵는데"라고 하는데, 실은 분노조의 아내로 농가의 딸인 것 같습니다. 분노조의 신분은 센닌도신(千人同心)[2]으로 되어 있습니다. 류노스케는 어떤 신분이었는지 적혀 있지 않기 때문에 모르겠습니다. 도장(道場)을 하는 젊은 선생이라고도 하는데,

---

1　현재 도쿄 다마(多摩) 지역 북부에 위치하며, 니시타마군(西多摩郡)에 속하는 지역.
2　에도막부의 직책 중 하나로 하치오지센닌도신(八王子千人同心)이라고도 한다. 막부의 직할령이었던 무사시코쿠 다마군 하치오지(武蔵国多摩郡八王子, 현재 도쿄도 하치오지시)에 배치되었던 후다이 하타모토(譜代旗本) 및 그 배하의 후다이 도신(譜代同心)을 가리킨다.

그 부근에 시골에 정착한 무사인 고시(鄕土)가 있었다는 것도 듣지 못했습니다. 류노스케의 신분은 알 수 없지만, 가령 센닌도신 정도라고 해도 '알현'이라는 표현은 좀 너무 띄어 주는 것 같습니다. '뵙고 싶다' 정도가 적당하겠지요. 서생을 선생님이라고 하면 오히려 바보 취급을 하는 것처럼 들리는 것과 마찬가지입니다. 사소한 부분이지만 이것도 개별 사람들의 생활상을 모르기 때문에 일어나는 일이라고 생각합니다.

그리고 류노스케의 검술 제자들이 말하는 것을 보면 "찬성찬성(贊成々々)"이라든가 "우즈키군의 부인인가(宇津木の細君か)"라는 한어가 나옵니다. 이것은 대략 분큐(文久)³ 시대쯤이라고 하고 넘어가도 괜찮은 부분이지만, 이런 쉬운 한어라 할지라도 아직 흔하게 쓰이고 있었을 때는 아닙니다. '우즈키 분노조의 부인'이라는 것도 센닌도신이라고 하는 직급은 봉급으로 쌀을 30섬이나 5섬밖에 받지 못하는데 그런 사람의 아내를 어디에서든지 '부인'이라고 할 턱이 없습니다. 부인이라는 호칭에 대해서는 정말 앞에서부터 계속 반복해서 말하고 있는데, 대중 문예에서는 합의라도 한 것처럼 이런 잘못이 반복해서 나오고 있으니 방법이 없습니다. 여기서도 다시 반복해서 언급해 두겠습니다.

18페이지에서 류노스케는 "누구의 부탁을 받더라도 승부를 양보하는 것은 무술의 도리에 어긋나는 것"이라고 하고 있습니다. 검도라든가 무도라든가 하는 말은 있었지요. 그런데 '무술의 도리(武術の道)'라는 말은 이 시대에 어울리지 않습니다.

40페이지의 온타케산(御嶽山)에서 시합하는 대목에서는 두 검사를 호출하는데, 한쪽은 "고겐잇토류(甲源一刀流)⁴의 사범, 우즈키 분노조 후

---

3 일본의 원호로 1861년부터 1864년까지가 이에 해당한다.

지와라 미쓰쓰구(宇津木文之丞藤原光次)"로 문제가 없습니다. 그리고 한 쪽은 "모토고겐잇토류(元甲源一刀流) 쓰쿠에 류노스케 소마 무네요시(机竜之助相馬宗芳)"라고 하고 있습니다. 그런데 이 부분은 '무네요시(宗芳)'가 아니라 '다이라 무네요시(平宗芳)'라고 해야 하는 부분이라고 생각합니다. 확실히 이 부분은 틀렸습니다. 같은 페이지에 있는 '오토나시노가마에(音無しの構)'[5]라는 것은 어떤 유파에도 없는 말이라고 검술가에게 들었습니다. 이런 것은 소설인 만큼 마음대로 지어도 괜찮다고 생각하지만, 이름을 부르는 방법은 이런 경우 성 이외에 재명(在名)을 사용하는 것인지 모르겠습니다. 한쪽은 멋지게 4대 성씨를 따서 후지와라(藤原)라고 부르고, 다른 쪽은 다이라(平)씨인데 일부러 재명으로 부르고 있는 이유를 모르겠습니다. 이는 검술의 유파나 그러한 것을 적당히 짓는 것과 달리 소설을 일부러 거짓말처럼 만드는 것과 같습니다.

42페이지에 "호흡 상태는 평상시와 같고 목검 끝이 떠 있어 보입니다"라고 적고 있는데 '떠 있어 보입니다'는 말은 보통 침착하지 못한다고 해석됨으로 이것도 용례가 다른 것 같습니다.

52페이지에서 장면은 에도로 바뀌어 혼고모토마치(本郷元町)의 야마오카야(山岡屋)라는 포목점에 아오메(青梅)의 초라한 셋집에 사는 시치베(七兵衛)라는 자가 찾아옵니다. 그리고 야마오카야의 꼬마 스님을 향해 "남편이든 부인이든 뵙고 싶습니다"라고 말합니다. 여기서 또 부인이 나오는데 이것도 마찬가지로 옳지 않습니다. '남편이든 아주머니든'이라고 해야 하는 대목입니다. 마치야에서 '부인'이라고 하는 것은 절대

---

4 일본 검술 유파인 미조구치하잇토류(溝口派一刀流)를 터득한 무사시코쿠(武蔵国)의 주인 헨미 타시로겐 요시토시(逸見太四郎源義年)가 창시한 검술 유파.
5 검술에서 소리를 내지 않고 자세를 취하는 것.

로 있을 수 없는 일로, 이 대목에서 몇 번이나 '부인'이라는 말이 나오고 있으나 그런 일은 에도 시대에 결코 없었습니다.

53페이지에서는 "예전에 혼마치(本町)에서 칼 장사를 한 히코자부로(彦三郎) 님의 아가씨"라고 적고 있습니다. 칼 장사를 하고 있다는 말은 이 시대에는 어울리지 않으며, 아가씨도 따님으로 고치고 싶습니다.

57페이지에는 시치베를 따라온 오마쓰(お松)라는 소녀가 "그럴 리는 없사옵니다"라고 하는데 이것도 이상합니다. 벌써 12살인 소녀는 집이 몰락한 것 같지만 예전에는 상당한 조닌(町人)[6] 집안이었던 것 같은데, 그런 소녀에게 이런 말투를 쓰게 합니다. 여기는 어쨌든 매우 어린 아이의 말투로 고쳐야 합니다.

그런데 이 가게에 들어온 사람은 "기리사게(切り下げ)[7]를 하고 히후를 입은 중년 여성으로 대충 보면 다이묘(大名)나 하타모토(旗本)의 과부인 것 같고, 자세히 보면 마치야(町人) 출신같이 아름답고 요염한 구석도 있는데 나이는 28~29살 정도일까요?"(55페이지)라는 여성인데 이 부분은 매우 심각합니다. 무엇보다도 하타모토의 퇴물 첩으로 꽃꽂이 선생을 하는 여자 같은데 "다이묘나 하타모토의 과부인 것도 같고" 하는 것은 있을 수 없는 일입니다. 다이묘의 과부가 동행인도 없이 어슬렁어슬렁 포목전에 물건을 사러 올 리가 없으며, 하타모토라고 하더라도 같은 맥락입니다. 여하튼 '자세히 보면 마치야 출신같이 아름답고 요염한 구석도 있다'라고 하는데 그런 사람이 다이묘나 하타모토의 가족으로 오해받을지 어떨지는 생각만 해봐도 알 것입니다. 에도 시대에 그런 바보

---

6 에도 시대 도시에 거주하던 상인.
7 일본 전통 여성 머리 형태 중 하나인 기리사게가미(切り下げ髪)로 목 부근에서 묶은 머리를 가지런히 잘라서 늘어뜨린 머리형.

같은 일은 없었습니다.

이 묘한 여자가 58페이지에서 시치베와 오마쓰에게 말을 걸며 "저기요 할아버지, 아가씨"라고 하는데 이것도 이상합니다. 세상 물정에 밝은 여자인 것 같아도 패기가 있어 보이는데 이런 말을 합니다. 그런가 싶더니 또 두 사람에게 "당신들은 야마오카야의 친척분들 같은"이라고 합니다. 단골로 다니고 있는 가게 사람들에게 존경 어투로 말하고 있는 것은 이상합니다. 게다가 이 여자는 또 "무례는 내가 할 말이에요"라고도 합니다. 28~29살 먹은 여자가 무가 저택의 고용살이 경험이 있든 없든 이런 요새 여학생들이 쓸 법한 말투를 쓸 턱이 없습니다. 종조사 '와(わ)'나 '요(よ)'는 모두 어린아이의 말투로 그것도 매우 신분이 낮은 뒷골목 집에 사는 아이가 씁니다. 가령 그런 신분의 사람이라고 해도 28~29살이나 되는 여자가 그런 유치한 말을 한다는 것을 에도 시대에는 받아 드릴 수 없습니다.

65페이지에는 "나가와키자시(長脇差) 즉, 좀도둑질도 하고 지나가는 사람의 물품도 뺏는 정도의 짓을 하는 무리"라고 적고 있습니다. '나가와키자시'라는 것은 노름을 일삼는 나쁜 놈이나 노름판에서 신분이 가장 낮은 자를 표현할 마음으로 적은 것 같은데, 노름꾼은 노름꾼으로 애초에 다른 것으로 좀도둑이나 노상강도와는 다릅니다. 사람을 베고 물건을 강탈하는 놈이라면 좀도둑 따위가 나올 턱이 없습니다. 작자는 좀도둑이 무엇인지도 모르고 있는 것 같습니다. 즉 그 시대를 모르기 때문에 이런 말들이 나오는 것입니다.

69페이지에서는 분노조의 남동생 효마(兵馬)는 "반초(番町)의 하타모토 가타야기(片柳)라는 숙부가 맡고 있다"라고 적고 있는데, 30섬이나 50섬밖에 받지 못하는 센닌도신이 하타모토와 연을 맺는 것은 불가능합니다. 따라서 하타모토가 숙부라는 것은 있을 수 없는 일입니다. 오쿠타마에서 태어난 작가는 하치오지(八王子)에 많았던 센닌도신에 대해서라면 자세히 알고 있을 법한데, 이런 것을 쓰는 것은 이상한 일입니다.

76페이지에는 "촌장은 묘지타이토(苗字帯刀)라고 해서 성씨와 이름을 사용하여 칼을 항시 휴대하는 것이 허가되었기 때문에 사람을 베어 버리는 일은 상황에 따라 거짓말은 아니다"라고 적고 있습니다. '묘지타이토'라는 것은 무사 신분으로 대우를 받고 있다는 것입니다. 이러한 것은 정말 있었던 것이 분명하지만, '묘지타이토'라고 해서 사람을 베도 괜찮았던 것은 아니었을 것입니다. 칼 휴대를 허락한다는 뜻의 '부레이우치(無礼討)' 즉, 베어도 무죄라는 의미는 아닙니다. '부레이우치'든 어쨌든 간에 사람을 베도 괜찮다는 것은 더욱 아닙니다. 작자는 이러한 점을 모르고 있는 것 같습니다.

82페이지에서 류노스케가 은둔 생활을 하는 대목에서 "정말 이제 숨어 지내는 사람이 되어 버렸네요"라고, 지금은 류노스케의 아내가 된 오하마(お浜)라는 여성(처음에 분노조와 내연관계의 아내였던)이 말합니다. 오쿠타마 출신 여성이 "숨어 지내는 사람이 되어 버렸네요"라고 하는 말에는 기교가 들어가 있습니다. 시대를 따지고 보기 전에 이 말투에 흥미를 느끼게 됩니다. "정말 싫어진다구요"(84페이지)도 마찬가지로 볼 수 있습니다. 이 외에 이 여성이 자주 현대어의 유치한 말투를 사용하는데 번거로우니 일일이 언급하지 않겠습니다.

이 류노스케가 은둔하고 있는 곳이 어떤 곳이냐고 하면 "시바신젠자(芝新銭座)[8]의 대관 에가와 다로자에몬(江川太郎左衛門)의 저택 안 조촐한 나가야(長屋)"라고 적고 있습니다. 이런 류노스케가 에가와의 최하

---

8 현재 도쿄 미나토구(港区) 하마마쓰마치(浜松町) 부근.

급 무사에게 검술을 가르치고 있다고 나옵니다. 대관의 에가와 저택이 시바(芝)의 시바신젠자에 있었는지 여부는 저는 모르겠습니다만, 대관의 저택에 최하급 무사가 있었을까요? 그리고 또 그런 최하급 무사에게 무술을 가르치기 위해 검객을 데리고 있을 정도였을까요? 물론 들은 적도 없거니와 뭔가 매우 꾸민 것처럼 들립니다.

이어서 또 이 사이에 영문을 모르는 말들이 있지만 그것들은 넘어가고 94페이지로 가보겠습니다. 시마다 도라노스케(島田虎之助)라는 검술사의 도장에 류노스케가 갔을 때의 이야기로 "만약 시마다 도라노스케라는 사람이 시합장을 많이 경험한 사람이라면, 쓰쿠에 류노스케의 검술 실력을 보았거나 아니면 그 평판이라도 들어 이미 걸출한 사람이라는 것을 알았을 터인데, 그런 사람이 아니었기 때문에 이 상황에서 그냥 기묘한 검술 실력이네 하며 쳐다보고 있는 것입니다"라고 적고 있습니다. 시마다 도라노스케는 당시 뛰어난 검객이었는데, 여기저기 돌아다니지 않아 류노스케의 검술을 본 적도 없고 평판을 들은 적도 없다고 합니다. 그런데 류노스케의 검술이 매우 뛰어났다면 그냥 기묘한 검술 실력이네 하며 보고만 있지는 않았을 것입니다. 준비 동작만 봐도 어느 정도의 기량인지 파악할 수 있어야 합니다. 그것을 보고도 모른다면 시마다 류노스케는 뛰어난 검객도 아무것도 아닙니다.

103쪽에서는 오마쓰라는 여성이 이전 야마오카야에 물건을 사러 왔었던 꽃꽂이 선생에게 신세를 져서 요쓰야 덴마초(四谷伝馬町)[9]의 가미오(神尾)라는 하타모토의 저택에 고용살이를 가는 이야기가 나옵니다. 이 요쓰야 덴마초가 어떤 동네인가 하면 여기는 시가지로 무사들이 사

---

9 현재 도쿄 신주쿠(新宿) 요쓰야 잇초메(四谷一丁目) 부근.

는 곳이 아닙니다. 그렇기 때문에 저명한 다이묘나 하타모토의 저택 같은 것이 있을 턱이 없습니다. 이것은 있을 수 없는 일입니다.

앞에서 나온 꽃꽂이 선생 같은 여성은 이 가미오 선대의 총애를 받은 첩인데 지금은 그곳을 떠나 마을에 살고 있습니다. "계명이나 다른 이름으로 불리는 것보다 본명인 오키누(お絹)가 당사자의 분수와 어울립니다"라고 적고 있는데 대개 하타모토의 선대의 첩은 상당한 보수를 받고 절연하는 것이 당연합니다. 이 여성을 머리카락을 잘랐는데도 계명 등으로 부르는 것은 하타모토의 첩이거나 당주를 낳은 사람이 아니면 그럴 수가 없습니다. 알아듣기 쉽기 때문에 본명인 오키나로 부르는 것이 아닙니다. 하타모토의 첩으로 여자아이나 삼 형제를 낳았기 때문에 가능한 것입니다. 본인의 취향으로 그런 것이 아닙니다.

106페이지 부분을 보면 가미오의 저택 안에서 하타모토의 세 아들이 모여 장난을 심하게 치고 있다고 하는데 이것은 있을 수 있겠지요. 그런데 여기에 나오는 하녀의 이름은 '하나노(花野)'라든지 '쓰키에(月江)'라든지 '다카하기(高萩)'처럼 모두 이름이 세 글자입니다. 하타모토에서 고용한 여성들은 모두 대게 이름이 세 글자가 아닌 것이 일반적이었습니다.

116페이지에는 신초구미(新徵組)[10]에 대한 이야기가 나옵니다. 『대보살고개(大菩薩峠)』에 신초구미가 나오기 때문에 이것을 시작으로 모두가 신초구미에 흥미를 갖게 되었다고 여겨지는데, 드디어 여기에 그 신초구미의 이야기가 나오는 것입니다. 먼저 여기서는, "'신초구미'라는 건장한 남성으로 이루어진 조직은 도쿠가와(德川)를 위해 주의해야 할

10 에도 시대 말기인 1863년 1월에 결성된 에도 막부의 경비 조직.

인물을 제압하기 위한 기관이었습니다"라고 적고 있습니다. 애초에 소설이기 때문에 선인을 악인으로 악인을 선인으로 하여도 나쁘지 않겠지요. 그러나 '신초구미'라는 것이 이런 것이라고 생각하는 사람이 있다면 그것은 큰 오류입니다. 건장한 남성으로 이루어진 조직이라고 하는 것은 괜찮지만 절대로 '도쿠가와를 위해 주의해야 할 인물을 제압하기 위한 기관'이 아니었습니다. 섬길 영주를 잃은 로시(浪士)를 보살핀다는 구실로 로닌(浪人)[11]들을 많이 모집했습니다. 이는 기요카와 하치로(清川八郎)가 기획한 것으로 이것이 신초구미가 된 것입니다. 이런 역사에 대해 지금 새삼스럽게 말할 필요도 없으나, 여러 번(藩)의 주의해야 할 인물들을 좌지우지하는 기관은 아니었습니다.

117페이지에서는 신초구미의 한 사람이 "대장"이라고 부르고 있습니다. "대장이라고 불린 자는 미토(水戸) 사람인 세리자와 가모(芹沢鴨)[12]"라고 적고 있습니다만, 신초구미가 되었다고 해도 대장이라고는 하지 않습니다. 이어 "신초구미의 부장으로 귀신이라고 불린 곤도 이사미(近藤勇)[13]"라고 하는데 부장이라는 명칭은 없었습니다. 곤도 이사미가 유명해진 것은 교토에 가서 아이즈(会津)와 연합한 뒤의 이야기이고, 아키즈키 가즈히사(秋月胤永)[14]의 조종을 받고 일약 지위에 오른 것이 곤도

---

11 모시던 주군이 죽거나 영주에게 쫓겨나 영지나 녹봉이 없어 일정한 수입이 없이 떠도는 무사.

12 세리자와 가모(芹沢鴨, 1827~1863). 에도 시대 신초구미의 초대 국장으로 본명은 기무라 쓰구지(木村繼次)이다.

13 곤도 이사미(近藤勇, 1834~1868). 에도 시대 말기 신초구미의 국장으로 세리자와 가모를 암살하고 신초구미를 이끈 인물.

14 아키즈키 가즈히사(秋月胤永, 1824~1900). 무사, 교육자로 본명은 아키즈키 테이지로(秋月悌次郎)이다.

이사미입니다. 이 부분은 기요카와 하치로(清川八郎)[15]를 요격하려고 의논하는 대목으로 기요카와는 로시를 집합시키는 데에는 선두자입니다. 그리고 나서 기요카와를 방해하게 된 것은 교토에 가서 돌아온 뒤의 이야기입니다. 그때 곤도는 교토에 남아 신초구미가 만들었으니 곤도가 에도에 있을 리가 없습니다. 118페이지에서는 "특히 기요카와 하치로야 말로 기괴하다. 그는 일단 신초구미의 간부가 된 몸이면서 뒤에서는 왕을 신경 쓰는 양다리"라고 적고 있습니다. 이것도 이야기가 잘못되었는데 소설이니까 반대가 되어도 상관이 없어서 그리한 것일지도 모르겠습니다.

121페이지에서는 "신초구미는 방랑 무사 단체입니다. 들판에서 몸이 근질근질한 것을 참지 못하는 자들을 막부가 소집해서 가장 알맞은 곳의 실력 행사를 맡기는 역할" 운운하고 있습니다. 이를 보면 상당히 실력 있는 훌륭한 사람만 모이는 것처럼 보이지만 사실을 얘기하자면 큰 착각입니다. 그중에는 평범한 정도의 실력인 인물도 있어 오구라안(小倉庵) 사건 때는 아오키 야타로(青木弥太郎)[16]의 허드렛일을 하거나 도둑질을 하는 놈들도 있었습니다. 게다가 로시뿐만 아니라 검도에 수양이 없는 녀석들도 있었기 때문에 실력이 갖추어져 있었다는 얘기 따위는 말도 안됩니다. 어지간히 무모한 놈들이 모였다라고 하는 것이 좋을지도 모르겠습니다. 126페이지의 "그들은 모두 일류 일파(一流一派)의 걸출한 놈들이다"라고 한 부분은 완전히 어이가 없다고밖에 할 수 없습

---

15 기요카와 하치로(清川八郎, 1830~1863). 에도 시대 말기 쇼나이번(庄内藩) 출신의 지사로 다나카 가와치노스케(田中河内介)와 함께 존왕양이를 지지하는 지사들을 교토로 불러들여 신초구미의 전신인 로시구미(浪士組)를 결성하고 신센구미(新選組), 신초구미(新徵組)를 조직하는 등 메이지 유신에 불을 지핀 인물이다.
16 아오키 야타로(青木弥太郎, ?~?). 에도 막부 말기 때 활동했던 도적.

니다.

히지카타(土方)가 대장이 되어서 기요카와를 요격합니다. 그런데 가마를 헷갈렸는데 그 안에 있던 사람은 당시 걸출한 검객 시마다 도라노스케(島田虎之助)[17]로 이길 수 없어 모두 마구 베어 버립니다. 이것은 그렇다고 하고 가마 안을 겨냥해서 칼을 찔러 넣었는데도 아무런 반응도 없습니다. 이는 시마다가 가마의 뒤편에 꼿꼿하게 등을 세우고 앞에서 오는 칼에 대비하였기 때문입니다. "기다려라"라는 히지카타의 목소리를 들었을 때는 이미 칼의 칼집에 달린 끈은 어깨띠에 X자로 매어졌으며 애검 시즈사부로는 싸울 준비를 하고 있었습니다. 허공을 가른 칼은 아래에서 동시에 싹 하고 이아이(居合)[18]로 단칼에 바깥으로 높이 치켜올려졌고, 만반의 준비를 하고 있던 그 검은 사람의 발을 베고 달아난 것이었는데 바깥에 있던 사람은 이것을 전혀 눈치채지 못하고 있었던 것 같습니다. 아무리 뛰어난 검술을 부리더라도 그런 이상한 일이 일어날 수가 없습니다.

128페이지에서는 "시마다 도라노스케는 검선일치(劍禅一致)의 묘한 진리를 깨달은 사람입니다"라고 적고 있습니다. 이런 것은 아예 다루지 않아도 되는 이야기라고 생각하는데 참선해서 어떻게 되었느냐고 하면 "5년 동안 하루도 빠지지 않고 호흡을 가다듬고 아랫배를 단련하여 큰일을 완료하였습니다"라고 적고 있습니다. 그렇다면 참선 호흡을 고르고 아랫배를 단련하여 큰일을 완료하는 것이라고 이해됩니다. 좌선(座

---

17 시마다 도라노스케(島田虎之助, 1814~1852). 에도 시대 후기의 검객으로 오타니 노부토모(男谷信友), 오이시 스스무(大石進)와 함께 막부의 삼검객(三劍士)로 불렸다.
18 일본도를 칼집에 넣고 차고 있는 상태에서 칼을 빼내어 상대에게 일격을 가한 뒤, 검술로 공격한 후 피를 털어 내고 다시 칼을 칼집에 수납하는 일련의 기술로 구성된 일본 무술을 가리킨다.

禅)이라는 것이 마치 오카다식(岡田式)[19]과 같은 것처럼 되어 버립니다. 이런 것은 적지 않는 편이 좋습니다. 만약 참선이라는 것이 이런 것이라고 생각하는 사람이 있다면 그것이야말로 커다란 잘못을 불러일으키는 것이 됩니다.

한편 어떤 마음인지 모르겠지만 "상구보리(上求菩提) 하화중생(下化衆生)"의 마음가짐으로 소설을 끄적인다고 일컫는 작자가 이런 것을 쓴 것을 고치지도 않으려고 하는 것은 대저 무슨 마음인지. 어린 시절의 출세가 불행이 된다고 이의산(李義山)[20]의 『잡찬(雜纂)』에 적혀 있습니다. 대체로 작자는 오쿠타마에서 태어난 가장 성품이 좋은 소년으로, 오늘날 훌륭한 성인이 되어 세상에 좋은 평판을 받는 사람이 되었다기보다는 소년 시절에 더 많은 미담을 가진 사람입니다. 산타마(三多摩)[21]에는 인물이 없습니다. 우리가 알고 있는 사람 중에 훌륭한 사람이라고 생각하는 사람은 다수 고인이 되어버렸고, 지금 남아있는 사람은 오자키 가쿠도(尾崎咢堂)[22] 옹 그리고 그보다 젊은 사람은 오타니 오도에몬

---

19 오카다 토라지로(岡田虎二郎, 1872~1920)가 창시한 심신 수양법 오카다식 정좌법(岡田式静坐法)을 가리킨다. 오카다식 정좌법은 일정한 호흡법을 유지하다가 아랫배에 힘을 주고 앉아 자세를 바르게 하고 심신을 안정시키는 좌선(座禅)에 가까운 수양법이다. 창시자 오카다 토라지로는 이 정좌법을 보급하기 위해 1912년 『오카다식 정좌법(岡田式静坐法)』을 출판하였다. 다이쇼 시대 민간요법으로 큰 인기를 끌어 전국으로 보급되었다.

20 이의산(李義山, 812~858). 중국 당나라의 관료, 정치가, 시인으로 본명은 이상은(李商隱)이다.

21 도쿄도 서부 일대 니시타마(西多摩), 미나미타마(南多摩), 기타타마(北多摩)의 구 3구에 속하는 지역을 이르는 총칭.

22 오자키 가쿠도(尾崎咢堂, 1858~1954). 일본의 자유주의 정치인으로 889년부터 1952년까지 중의원 의원에 모두 25번이나 당선되어 '헌정의 신(憲政の神樣)', '의회 정치의 아버지(議会政治の父)'로 불렸다.

(大谷友右衛門)의 나카자토 가이잔(中里介山) 씨입니다. 작자의 의도는 절대 나쁘지 않으나 어린 시절의 출세가 불행이라는 것처럼 이『대보살 고개』에 대한 평가가 좋았던 것이 작자에게 행복인지 불행이었을지요? 나는 이후에도 작자와 만났는데, 만날 때마다 그는 훌륭한 사람이 되어 있습니다. 이를 같은 고향 사람으로서 기뻐해야 하는지 기뻐하지 말아야 할지, 오히려 안타까운 마음이 듭니다.

소년 시절의 미담으로 학자금을 줄 테니 사위가 되라고 부잣집에서 요청했을 때, 그렇게 하면 학문을 한 보람이 없다고 거절하고 독학을 해서 오랫동안 초등학교 교원을 하였다고 합니다. 이런 마음가짐을 가진 젊은 사람은 현대에서도 구하기 어려운데, 이 미담 하나만 보더라도 작자의 인성을 잘 알 수 있다고 생각합니다. 그런데 호사다마인지『이웃의 친구(隣人の友)』라는 잡지를 가끔 보내주어서 보니 '대보살고개 시비(大菩薩峠是非)'라는 코너가 있고, 거기에 매호 칭찬하는 글을 요란하게 올리고 있습니다. 이것을 보고 있으면 아깝지 않은 사람이면 아무 상관도 없지만 너무 아까운 사람인만큼 참을 수 없는 마음도 듭니다. 사람을 성장시켜주는 세상에 정말 감사하지만, 또 사람을 해치는 것도 세상입니다. 최근 작자들이 빈번하게 말하고 있는 위로는 진리를 추구하는 '상구보리(上求菩提)'는 좋지만 아래로는 중생을 교화한다는 '하화중생(下化衆生)'은 작자들이 할 말로는 조금 과합니다. 그것을 적당히 말할 수 있는 사람이 세상에 몇이나 있을까요? 예의를 넘어서는 이야기를 합니다. 특히 작자에 대해서 무례하다고 생각되는 것을 가감 없이 말하는 것은 무엇을 위함일까요? 작자에 대한 자신의 마음과 같은 마음의 사람은 분명 인간 중에서도 적지 않을까 생각합니다.

쓸데없는 말을 해버렸습니다. 자 132페이지에 "서로 열정이 타오른다. 사람들은 요란하여 날뛰고 있다"라는 것은 무슨 뜻인가요? 져서 깔

려버린 꽃잎이라면 요란이라는 표현도 좋지만 정말 난처한 말입니다. 이 작자는 계속 '히라세이간(平青眼)'이라는 말도 사용하고 있는데 대중작가들은 죄다 '세이간(正眼)'을 파랗게 만드는 것일까요?[23] '세이간'이라는 말의 의미를 모르는 것일까요?

그리고 시마다 도라노스케를 공격하는 가토 지카라(加藤主税), 이 두 사람이 칼을 들고 대결하는 대목에서 "맞부딪친 칼을 대고 버티는 형국이 되었다"라고 적고 있습니다. 검술이 서투른 사람들이라면 오히려 맞부딪친 칼을 대고 버티는 상황이 벌어질지도 모르지만, 이 경우는 두 사람 모두 훌륭한 검객입니다. 특히 시마다 같은 자는 당시 검술의 일인자라는 말을 듣는 인물인데 이런 바보 같은 것을 적는 것은 한심스럽습니다. 한 번 작자가 이런 것을 적은 것을 계기로 이후 엉망진창인 검도, 유도 이야기가 속출합니다. 이러한 나쁜 전례를 만든 것은 경계해야 할 것입니다.

하(下)

이번에는 한 권을 건너뛰고 가장 마지막인 '호키의 야스쓰나의 권(伯耆の安綱の巻)'을 읽어 보았습니다. 이것도 고슈(甲州)에서의 이야기로 작자가 태어난 곳에서 멀지 않은 지역입니다. 때문에 무엇보다 잘못된 곳이 없으리라 생각합니다. 특히 장소도 장소인 만큼 누구나 알고 있는 곳이 아니기 때문에 눈에 띄지 않을 것입니다.

---

23 검술의 자세로 왼쪽 어깨를 당기고 오른발을 앞으로 비스듬히 연 상태로, 이때 칼은 오른쪽으로 열고 칼날은 안쪽을 향한 것을 가리킨다. 이 히라세이간의 한자 표기는 '平正眼'인데, 작자가 이를 '平青眼'으로 오기하고 있는 것을 지적하고 있다.

여기서 가장 먼저 나오는 곳은 아리노무라(有野村)의 우마다이진(馬大盡)이라는 사람의 집입니다.

이 책의 페이지로 보면 455페이지로 오긴(お銀)이라는 우마다이진의 딸에 대해 "입고 있는 옷은 다이묘의 아씨와 같이 꽤 좋은 것이었습니다"라고 적고 있습니다. 아무리 대농의 딸이어도 다이묘의 따님과 같다는 둥 하는 것은 이 시대와 동떨어진 것이며 "다이묘의 아씨와 같이 꽤 좋은 것이었습니다"라는 것은 어떤 옷을 입고 있는 것인지 모르겠습니다. 작자도 그것이 어떤 것인지에 대해 설명하지 않습니다. 이 여성은 머리카락이 아름다워 "멋진 다카시마다(高島田)[24] 스타일로 머리를 묶고 있었습니다"라고 적고 있는데 다이묘의 따님은 다카시마다 스타일로 머리를 하고 있을 리가 없습니다. 이것은 어찌 된 일인가요?

그리고 이 여자아이는 아버지를 "아버님"이라고 부르고 있습니다. 아무리 부자 아버지라고 해도 아이가 '아버님'이라고 하는 것은 있을 수 없습니다.

549페이지에서는 이 우마다이진 집의 여성들이 주인에 대해 이야기하는 대목이 있습니다. 내용은 고슈 시골 이야기 같은데 "그런거에요"라는 상당히 새로운 말투를 사용하고 있습니다. 이것이 분큐 시대 때 고슈 여성이라고 한다면 매우 이상한 느낌이 듭니다. 여기서 이 집안의 부인을 "마님, 마님"이라고 하고 있는데 마찬가지로 안됩니다. "이상한 저택이네요"라는 부분도 있는데 평민의 집을 저택이라고 하는 것도 어딘가 이상합니다.

---

[24] 묶은 상투를 정수리 높이로 크게 틀어 올린 일본 전통 여성 머리 형태 중 하나인 시마다다케(島田髷)의 일종으로, 화류계 여성이나 결혼하는 신부가 예식용으로 하는 머리를 가리킨다.

550페이지에는 "이런 대가의 재산과 속사정은 우리들의 머리로는 짐작이 가지 않는다"라고 하는 부분이 있습니다. 지금 시대에는 아무렇지도 않지만 이 당시 시골 여성이 '우리들의 머리'라고 하며 '머리'라는 말을 꺼내는 것은 이상합니다. 시대가 맞지 않고 있습니다. 그리고 여기서 앞에 나온 딸을 '아가씨'라고 하고 있는 것도 마님과 마찬가지로 평민의 집에는 어울리지 않습니다.

554페이지에는 오긴이라는 여자아이의 대사로 "저 여자아이는 예쁜 아이였네요"라고 하는데 '~네요(わいな)'도 너무 이상한 말투라고 생각합니다.

그리고 이 부호의 집에서 부리고 있는 고나이(幸內)라고 하는 젊은이에 대해 "고나이는 보면 매우 산뜻한 아와세(袷)[25]에 잔무늬의 하오리(羽織)[26]를 걸치고" 운운(556페이지)이라고 적고 있습니다. 평민의 집에서 부리고 있는 사람이 잔무늬의 하오리를 입을까 입지 않을까요?

557페이지에서는 오긴이 오키미(お君)라는 하녀를 불러오라고 합니다. 이를 동료 하녀가 부러워하며 "너에게만 그런 분부가 있었으니까"라고 합니다. 이러한 것은 무사의 집이라고 해도 어지간히 좋은 곳이 아니면 불가능합니다. '분부(お沙汰)'라는 말을 어떤 경우에 사용하는지는 잠시 옛 문헌을 보면 바로 알 수 있습니다. 아무리 부호라도 평민 집의 하녀가 '분부'라는 말을 사용하는 것은 어울리지 않는 경어입니다.

558페이지에는 "오키미는 오긴 님의 이마(居間)[27]로 가셨습니다"라고

---

25 안감이 있는 기모노.
26 기모노 위에 걸치는 소매가 짧은 겉옷.
27 에도 시대 이전에는 남편이 있는 부인의 침실을 가리켰으나, 근대 이후에는 서양 주택의 거실에 대응하는 개념으로 사용되고 있다.

하는데 '올라가셨습니다'라면 '오이마(御居間)'²⁸라고 해야 하는 것인데 여기까지는 생각이 미치지 못한 것으로 보입니다. '가셨습니다'도 백성의 집에는 어울리지 않습니다.

563페이지에서도 오긴의 대사 중 "저쪽 저택으로 가면 안 됩니다"라는 것이 있습니다. 이 부농의 집은 주인, 딸, 남동생 구역으로 공간이 분리되어있는 것 같은데 이를 합쳐 저택이라고 하는 것은 달리 전례가 없는 말투입니다. 묘하게 우쭐한 척을 하니까 세상에 없는 말들이 나오는 것입니다. 이렇게 다이묘다운 생활을 하고 있다고 생각하는데 다음 페이지에서 "사부로(三郎) 님은 큰 게타를 끌며 빗속을 우산도 쓰지 않고 유유히 저쪽으로 걸어가 버립니다"라고 적고 있습니다. 사부로는 오긴의 남동생으로 '막 10살 정도의 남자아이'인데 아이가 어른의 게타를 신고 온 것일까요? 이러한 일은 민간에서 자주 있는 일이므로 상관없지만 다이묘다운 생활을 하는 집이라 하면 당연히 시종도 있을 것이고 이 밖에도 시중을 드는 사람이 있을 터이니 아이가 대책 없이 어른의 게타를 신게 할 일이 없습니다. 또 좋은 집에서 자란 아이이니까 그런 일을 하지 않을 것입니다. 다이묘, 하타모토가 아닌 부자 농부, 장사꾼이라도 자식을 위해 별도의 주거를 갖추어 놓은 정도라면 아이가 게타가 많이 있는 곳을 출입하지 않게 되어 있었을 것이기도 합니다. 결국 작자는 다이묘의 생활도 모르고 평민의 생활도 모르기 때문에 이런 것을 적는 것입니다.

565페이지에서 오긴이 오키미에게 "아니 너 샤미센(三味線)을 연주할 수 있냐? 그것 참 잘됐다. 내가 오고토(お琴)를 연주할 테니 너가 여기에

---

28 이마(居間)에 존경을 나타내는 접두어 '오(御)'를 붙인 단어.

샤미센을 맞춰서 연주해 봐"라고 합니다. 점잖은 생활을 하는 사람이라면 "샤미센을 연주할 수 있냐?"는 천박한 말을 할 리가 없습니다. 그러나 이 경우 평민으로 신분이 없는 소녀라고 한다면 이렇게 격식을 차리지 않은 말투가 괜찮을지도 모르겠습니다만, 그렇다 하더라도 너무 격식이 없는 말투로 고슈 농촌의 소녀답지 않습니다. 이렇게 격식이 없는 말투였는데 "오고토를 연주할테니"라고 합니다. 오다이도코로(お台所), 오스리바치(お摺鉢)처럼 오를 붙인 격입니다. '오(お)'라는 글자의 용례를 요새 사람들은 엉망진창으로 사용하고 있습니다.[29] 엉망진창이 아니라 모르고 있으신 것이겠지요. 한 문장 안에 이렇게 품위가 다른 말이 섞여 있습니다. 평민 소녀가 우쭐해져서 이렇게 얼토당토않게 말을 하고 있다면 모르겠지만 작자는 그런 의도로 적은 것 같지는 않습니다.

같은 페이지에서 이야기는 가미오 슈젠(神尾主膳)이라는 사람의 집으로 바뀝니다. 여기서는 "구미가시라(組頭)[30]와 긴반(勤番)[31]이 종일 출입하고 있었습니다"라고 적고 있는데 이것은 '고후긴반(甲府勤番)'[32]이라고 하면 되겠지요. 다음 페이지에서는 슈젠의 집에서의 칼 이야기를 적고 있습니다. "귀하의 감정 및 고견을 듣고 싶은 물건이 있습니다"가 슈젠의 대사인데 이 시대에 '의견'이라는 말은 이러한 의미도 사용하지 않

---

29 일본어는 특정 단어 앞에 접두어 お를 붙여 존경을 나타내는데, 여기서는 お를 사례에 맞지 않게 남용하는 것을 지적하고 있다.

30 에도 시대 무사의 구성 단위인 구미(組)의 장을 가리킨다.

31 에도 시대 각 영주들의 부하가 교대로 에도에 있는 영주의 저택에서 근무하는 것을 가리키며, 그러한 무사들을 긴반사무라이(勤番侍)라고도 하였다.

32 에도막부의 직책으로 에도 시대 중기에 마련되었다. 막부 직할 영토였던 가이노쿠니(甲斐国)에 상주하면서 고후성(甲府城)의 방위와 쌀 관리, 전투 도구 정비 등 고후 지역을 다스렸다.

앉을 것으로 생각합니다. 다만 이런 말이라도 여기서 대사가 모두 현대
식이라면 균형이 맞지만 옛말과 새로운 말이 뒤섞여 있기 때문에 더 눈
에 띕니다. 동시에 이야기가 거짓말처럼 보이게 합니다.

582페이지에서는 앞에서 나온 아리노무라(有野村)의 평민 다이진(大
盡)에게 긴반시하이(勤番支配)[33]인 고마이 노토노카미(駒井能登守)가 찾
아왔다고 적고 있습니다. 그런데 예고도 뭣도 없이 노토노카미가 온 것
입니다. "신임 긴반시하이가 무슨 용무가 있는지 예고도 하지 않고 맘
대로 와 이 집의 집사를 적잖이 당황하게 만들었습니다." 이러한 일은
아무리 해도 이 시대에 가능하지 않습니다. 메이지 시대 벼락출세가 가
능한 시대면 모를까 옛날 백성 다이진의 집에 집사라는 사람을 등장시
키는 것도 매우 이상한 이야기입니다.

고마이 노토노카미는 원행을 나온 김에 우마다이진의 말을 보러 왔다
고 하며, "노토노카미에게는 젊은 무사와 마부가 동행하고 있었다"라고
적고 있습니다. 그러고 보니 그 무사나 마부가 달려와서 자신의 주인이
오는데 이러이러한 것을 원한다는 의사를 전달한 것 같습니다. 이 시대
에는 이렇게 하는 것이 통상 예의였습니다. 그런데 이런 것도 하지 않고
갑자기 고마이가 안내를 받았다고 하여 또 이 이야기를 거짓으로 만들
고 있습니다.

대체로 이 고후 긴반시하이는 두 명씩 근무하고 있기 때문에 긴반은
5백 석 이하 2백 석 이상이 2백 명, 요리키 20명(与力), 도신(同心) 백
명, 시하이(支配)는 45천 석의 하타모토가 근무하고 있습니다. 이것은
꽤 중책으로 후요노마(芙蓉の間)[34]의 관리인이었습니다. 야쿠다카(役

---

33 앞의 고후 긴반(甲府勤番)과 같은 말.

高)³⁵는 3천 석, 야쿠치(役知)³⁶는 천 석으로 꽤 중요한 역할을 하였습니다. 이렇게 중책에 있는 만큼 아무리 멀리 말을 타고 원행을 가더라도 사전 고지도 없이 평민의 집에 뛰어 들어간다는 것은 있을 리가 없습니다. 가령 젊은 무사나 마부만 데리고 나갔다 하더라도 미리 그 무사나 마부를 보내 알려야 했습니다. 그렇게 해서 주인뿐만 아니라 마을 사람들까지 나와 마중을 해야 하는데 이 우마진 이다유(伊太夫)는 일절 그런 것을 하지 않고 덜컥 와서 말을 보려고 하고 있습니다.

이 582페이지의 "말을 보고 싶어서 원행을 하는 길에 들른 것인데 이 길로 마구간으로 안내해 주셨으면 합니다"는 노토노카미의 대사 같은데, 고후 긴반 시하이가 평민에게 이런 말투를 썼을까요? 이다유는 마구간에서 목장으로 노토노카미를 안내하며 "적어도 이 중에서 한 마리를 보여드리려고 하는데 이는 말에게도 명예입니다"라고 하는데 노토노카미가 한 마리를 시험 삼아 타보고 돌아갈 때 전혀 배웅도 하지 않습니다. 건방진 것인지 세상 물정을 모르는 것인지 이러한 것은 이 시대에 절대로 일어날 수 없습니다.

586페이지에서는 오긴이 오키미의 머리를 정리해 주겠다고 하자 오키미는 "아가씨 너무 황송하게 그지없습니다"라고 합니다. 자신의 주인에게 말을 하고 있지만 '너무 황송하다'라는 말은 평민 다이진 하녀의 말투로는 너무 지나칩니다. '황송합니다' 정도가 알맞겠지요.

590페이지에는 고마이 노토노카미의 젊은 무사 이치가쿠(一学)라는

---

34 에도성 혼마루(本丸)의 접객실 중 하나.

35 에도 시대 직무에 높고 낮음에 따라 지급되었던 녹봉.

36 에도 시대 막부가 교토의 행정기관 근무자, 오사카 성주 대리 등과 같이 에도 이외의 지역에 근무하는 사람의 재직 중 지급한 봉토.

사람이 노토노카미의 부인이 병이 나서 와 있다고 하며 "하루라도 빨리 모시고 싶다고 부하들 모두 한마음으로 말을 아뢰지 않는 날이 없습니다"라고 합니다. 여기서 '부하들 모두 한마음으로'라는 말은 이상하고 어울리지 않습니다.

595페이지에서는 고후의 긴반시(勤番士)에게 검도를 지도하고 있는 고바야시 분고(小林文吾)라는 사람이 제자를 응대하면서 "사양하지 말고 얘기해 보아라"라는 대사가 나옵니다. 이것도 너무 이상합니다. 이에 대해 제자는 "이번에 신임으로 온 새로운 고시하이(御支配) 고마이 노토노카미라고 합니다"라고 하는데 이것도 당찮은 소리로 어째서 '도노(殿)'라는 경칭을 사용하지 않는 것일까요?

611페이지에서는 우지 야마다(宇治山田)[37]에서 온 요네토모(米友)라는 남자가 "안되걸랑", "모르걸랑", "이 하치만 님에게 다이다라봇치(で えだらぼっち)[38]가 올 것 같아 등불을 꺼버린거랑께"라는 둥 마구 에도 사투리로 말합니다. 우지 야마다 사람이 어째서 이렇게 에도 사투리를 쓰는 걸까요? 에도 사투리뿐만 아닙니다. 에도 가락으로 "하, 하, 하, 하 웃기고 있구만"이라고도 합니다. 이것이 이세(伊勢) 말투라고 한다면 매우 이상해서 참을 수가 없습니다.

613페이지에서는 검도 지도를 하는 고바야시가 변장을 하고 옵니다. "대나무 삿갓을 쓰고 곤칸반(紺看板)[39]을 입었으며, 칼날이 약 1척 78치

---

37 현재 미에현(三重県) 이세시(伊勢市)에 해당하는 지역.
38 일본 각지의 산과 호수를 창조했다고 전승되는 거인 요괴로 다이다라봇치(ダイダラ ボッチ), 데이다라봇치(でいだらぼっち) 등 다양한 명칭으로 불린다.
39 등이나 깃 따위에 가게 이름이나 가문의 상징을 곤색 목면에 염색하여 새긴 간단한 윗도리로 무가의 머슴 등이 주로 입었다.

(寸) 하는 호신용 칼을 한 자루 차고 술병을 하나 든 무가의 하인 남성이 었습니다"라고 적고 있는데 무가의 하인이 어째서 호신용 칼을 차고 있을까요? 무가의 하인은 목검만 차고 있습니다. 이것은 두말할 필요가 없습니다. 무가의 하인으로 변장하는데 호신용 칼을 찼다고 한 것은 실수한 것입니다.

626페이지에서는 오긴과 오키미가 길흉을 점치는 제비를 뽑으러 옵니다. 여기서 오긴은 "보시는 것과 같이 85번 대길(大吉)[40]이라고 나와 있사와요"라고 합니다. '사와요(わいな)'는 앞에서도 나왔지만 정말 고슈 사람뿐만 아니라 누구의 말투라 해도 '사와요(わいな)'는 이상합니다. 마치 연극을 하고 있는 것 같습니다. 오키미 쪽은 이세 고시(古市) 출신이라고 하는데 "이 하치만(八幡) 님의 제비가 대길이 나왔으니 벌써 따 놓은 당상이겠지"라고 하는데 '따 놓은 당상'이라는 말투는 아무래도 상류층이라고 생각할 수 없습니다.

그러자 지금까지 이상하게 침착하게 있었던 오긴이 오키미를 '키미짱'이라고 부릅니다. 작자는 반복해서 "오긴 님은 오키미를 부를 때 키미짱이나 오키미라고 하고, 또는 오키미 님이라고 다양하게 부릅니다"고 하는데 평민 다이진의 딸이라고 해도 아니 적어도 마을에서 귀한 소녀라고 라면 스스로 고용인이 아닌 것처럼 보이기 위해 '오키미 님'은 괜찮지만 '키미짱'은 좀 이상합니다. 이 소녀는 '사와요(わいな)'와 현대적인 종조사 '요(よ)'와 '노(の)'를 섞어서 사용합니다. 이 고슈 다이진의 딸과 이세 출신의 하녀의 말투는 에도의 매우 천박한 생활을 하는 소녀와 같은 말투로 보입니다.

---

40 일본의 신사나 절에서 길흉을 점치는 제비를 오미쿠지(おみくじ)라고 하는데, 여기에는 1~100까지(신사나 절에 따라 50번까지 있는 경우도 있음) 일련번호가 표시되어 있다.

636페이지에서는 고후 성 문지기에게 오키미가 부탁을 해서 구마이를 만나는 대목이 있습니다. "문지기인 아시가루(足軽)[41]는 6척 방망이를 내리 꽂고"라는 부분이 있는데 여기서 아시가이가 아니고 도신이겠지요. 도신도 아시가이도 같은 것이지만 절대로 헷갈리면 안됩니다.

이 문지기를 하고 있는 남자는 오키미에게 "우선 상태를 좀 보고 올 테니 기다려 주십시오"라고 합니다. 아무래도 정말 이상한 말투가 아닐 수 없습니다. "성함이 뭐라고 하옵니까?"라던지 "아리노무라의 후지와라의 집까지 온 오키미 도노"라고 하고 있는데 평민의 집에서 심부름 온 여자(이는 조닌도 마찬가지)에게 '성함'이라든지 '도노(殿)'[42]라는 말을 쓸 리가 없습니다. 아시가이던 도신이던 그 정도의 소양은 있을 것입니다. 그리고 이러한 경우는 하치에몬(八右衛門)이라던지 이토유라는 이름으로 해야겠지요. 아무리 다이진이라도 평민이고, 더욱이 그 심부름꾼으로 온 여자이니 거기에 경칭인 '오(お)'나 '도노'를 붙일 리가 없습니다. 그러면 무사의 신분이 보낸 심부름꾼에게는 뭐라고 해야 좋을까요? 이런 것을 보고 있으면 작자는 평민이나 무가의 생활은 어떤 상태였는지 염두 하지 않고 쓴 것 같이 보입니다.

다시 자세히 이 책을 읽어 보았더니 여러 가지가 나오는데, 두세 가지만 예를 들면 충분하다고 생각합니다. 『대보살고개』에 대해 친구 한 명이 말하기를 이 책에 오류가 있다고 하더라도 다른 대중 소설처럼 될 대로 되라는 식으로 휘갈겨 적은 것은 아니고 성실하게 썼다. 잘못 쓴 부분을 알고 쓴 것은 아니라는 것이었습니다. 아무리 봐도 다른 대중

---

41 헤이안 시대부터 에도 시대까지 존재하였던 보병의 일종으로, 평시에는 잡역에 종사하다가 전시에는 병졸이 되는 최하급의 무사.

42 귀인이나 주군의 높임말.

소설과 비교해 보면 집필 방식에 꼼꼼함이 있습니다. 성실한 만큼 더 자세히 읽고 더 많이 지적하는 게 좋을지도 모르겠습니다. 그렇지만 같은 것을 이미 몇 번이나 반복해서 말했으니 이제 더 할 것이 없습니다. 여기서 그만하겠습니다.

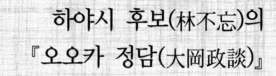

하야시 후보(林不忘)의
『오오카 정담(大岡政談)』

상(上)

요시카와 에이지 씨의『나루토 대첩』은 대강 본 것으로 끝내고, 이번에는 하야시 후보(林不忘) 씨의『오오카 정담(大岡政談)』을 얼추 보려고 합니다. 이『오오카 정담』은 고단(講談)물인데, 지금 읽을 스즈키 겐주로(鈴川源十郎) 이야기는 일찍이 예전에 출판사 오카와야(大川屋)에서 아카혼(赤本)[1]으로 나왔으며, 그전에도 에이센샤(栄泉社)에서 책으로 나온 것 같고 이후에 하쿠분칸(博文館)의『데이코쿠분코(帝国文庫)』에도 있었던 것 같습니다. 오오카 정담이라고 하면 교호(享保) 때 오오카 에치젠노카미 다다스케(大岡越前守忠相)[2]의 재판을 일반적으로 오오카 판결이라고 하는데, 대관절 마치부교(町奉行)를 재판관이라고 생각하는 것이 가장 큰 잘못으로 마치부교는 재판관만 하는 것이 아닙니다. 가령 재판하거나 사건을 판결하는 사람은 옛날에도 얼마든지 있었고 에도 시대에도 마쓰다이라 이즈노카미 노부쓰나(松平伊豆守信綱),[3] 도다 야마

---

1 메이지 시대 소년 취향의 고단, 라쿠고 서적으로 표지를 붉은 계열로 사용한 것에서 아카혼(붉은책)으로 불렸다.

2 오오카 다다스케(大岡忠相, 1677~1751). 에도 시대 중기 명관리, 정치가로 활약한 인물이다. 8대 쇼군 도쿠가와 요시무네(德川吉宗)의 측근으로 에도 시중의 행정을 담당하고 명판관으로 이름을 날렸다. 관직명이 에치젠노카미(越前守),『오오카 정담(大岡政談)』이나 시대극에서의 명관리 이미지로 현대에는 오오카 에치젠노카미(大岡越前守), 오오카 에치젠노카미 다다스케(大岡越前守忠相)로 알려져 있다.

3 마쓰다이라 노부쓰나(松平信綱, 1596~1662). 에도 시대 초기 로주(老中)를 역임한 후다이 다이묘(譜代大名)로 막부의 창업에 주도적인 인물이었다. 주로 마쓰다이라

시로노카미 다다자네(戶田山城守忠眞)⁴ 등과 같은 사람들의 전기를 보면 재판을 많이 하였고 꽤 재밌는 판결도 있습니다. 당시에는 이들이 유명했는데 노부쓰나(信綱)도 다다자네(忠眞)도 로주(老中)⁵였습니다. 로주라고 해서 모두 다 재판관이라는 것은 아닙니다. 에도의 관제를 알고 있다면 로주도 재판하는 경우가 있고 마치부교도 지샤부교(寺社奉行)⁶도 간조부교(鑑定奉行)도 모두 재판을 합니다. 개중에는 판결을 잘해서 교묘하게 재판을 하는 자들도 있었습니다. 그러나 에도 시대의 관제를 알고 있다면 그러한 사람들을 재판관이라고 생각하지 않을 터입니다. 여기에도 한 가지 잘못된 점이 있습니다.

게다가 오오카 판결이라는 것은 너무 인기가 많아서 뒤숭숭한 것이 되어버렸습니다. 오오카 판결이라고 전해지는 이야기의 대다수는 에치젠노카미(越前守)가 심리(審理)한 사건도 아닐 뿐만 아니라 누가 판결한 것도 아닙니다. 전부 거짓말로 지어낸 이야기가 많이 포함되어 있습니다. 그래서 이 오오카 판결은 모두 실록 소설의 형태를 취하고 있습니다. 어째서 오오카를 그런 모습으로 다루었냐고 하면 재판을 잘한다는 이유도 있지만, 아직 오사다메가키햣카조(御定書百箇条)⁷가 나오지 않

이즈노카미 노부쓰나(松平伊豆守信綱)로 불렸다.

4 도다 다다자네(戶田忠眞, 1651~1729). 에도 시대 중기의 다이묘로 시모사 사쿠라번(下総佐倉藩) 제2대 번주, 에치고 다카다(越後高田) 번주, 시모쓰케 우쓰노미야(下野宇都宮) 번의 초대 번주를 지냈다. 에도 막부에서는 친형 아키모토 다카토모(秋元喬知)와 같이 로주를 역임하였다. 도다 야마시로노카미 다다자네(戶田山城守忠眞)로도 불리었다.

5 에도 막부의 직명 중 하나로, 전국의 통치 관련 업무를 총괄하는 최고직.

6 가마쿠라 막부 이후 전국의 사찰과 신사를 통괄하는 업무를 담당하던 무가의 직책.

7 에도 시대 후반에 등장한 막부의 사법 법전을 가리킨다. 8대 쇼군 도쿠가와 요시무네(德川吉宗)가 1742년 편찬한 에도 막부의 율법인 『구지카타오사다메가키(公事方

은 시대이기 때문입니다. 즉, 법률이 갖추어지지 않은 시대에 재판이 이루어지니 일률적으로 정해진 것이 없었습니다. 이러한 점을 노리고 여러 각색을 할 수 있다는 편리한 점에서 작자들은 거짓말을 하기 위해 오오카 판결을 남용하는 경향도 있습니다.

그래도 실록체 소설이어도 대개 적당하게 잘 만들었습니다. 물론 실록체 소설은 소설이기 때문에 허구로 만든 것이어도 아무 문제가 없습니다. 고단이라 하더라도 마찬가지로 재미만 있으면 되니까 반드시 사실을 전해야 한다는 것은 아닙니다. 이것을 염두하고 하야시 씨가 썼다 해도 마찬가지라고 생각합니다. 그런데도 고단 같은 것은 세상의 풍조와 조화를 이루기 때문에 자주 개작됩니다. 즉 대부분이 덴포(天保)시대를 다루고 있습니다. 간에이(寬永) 때의 이야기도 겐로쿠(元禄)[8] 때의 이야기도 교호(享保) 또는 가세이(化政)[9] 때의 이야기라도 시대를 확 늦추고 아주 빈틈없이 시대를 배치해서 전부 덴포 시대에 맞도록 다듬고 있습니다. 교묘하게 균형을 잘 맞춰서 엉뚱하지 않게 하고 있어 꽤 솜씨가 있습니다. 그리고 또한 어느 시대에도 절대 있을 수 없는 사건이나 특정 시대에 쓸 만한 물건 등이 나오지 않게 주의하고 있습니다. 고단물에는 매우 위험한 부분이 없는 것은 아니지만 아주 들키지 않을 정도로 하고 있습니다. 그런데 대중 소설의 경우는 시대를 당기거나 늦추거나 맞추

御定書』 하권이 이에 속한다. 상권이 중요한 청구서, 고시문, 경고판 등 81종을 그대로 집록한 법령집인데 반해, 하권은 선례, 계약 등을 기초로 법전 형식으로 정리하여 편찬하였다. 민, 형사 소송법이나 민사 규정도 포함되어 있으나 대부분은 형법 규정으로 일종의 형법전이라고 할 수 있다.

8 일본의 원호로 1688년부터 1704년이 이에 해당한다.

9 에도 시대의 연호로 분카(文化, 1804~1816), 분세이(文政, 1818~1830) 시대를 합하여 부르는 명칭이다.

는 것을 전혀 모릅니다. 계속 얼토당토않게 적어도 괜찮아서 있을 수 없는 사건이나 물건을 등장시켜 엉터리로 적는 것이 일반적인 통념으로 되어 있습니다. 국제연맹 덕분에 낯설지 않게 된 그 인식 부족이라는 말 ─ 그보다 더한 것이 대중 소설의 방식이며 또는 인식이 전혀 없다는 생각이 들 정도의 것을 적고 있습니다. 그 스즈카와 겐주로(鈴川源十郎)의 이야기도 고단 그대로 적었으면 더욱 좋았을 것일지도 모르나 취향을 바꿔 새롭게 시도하려고 했습니다. 애초에 에도에 대한 인식이 몹시 미심쩍은 작자가 무턱대고 변화를 주려고 하고 있는 것은 참을 수 없습니다.

먼저 맨 처음 나오는 것은 권두 1페이지의 "에도의 네즈곤겐(根津權現)[10] 뒤편, 속칭 '아케보노노사토(曙の里)'라고 일컬어지는 곳에 신도무소류(神道夢想流)[11]를 유파로 마을 도장을 운영하고 있는 오노즈카 뎃사이(小野塚鉄斎)"라고 적고 있습니다. 오오카 정담이니까 반드시 덴포 시대 때의 이야기여야 합니다. 자, 에도 지도를 꺼내 보시기 바랍니다. 네즈곤겐 뒤편은 어떤 곳이었을까요? 그곳에 시중 도장이 있었는지 없었는지요? 누가 거기로 배우러 갈까요? 더구나 '아케보노노사토라고 일컬어지는 곳' 따위는 정말 참는대도 한계가 있습니다.

아무튼 이 도장의 정례(定例) 중, 10월 초 이노히(亥の日)에 "가을 큰 시합을 개최하여" 등등이라는 것이 적혀 있습니다. 10월을 가을이라고 하는 것은 현재의 양력으로 한다면 문제가 없으나, 교호 시대 때가 아니

---

10 에도의 네즈(根津, 현재 도쿄도 분쿄구 네즈)에 위치한 신사로 1706년에 건립되었으며, 네즈 신사(根津神社)로도 불린다.
11 일본의 장술(杖術) 유파로 에도 시대 초기 무예가 무소 곤노스케(夢想権之助)가 창시하였다. 예부터 전해져오는 장술 중 가장 알려진 유파로 현대 장도(杖道)와 경장(警杖)술의 모체이다.

더라도 에도 시대를 통틀어 도쿄의 가을까지 양력이 적용되었었다고 하니 10월이 가을일 리가 없습니다. 작자는 이러한 것도 모릅니다. 가을과 겨울 계절이 틀렸습니다. 이를 계절을 착각한 사태라고 해야 할까요? 정말 안타까운 이야기입니다.

이 큰 시합 날, 뎃사이가 도장에 붙인 문구는 "오늘 시합에서 우승하는 자에게 겐운마루(乾雲丸) 검과 함께 딸 야요이(弥生)를 드리겠습니다"(5페이지)라고 합니다. 여기서 문체가 이상한 것은 차치해두고, 딸을 상품으로 하는 것은 너무나도 파격적인 이야기입니다. 실력이 뛰어나다는 것을 알고 시집을 보내거나 사위로 삼으려고 했던 일은 검술판에서는 얼마든지 있었겠지요. 그렇다고 하더라도 딸을 상품으로 하는 것은 시대도 시대이거니와 검도를 시범으로 하는 사람들로서도 너무나 천박한 이야기로 아무리 생각해도 있을 수 없는 일이라고 생각합니다. "우승하는 자에게"라는 말도 이 시대에 사용하였을까요? 그리고 "겐운마루 검과 함께 딸 야요이를 바치겠습니다"라는 부분은 이것만 보면 소녀와 칼 두 가지를 주겠다는 의미로 읽힙니다. 그런데 본문을 읽어 보면 검(겐운마루)은 그 자리에서만 차는 것이 허락되기 때문에 뎃사이에게 바로 돌려준다고 되어 있습니다. 아마 우승기와 같은 것일지도 모르겠습니다. 이 대목은 현재 유행하는 스포츠와 같은데, 이 뎃사이가 쓴 문구는 시대를 현대까지 늦추더라도 작자가 말하는 것처럼은 읽히지 않습니다. 검은 그렇다 치고 딸은 어떻게 되는 것인가 하면 이 경우는 받은 즉시 돌려주는 것이 아닌 것 같기에 더욱더 연유를 모르겠습니다.

그리고 그 문구도 대개는 서장 형식으로 적는 것이 통례로 그렇지 않으면 한자 초서체의 문장으로 해야 합니다. 이 문구는 이도 저도 아닙니다. 그리고 집에 전해져 오는 소중한 검을 우승품처럼 취급하고 있는 것은 참신한 덴포 시대 사람이라고 하면 무마될 수도 있지만, 시대상으로 볼 때는 매우 이상합니다. 검도의 사범이라도 하면 무사의 본보기가 되어야 하는데 뎃사이는 자신의 딸을 우승품으로 내놓습니다. 혼인은 인륜지대사라는 것을 모르는 남자입니다. 제자들을 장려하는데 자신의 딸을 이용한 것이라면 이 뎃사이라는 자는 무사도를 더럽히고 인간을 파괴하는 노파라고 해야 마땅합니다. 이렇게 매우 어리석은 자가 교호 시대는 고사하고 어떤 시대에 무사의 높은 자리에 오르겠습니까?

이 시합에서는 당연히 이길 것이라 생각했던 스와 에이사부로(諏訪栄 三郎)라는 미남이 져 버렸습니다. 이를 보고 딸 야요이는 자신의 거실로 울며 뛰어 들어와 "내가 싫어서 일부러 지는 것을 택하다니 사부로 님 너무 원망스럽습니다. 너무 원망스럽습니다. 아... 저는, 저는"이라고 하며 엎드려 울었다고 적고 있습니다. 교양 있는 무사의 딸이 이러한 사실을 입 밖에 내는 경우는 없습니다. 교후 시대에는 아직 옛 무사의 유풍이 남아 있었기 때문에 그 가정도 연애가 최일선이 아니었습니다. 예의범절과 바른 몸가짐이 계속 유지되고 있었을 것입니다. 그러한 일반적인 상황에서 예외 규정을 추구한 것으로도 보이지 않는데 이것은 무슨 사태일까요? 당시 무사의 딸은 이 정도의 예의범절, 바른 몸가짐을 갖추지 않은 개방적인 현대 여성과 닮았던 것일까요?

게다가 작자는 이 울고 있는 딸에 대해 "가슴을 끌어안고 미친 것처럼 몸을 비빌 때마다 히가노코(緋鹿子)가 흔들립니다. 헝클어진 옷의 앞부분에서 하얀 피부가 드러나는 것도 모르고 야요이는 멈추지 않는 뜨거운 눈물을 적셨다"라고 적고 있습니다. 히가노코라는 것은 딸 야요이가 시마다(島田)¹² 스타일로 한 머리를 보호하기 위해 걸친 천 조각인 것

---

12 여성의 전통적인 올림머리 모양인 시마다마게(島田髷)의 준말로 주로 미혼 여성의 머리 스타일.

같은데, 그러한 것이 덴포 시대에는 없었다고 생각합니다. 덴포 시대 이후라 하더라도 그것은 마치야의 여성에게 한정된 것이었습니다. 이 히가노코가 천 조각이 아니라면 야요이의 몸 어디를 얘기하고 있는 것일까요? 게다가 흔들리는 것 같은 곳은 어디일까요? 아무리 정신없이 울어대었다고 하여도 '헝클어진 옷의 앞부분에서 하얀 피부가 드러나는 것'은 무슨 일입니까? 무사 가문의 여성은 요정이나 창녀, 게이샤의 여성들과는 다릅니다. 어떠한 경우에도 바른 몸가짐을 잊지 않아야 합니다. 피부를 보이는 것은 있을 수 없는 일인데 작자는 어디를 노출시키고 있는 것인가요? 아니면 딸을 우승품으로 내놓는 바보 같은 아버지가 가진 효능을 발휘하여 곡선미를 장점으로 내세운 것일까요?

그리고 9페이지에서는 "반드시 이길 것이라고 생각한 모리 데쓰마(森鉄馬)와의 시합에서 완전히 자패(自敗)하였다"라고 적고 있는데 이 '자패'의 의미를 모르겠습니다. '반드시 이길 것이라 생각한'은 스와 에이사부로가 자신했다는 것이 아니라 뎃사이가 그렇게 믿고 있었다는 것 같은데, '자패'라고 했다고 해서 창녀의 '자유 폐업(自由廢業)'[13]에 빗대어 얘기한 것은 아닙니다. '스스로 패하였다'라고 적고 있습니다. 정말 난해하고 이상한 말입니다.

이어 아버지 뎃사이는 "무슨 꿍꿍이가 있어 일부러 승리를 양보한 것인지 모르지만 조작은 용서 못해! 다시 한번 모리와 붙어!"라는 어처구니가 없는 말을 합니다. 이 말은 에이사부로가 일부러 뎃사이에게 졌다고 생각해 거짓 승패는 나쁘니 다시 한번 승패를 겨루라고 지적하는 것 같은데, 거짓이든 실수든 승패가 난 것을 인정하지 않는 것은 너무나

---

13 창기(娼妓) 단속 규칙이나 예기(芸妓) 단속 규칙에 따라 창기, 예기가 포주의 동의 없이 자유 의지로 폐업을 하는 것을 가리킨다.

난폭한 이야기입니다. 만약 일부러 허위 시합을 했다면 왜 그런 무사 자격이 없는 인간을 파문하지 않는 걸까요? 딸도 연모하고 자기도 좋다고 생각하는 에이사부로가 이겼으면 하니까 한번 더 시합을 하라고 명령한 것입니다. 작자가 이러한 뜻으로 읽히기를 바란 것이라면 뎃사이라는 자는 멍청이, 무법자로 무가의 무사답지 않은 인간처럼 적은 것입니다. 아무리 전문을 읽어 보아도 뎃사이를 멍청이나 무법자로 하고 싶은 것은 아닌 것 같은데, 적혀 있는 것을 보면 그 반대로 되어 있습니다.

그리고 남의 도장에 가서 시합을 강요하고 이기면 금품을 갈취해가는 '도조아라시(道場荒し)'가 한 명 뛰어 들어와 난리를 피우자 모리 데쓰마가 그를 상대하는데 "탁, 탁 얍! 뛰어오른 모리 데쓰마는 적의 가슴팍 깊은 곳을 노려 칼을 옆으로 휘둘러 완전히 꼼짝 못하게 하였다"라고 적고 있습니다. 그런데 '완전히 꼼짝 못하게 하였다'라는 것이 무슨 뜻일까요? 검객 이야기는 조금 들은 바가 있지만 이 의미를 모르겠습니다. 어떤 독자가 이것을 이해할 수 있을까요? 읽고 이해한 사람이 있나요? 가슴팍 깊은 곳을 노린 자가 어떻게 칼을 옆으로 휘두를 수 있는지요? 검객 이야기를 들은 바가 없이 아마추어의 소견으로 대충 적은 것이라면 모르는 것이 당연하지만 너무 엉망입니다. '완전히 끝내버렸다'라는 말도 없습니다.

15페이지에서는 에이사부로가 도조아라시를 뒤쫓아 갑니다. 왜냐하면 도조아라시가 앞에 나온 우승기에 해당하는 겐운마루를 가지고 도망쳤기 때문입니다. 그래서 제자들이 뒤쫓고 있는 것인데 "푹하고 무사시 다로(武蔵太郎)의 칼집 입구를 벌린 에이사부로"라는 대목이 있습니다. '무사시 다로'는 칼을 찬 작자의 이름 같고 '푹'은 종기 같은 것을 짜서 농이 나오는 소리 같이 들립니다. 그리고 '칼집 입구를 벌렸다'라고 하고 있는데 칼집 입구가 넓혀지거나 좁혀지는 것이라고 생각하는 것일까요? 칼집은 고무로 되어 있지 않습니다.

이어 칼부림 속에서 도조아라시는 "여기서 확실하게 네 놈들의 타고난 근성을 꺾어버릴 때를 기다렸다. 칼에 살이 찔리는 것이 파르르 손에 전해져 오는데 홋! 덤벼라, 어디에서든지!"라고 하며 허세를 부리고 있는데 이 자가 누구냐고 하면 소마(相馬) 가문의 로닌인 단게 사젠(丹下左膳)입니다. 오슈(奥州)에서 온 소마의 부하인데 묘하게 에도 말투를 구사하고 있습니다. 이런 말투는 이외에도 비슷한 것들이 있는데 고슈 사람이 에도에 온 지 오래라고 해도 이런 말투를 구사하는 것은 좀 어려울 터인데, 이제 막 에도에 온 사젠의 입에서 어떻게 이런 것이 가능한 것일까요? 그리고 가령 고슈 사람이 아닌 에도 사람이라고 해도 교호 시대 때 이런 말투를 누가 사용할까요? 이거야말로 '비웃어 주고 싶다'라고 말해주고 싶은 대목입니다.

이 소동에서 뎃사이는 사젠에게 교살당합니다. 이 사변을 고지마치(麹町) 산반초(麹町)의 하다모토인 쓰치야 다몬(土屋多門)이라는 사람에게 알리기 위해 제자 데쓰마(撤馬)가 뛰어갑니다. 타몬은 150석의 봉급을 받는 고부신(小普請)[14]인데 이상한 점은 이 집에는 문지기가 없습니다. 데쓰마가 문을 두들기는 것을 듣고 정원을 담당하는 영감이 "쳇 뭐야 이 시간에 마을 의사도 아님서"라고 하며 나옵니다. 문지기 영감인 사람 같은데 정원 담당자라고 합니다. 정원 담당자이든 문지기든 무사의 저택에 있는 사람이 '아님서' 같은 말투를 사용한다는 것은 정말 생각할 수 없습니다. 그런데 안으로 뛰어 들어온 데쓰마는 "주인님께 급히 알려야 할 일! 이라고 말하고는 현관 마루에 무너져 버렸다"라고 하

---

14 에도 시대 관직이 없는 하타모토(旗本), 고케닌(御家人)으로 녹봉 2백 석 이상 3천 석 이하였던 자.

는데 이것은 무슨 뜻일까요? 눈사람 따위도 아니고 '무너져 버렸다'라는 표현은 도무지 살아있는 사람에 대한 표현이라고 생각할 수 없습니다. 대체 무슨 생각으로 적은 건지 작자가 일본어를 모르는 것이 아닌가 하는 생각이 듭니다.

그리고 21페이지에서는 "센고쿠(戰国) 시대[15]를 생각나게 하는 진타치(陳太刀)[16] 양식으로 만든 호신용 칼"이라고 적고 있습니다. 이것은 뎃사이의 옆에 있던 명검 두 자루로, 그중 큰 칼은 도조아라시가 체 가버리고 남은 작은 칼을 사부로가 차고 그를 찾아 나간 것이라고 적고 있습니다. 한참 앞에 4페이지에서도 '진타치 양식으로 만든 칼'이라는 말이 있었는데 그런 큰 칼, 작은 칼이 있었을지 없었을지 아마도 없었을 것 같습니다.

여기서 이야기가 바뀌는데 도조아라시인 단게 사젠이라고 하는 자를 숨기고 있는 스즈카와 겐주로(鈴川源十郎), 즉 이 소설 주인공의 일입니다. "나이는 37~38살, 5백 석의 녹봉을 받는 영주인데 방탕한 하타모토이기 때문에 머리도 큰 상투가 아닌 작은 상투에 양쪽 귀 밑머리를 살짝만 내려 얼핏 보면 핫초보리(八丁堀)에 땅을 받아 유복하게 살고 있습니다. 마치부교시하이(町奉行支配)의 요리키(与力)와 비슷한 것으로 하타모토 무가의 패거리들은 겐주로를 요리키라고 부르고 있었다"라고 적고 있습니다. 여기서 핫초보리 땅을 받았다고 하는 것은 무사라면 누구라도 그런 것이기 때문에 '하이료치(拝領地)'라고 합니다. 막부의 부하여도 제후의 부하여도 마찬가지입니다. '땅을 받아서 유복하게 살고 있

---

15 일본의 15세기 중반부터 16세기 후반에 해당하는 시기로 사회적, 정치적 변동이 끊이지 않았던 내란의 시기였다.
16 일본 도검 양식 중 하나.

다'라는 것은 마치야시키(町屋敷)[17]를 받아 그 땅값의 상승이 원만하게 되었다는 것을 말하고 있습니다. 이것은 의사라든지 오쿠조추(奥女中)[18]가 마치야시키를 받아 그 땅값이 상승세가 되었다는 것입니다. 이것은 완전히 여분 소득이기 때문에 그 다소에 따라 유복하게 살 수 있다는 것인데 하타모토슈에게는 해당되지 않습니다. 요리키는 핫초보리에 삽니다. 그 살고 있는 땅은 하이료치임에 틀림없습니다. 그러나 땅을 받고 있기 때문에 핫초보리의 요리키는 유복하지 않습니다. 요리키 중에서도 여러 해 동안 근무하거나 긴미요리키(吟味与力)가 되면 여러 가지 부수입이 있어서 유복하게 살 수 있었는데, 무엇보다도 현재 보유하고 있는 쌀이 80석이나 되니까 어느 요리키도 유복한 것은 아닙니다. 머리 모양은 분명 핫초보리 스타일이라는게 있었는데 이는 핫초보리만 할 수 있어 하타모토가 방탕하더라도 그렇게 머리를 묶을 수가 없습니다. 핫초보리 뿐만 아니라 마치 요리키는 범죄자를 관리하는 관리라서 달리 전직이 불가능합니다. 오시오 헤이하치로(大塩平八郎)도 오사카의 마치 부교의 요리키였기 때문에 아무리 출세하고 싶어도 전역할 수 없습니다. 여러 가지 적극적으로 해보았으나 결국 전직하지 못했다는 이야기가 남아 있습니다. 범죄자를 관리하는 관리라 일종의 짐승처럼 취급당해서 어떠한 경우라도 장군을 알현하는 것 등은 불가능합니다. 하타모토와는 신분이 다릅니다. 때문에 아무리 방탕한 하타모토라도 요리키 흉내를 해서는 안됩니다. 요리키라는 별명을 붙이는 일은 더욱 없습니다. 작자는 하타모토도 요리키도 모르기 때문에 이런 바보 같은 것을

---

17 에도 시대 조닌(町人)들이 살던 저택.
18 에도 시대 번주의 저택이나 에도성 쇼군의 부인과 측실들이 거주하였던 오오쿠(大奥)에서 부렸던 시녀.

적는 것입니다.

그리고 이어서 겐주로의 아버지는 스즈카와 우에몬(鈴川宇右衛門)이라는 오반가시라(大御番組頭)[19]였는데 "겐주로 대에 들어와 고부신으로 하락했다"라고 적고 있습니다. 고부신에 '들어갔다'라고는 하지만 '떨어지다'라고는 하지 않습니다. 또 "이 무렵에는 죄다 거리의 방탕아가 되어 버렸습니다"라는 말도 있는데 '거리의 방탕아'라고 하면 마을의 난봉꾼을 말하는 것입니다. 가령 고부신이라도 무사이지 초닌이 아니니까 어찌하더라도 마을의 난봉꾼이 될 리가 없습니다. 그러한 것도 작자는 모르고 있는 것 같습니다.

22페이지에서는 고주닌(小十人)[20]인 하부 센노스케(土生仙之助)라는 자가 겐주로에 대해 "뭐야, 스즈카와"라고 하고 있습니다. 아무리 행동거지가 나쁘거나 어찌 몰락하여 신상이 괴롭게 되어도 하타모토는 하타모토입니다. 고주닌인 하부 센노스케가 5백 석의 봉급을 받는 영주님을 붙잡고 '스즈카와'라고 부를 리가 없습니다. 무엇보다도 이 센노스케라는 자는 수상한 놈으로 "전직 고주닌이고 품행이 바르지 못해 권유 고부신이리(誘い小普請入り)가 될 것을 강요받고 있다"라고 적고 있습니다. '권유 고부신이리'라는 말은 들어 본 적이 없습니다. 그의 풍채는 "평소 차림을 하고 등에 와키자시만 형식적으로 약간 옆으로 찔러 넣고 있으며, 어깻죽지에 주먹을 세우고"라고 적고 있습니다. 원래 고주닌이고

---

19 에도 막부의 직명으로 에도성 수비 및 에도 시내의 경비를 담당하는 오반(大番) 12조 (組)가 1632년에 편성되었는데, 그 각 조의 대장이 오반가시라(大番頭)로 로주의 관리를 받았다. 처음에는 초대 다이묘가 임명하였는데 후에는 상급 하타모토가 선발하였다.

20 에도막부의 상비 군사 조직의 하나로 전시에는 쇼군의 기마 무사, 평소에는 반쇼(番所)에서 교대근무를 하였다. 쇼군 출행 시에는 앞에서 호위하는 역할을 하였다.

지금은 고부신이 되었다고 하니 무사의 지위를 전부 잃어버린 것이 아닙니다. 이 자는 대검도 없고 와키자시도 한 자루라고 되어 있습니다. 더욱이 그 와키자시를 뒤쪽으로 약간 옆으로 찔러 넣고라는 것은 무슨 뜻일까요? 연유를 모르겠습니다. 그리고 주먹 두 개를 단단히 쥐고 어깻죽지 부근에 넣는 것을 '주먹을 끼우다'라고 합니다. '세우다'라고 하는 것은 지금까지 들어 본 적이 없습니다.

이런 수상한 자들이 겐주로의 집에 모여 도박을 합니다. 그중에는 '구시마키(櫛卷) 오후지(お藤)'라는 여자가 있는데 구시마키라는 머리 스타일은 아사쿠사의 요정 여성들에게 소문이 난 후 유행했다고 들었습니다. 이 오후지도 제대로 된 사람은 아니지만 아사쿠사 요정의 여성이 구시마키로 유명했던 것은 호레키(宝暦) 때의 이야기로 그 이전에 구시마키를 했던 여성은 신분이 상관없었다는 이야기를 들은 적이 없습니다.

이 성질이 괴팍한 오후지라는 여성이 책상다리를 하고 있는 것에 대해 "반만 개화한 붉은 목단과 같은 빨간 천이 다다미에 떨구어져 있고, 기름을 머금은 화양목 빗이 조가비를 빚어놓은 듯한 귀의 뒤편에 관능적으로 빛나고 있는 모습"이라고 적고 있습니다. 여기서 이 '빨간 천'이라는 것은 무슨 천이 어디에 붙어있다는 것인가요? 바탕이 오글오글한 붉은 비단 훈도시(褌)[21]라도 하고 있었던 것인가 하는 생각이 듭니다. 닳고 닳아 뻔뻔하게 도박이라도 하자는 여자가 붉은 훈도시를 하고 있습니다. 이런 촌스러운 이야기가 있을 리 없습니다. 에도 여성의 세련된 모습이나 성질이 괴팍한 여성의 모습이 어떤 것인지 작자는 전혀 모

---

21 일반적으로 남성의 음부를 가리는 폭이 좁고 긴 천을 가리키는데, 여기서는 여성의 아랫도리 맨살에 두르는 속치마를 말한다.

르는 것 같습니다.

그리고 "또 이 여자는 지명 수배범이라는 생각이 들자 겐주로는 자신이 에조시(絵草紙)[22]의 세계에 살아있는 듯한 느낌이 들었다"라고 합니다. 이것은 어떻게 해석하면 좋을까요? 연극을 할 때 파는 에조시 반즈케(絵草紙番付)라는 것이 있는데 그것일까요? 하지만 아무래도 연극에서 파는 스미즈리(墨摺り) 에조시는 아닌 것 같습니다. 그렇다고 한다면 이 에조시는 무엇을 가리키는지 모르겠습니다. 아마도 작자는 에조시라는 말을 잘못 생각하고 있는 것이겠지요.

26페이지에서는 도박을 하던 무리들이 돌아갑니다. 겐주로는 오사요(おさよ)라는 늙은 여자 하녀의 처지를 듣게 되고 "그래서 번(潘)은 어디인가?"라고 합니다. 이 '번'이라는 말은 유신 이전 경에는 아무렇지도 않게 썼던 말인데 옛날에는 사용하지 않았습니다. 더욱이 교호 시대 때 사람이 '어디 번'이라는 말은 절대로 사용하지 않습니다. 이러한 것은 시대를 정렬할 줄 모른다는 것입니다. 언제 쓰던 말인지 모르기 때문에 이런 일이 일어나는 것입니다.

이때 슬며시 단게 슈젠(丹下主膳)이 돌아옵니다. 돌아온 것은 좋은데 문밖에서 "어이 겐주(源十), 스즈겐(鈴源) 나야"라고 합니다. 이 자는 소마 나카무라(相馬中村)의 사무라이로 하급 무사여서 매우 천합니다. 그런 자가 천하의 주군을 섬기는 신하에게, 더욱이 하타모토의 주군을 '겐주'니 '스즈겐'이니 하고 부르는 것은 도저히 있을 수 없는 일입니다. 무사에 계급이 있었다는 것, 그리고 계급에 따라 어떻게 행동하는지 모르기 때문에 이렇게 적는 것입니다. 이것이 더 심해져 "야, 스즈카와

---

22 에도 시대 여성이나 아이들을 대상으로 그림을 많이 넣은 통속적인 읽을거리.

아니 스즈테키(鈴的), 겐노지(源の字)"라고 하는데 이건 대체 뭘까요? 정말 이상한 말도 있었구나 하는 생각이 듭니다.

어째서 단게 사젠이라는 자가 도조아라시를 했나 라고 하면 고슈 나카무라의 영주 소마 나이젠노스케(相馬內膳亮)라는 사람이 검도를 너무 좋아해서 명검들을 모으고 있었는데, 세키노 마고로쿠(関の孫六)의 칼은 아무리 해도 손에 넣을 수가 없었습니다. 계속 찾고 있을 때, 네즈곤겐우라(根津権現裏)의 검도를 지도하는 오노즈카 뎃사이(小野塚鐵斎)가 가지고 있는 양검이 마고로쿠가 만든 검 중에서도 가장 뛰어난 것임을 알고 수단을 가리지 않고 갖기를 희망하는데 뎃사이는 승낙하지 않았습니다. 그러자 꼭 그 칼을 갖고 싶어 결국 하급 무사인 사젠을 에도로 몰래 나오게 하여 그 칼을 찾을 방법을 궁리합니다. 하급 무사라고 하면 앞에서도 말한 것처럼 매우 신분이 낮습니다. 그런데 작자는 하급 무사라고 하면서 "어엿한 번사(藩土)[23]가 무슨 연유로 여윈 개와 같은 모습을 하고"라고 적고 있습니다. 작자는 하급 무사가 어떤 것인지 모릅니다. '어엿한'이라고 하려면 기마 무사나 무기를 다루는 부대의 대장과 같은 위치여야 합니다. 번에 따라 녹봉의 많고 적음은 있지만 지위를 말한 것은 아닙니다. 하급 무사가 '어엿한 사무라이'라고 하는 다이묘는 없습니다.

사젠은 영주로부터 명을 받고 에도로 옵니다. 그때 "후조몬(不浄門)[24]에서 조용히 나와"라고 적고 있는데 후조몬은 굳게 닫혀 있지 열려있지 않습니다. 사젠이 내뺀 다음 날 도주가 알려지자 번적에서 제명이 되었

---

23 에도 시대 각 번에 종사하였던 무사나 그 구성원.
24 에도 시대 무사 저택에서 죽은 사람이나 죄인, 거름 등을 운반하기 위해 뒤쪽에 만들어 놓은 쪽문.

습니다. 도주하려면 어디에서 도망치든 상관없는데 무슨 이유로 후조몬 같은 것을 굳이 끌어왔을까요? 그리고 또 유신 직진에는 도수든 번을 이탈하는 일이 얼마든지 있었지만, 교호 시대 때는 아직 그런 일이 없었습니다. 도주하면 번적에서 제명됩니다. 소위 가이에키(改易)[25] 정도로 끝나지 않습니다. 이런 것을 모르니까 이렇게 적은 것입니다. 특히 재밌는 것은 "그다음 날 하급 무사 단게 사젠의 이름이 연유도 모르게 도주를 이유로 제명되었다"(31페이지)라는 부분입니다. 무슨 상황인지 모르겠습니다. 저는 번적에서 제명되었다고 이해했는데 이것은 상당히 잘 독해한 것으로 글자 그대로 읽으면 무슨 일인지 모르겠습니다.

여기서 이야기가 바뀌어 겐주로가 구라마에(蔵前)의 후다사시(札差)에게 돈을 빌리러 가는 대목이 나옵니다. 33페이지에 "야덴(やでん) 모자[26]를 쓴 가부키 배우를 보고 근처에 사는 소녀들인지 연습을 하고 돌아가는 길인 것 같은데 2~3명이 떠들썩하게 웃으며 온다"라고 적고 있습니다. 대체 교호 시대 때의 구라마에가 어떤 곳이라고 생각하는 것일까요? 저런 동네를 배우가 걷고 있을 리가 없습니다. 사루와카마치(猿若町)[27]에 가부키 극장 산자(三座)[28]가 옮겨온 것은 덴포 시대 때 이야기로 지금은 교호 시대입니다. '연습을 하고 돌아가는 길의 소녀들'도 구

---

25 에도 시대 무사에게 내려지는 형벌로 무사의 신분을 박탈하고 영지를 몰수하는 형벌.

26 여성용 모자 중 하나로 겐로쿠 시대(1688~1703) 가부키에서 여자 역을 맡은 가모가와 노시오(加茂川野汐)가 형과 공동으로 고안한 것으로 모자 끝에 추를 단 것이 특징이다.

27 에도 시대 연극 거리로 조성되었던 곳으로 현재 도쿄도 다이토구(台東区) 아사쿠사(浅草) 6초메에 해당하는 지역이다. 거리의 명칭은 에도 가부키 창시자인 사루와카 간자부로(猿若勘三郎)의 이름에서 유래하였다.

28 에도 시대 중기, 후기 에도 관청의 허가를 받은 가부키 극장을 가리키는 말로 에도 산자(江戸三座)라고도 하였다.

라마에와 마찬가지로 교호 시대의 에도 중기에 그런 상황이 가능할 리 없습니다. 만약 있었다고 한다면 작자는 증명해야 합니다.

여기서 나오는 쓰즈미노 요키치(鼓の与吉)라는 남자는 앞에서도 나온 것 같은데 "고마카타(駒形)에서도 유명한 한량이다"라고 적고 있습니다. 겐주로는 이 녀석을 데리고 온 것인데 고마카타라는 곳이 교호 시대 때 어떤 곳이라고 생각하고 있는 것일까요? 저런 곳에 유명한 한량이 있다고 생각하는 걸까요? 교호 시대 때 협객의 모습에 대해 알고 싶다면 주위에 있는 『간토 겟쿄덴(関東潔侠傳)』이라도 보는 것이 좋습니다. 겐주로가 돈을 빌리러 온 료구치야 가에몬(両口屋嘉右衛門), 이것은 오구치야(大口屋)[29]를 흉내 낸 것인지 그 모습에 대해 "창고의 문 앞을 뒤로하고 널찍한 마룻귀틀에 돈 담당, 쌀 담당을 하는 반토(番頭)[30]가 예의 바르게 죽 늘어 앉아있는데, 이 후다사시 반토는 슈다이(首代)[31]라고 해도 좋을 정도의 봉급을 받던 자로 난폭한 하타모토 무리를 저쪽으로 보내 베어버릴 각오로 상대를 한다"라고 적고 있습니다. 교호 시대 때는 상당히 무례하고 난폭하게 굴어 후다사시를 곤란하게 만드는 자들도 있었던 것 같지만 돈 담당이나 쌀 담당처럼 역할이 나누어져 있는 정도는 아니었고, 하타모토와 서로 경쟁하기 위해 고급 반토를 떠안는 것은 교호 시대 때는 아직 없었던 것 같습니다. 있었다면 어떤 것이었는지 알려주었으면 합니다.

---

29 오구치야 교우(大口屋暁雨, ?~?). 에도 시대 화류계에 정통한 사람을 자임한 부유한 초닌들의 앞잡이로 불렸던 인물로 본명은 오구치야 지헤에(大口屋治兵衛)이다.
30 무사 가문에서 숙직·경비 따위 잡무를 처리하는 사람의 우두머리.
31 쓸모가 없지만 싸움 등으로 사상자가 발생하였을 때, 가해자 대신 모든 책임을 지게 하기 위한 목적으로 고용하였던 사람을 가리킴.

그리고 겐주로가 담판을 지으며 "그런데 가네 공(兼公)"(34페이지)이라고 합니다. 5백 석의 녹봉을 받는 영주가 가네 공이라고 할 리가 없습니다. 가네시치(兼七)라면 가네시치라고 반드시 이름을 남기기 때문에 직인들끼리 부르는 것처럼 '무슨 공(何公)'이라는 말이 영주의 입에서 나올 리가 없습니다.

이어서 "겐주로의 관자놀이에 순식간에 핏대가 섰다. 하오리를 탁, 하고 치더니 허리를 빼고 자세를 고쳐 앉더니" 운운 적고 있습니다. 돈을 못 빌려주겠다고 거절당하자 다시 담판을 짓는 대목인데 '허리를 빼고 자세를 고쳐 앉더니'로 볼 때 가게 앞에서 담판을 짓고 있는 것으로 보입니다. 돈을 빌리든 빌리지 않든 5백 석의 녹봉을 받는 영주를 가게 앞에서 응수하는 것은 후다사시에게 있을 수 없습니다. 후다사시와 하타모토슈의 관계 등 에도에 대해 아무것도 모르는 인간들이 그것에 대해 적으려고 하는 것이 시건방진 일이며, 이럴 때 어떻게 대하는지 어떤 말을 사용하는지 그러한 것은 대중 작가 따위가 알 수 있는 것이 아닙니다. 대강 얘기하자면 5백 석의 봉급을 받는 영주가 이러한 곳에 스스로 올 리가 없습니다만, 특별히 품행이 좋지 않은 스즈카와 겐주로이니 왔다고 칩시다. 그렇다고 하면 밉상인 사람이라도 영주는 영주에 상응하는 대접을 받아야 합니다.

이어 그곳으로 뎃사이의 딸이 반할 정도의 미남 스와 에이사부로가 옵니다. 그는 형님 대신 온 것인데 원래라면 고용인이 와야 합니다. 그런데 그 고용인 대신으로 또 오게 된 것입니다. 그러니 이에 대해 정말 황송하다고 하며 방석을 가지고 오라는 둥 차를 내오라는 둥 반토가 접대를 하는 것입니다. 그는 둘째 아들인지 셋째 아들인지 상속권이 없는 사람이 와서 형은 3백 가마의 봉급을 받는다고 하는 것을 보니 신분이 낮습니다. 그런데도 어르고 달래고 있습니다. 그런데 겐주로가 정신을 차리고 보니 "자기에게는 차도 방석도 주지 않았습니다"(35페이지)라고 적고 있습니다. 방석은 오늘날 신기한 뭣도 아니지만 교호 시대에는 없었습니다. 교후 시대 때 방석을 깔고 앉는 것은 있을 수 없는 일이었습니다.

에이사부로는 사정을 말하며 "3기(三期) 다마오치(玉落ち)[32] 때 원금과 이자를 공제하는게 어렵지 않으니 어떤가? 50량 정도(약 505만 엔) 빌려주지 않겠는가?"라고 합니다. 3기(三季) 다마오치라는 것은 막부 시대 때 녹봉을 봄 녹미, 여름 녹미, 겨울 녹미로 해서 주기 때문에 이것을 3기(三季)라고 부른 것을 말합니다. 3기(三期)가 아닙니다. 다마오치라는 말에 대해서도 이야기를 해야 하는데 너무 번거로우니 이 정도로만 해두는 것이 좋겠습니다. 여기서 작자가 얘기한 것은 겨울 녹미인 것 같은데 3기의 녹미라는 것은 봄 4분의 1, 여름 4분의 1, 겨울 4분의 2, 즉 반값을 준다는 얘기입니다. 에이사부로의 형은 300가마의 녹봉을 받으니 겨울 녹미로 얼마를 받는가 하면 150가마입니다. 이것을 쌀값으로 치면 17석 5두니까 1석 1량으로 하면 17량 2분(약 175만 엔)밖에 되지 않습니다. 그런데 교후 시대 때는 1석 1량이 안되니까 12~13량(약 135만 엔) 정도겠지요. 작자는 "300가마 정도로 50량은 누워서 떡 먹기다"라고 하는데 어떤 식으로 계산하면 그렇게 될까요? 150가마를 받아서 50량을 빌릴 수 있다면 원금과 이자를 공제하더라도 모두 갚을 수 있을 리가 없습니다. 30가마 전부를 받는다고 해도 50량의 돈이 되지 않습니다. "반토가 흔쾌히 승낙한다"라는 상황이 아닙니다. 정말 얼토당토않

---

32 에도 시대 때 봄, 여름, 겨울 연 3회 아사쿠사의 구라마에(藏前)에서 하타모토(旗本), 고케닌(御家人)에게 봉급으로 주는 쌀을 교부하는 순번을 정하는 추첨 방식을 가리킨다.

은 얘기입니다.

앞에서 겐주로는 30량을 빌려달라고 담판을 짓고 있습니다. 500석으로 30량을 빌리고 싶다고 하는 것입니다. 그렇다고 치더라도 지금이 10월이니까 봄과 여름 녹미는 받았습니다. 이것은 겨울 녹미를 염두에 둔 것이 확실합니다. 가불이 있다면 또 계산이 복잡해지는 상황이 전개되는데, 500가마라고 하면 녹봉으로 받은 토지가 있는 사람이 많습니다. 토지가 있는 사람이라면 후다사시와 다툴 리가 없습니다. 따라서 후다사시가 사이에서 얽힐 필요도 없습니다. 그러나 작자는 이런 것을 모릅니다. 3기의 녹미도 모르고 쌀 시세도 모릅니다. 그런 것을 모르는 사람이 후다사시에 관해 적는 것은 정말로 건방지며 말이 되지 않습니다.

하(下)

형의 인감도장을 훔쳐 료구치야(両口屋)에서 돈을 빌려 나온 스와 에이사부로는 그 길로 센소지(浅草寺) 안의 미즈차야(水茶屋)[33]의 여성에게 가려고 합니다. 그 모습에 대해 "평소 차림에 셋타(雪駄)를 신고 짝짝이 칼을 덜렁덜렁 찬 스와 에이사부로"라고 38페이지에 적고 있습니다. 이 모습은 앞에 나온 진타치 기술로 만든 와키자시와 평범한 칼을 차고 있기 때문에 이렇게 적은 것이겠지요. 진타치 기술로 만든 검은 칼은 앞에서도 말했는데 이것을 덜렁덜렁 차고 있다는 것은 어떻게 찼다는 것일까요? 작자는 그런 것을 알고 적은 것일까요? '평소 차림에 셋타를 신고'라고 하고 있는데 이 시대 때 미천한 헤야즈미(部屋住)[34]가 셋타 같

---

33 에도 시대 때, 차를 대접하며 나그네를 쉬게 하던 길가의 가게.

은 것을 신었을지요?

39페이지에서는 겐주로의 분부를 받은 요키치가 산주로의 돈을 빼앗으려고 옆으로 다가가서 "혹시 주인님" 하고 말을 겁니다. 그때 "에이사부로가 말없이 뒤돌아보자 앞치마 차림의 가게 사람인 것 같은 남자가 굽신거리는 것처럼 머리를 조아리고 있다"라고 적고 있습니다. 앞에 요키치에 대해 적혀 있는 33페이지에서는 어떤 옷을 입고 있었는지는 언급되어 있지 않고 "고마카타(駒形)[35]에서도 유명한 한량이다"라고 하고 있습니다. 이것은 길거리에서 일어난 일로 옷을 갈아입을 곳이 없는데 어느새 '앞치마 차림의 가게 사람인 것 같은' 모습으로 빨리 옷을 갈아입었다고 하고 있습니다. 어떤 경우라고 해도 한량이 앞치마를 걸칠 염려는 없습니다. 또 어느새 옷을 갈아입어 이런 모습이 되었는가에 대해서도 적혀 있지 않습니다.

이어서 요키치가 계속 가게 사람인 듯한 모습을 보이자 "수가 틀리면 아무 데서나 옷자락을 걷어 올리고 큰 소리로 호통치던 고마가타에서 유명한 형님이라고는 생각되지 않는다" 운운이라고 적고 있는데, 자세를 고쳐 앉거나 큰 소리로 호통치는 것이 덴포 시대 때 행해졌다고 생각하지 않습니다.

요키치는 료구치야의 사람이라고 하면서 너무나도 정중한 말투로 얘기합니다. 에이사부로는 이 자를 쇼카쿠지(正覚寺, 속칭 가야테라(榧寺)라고 합니다.)의 경내로 끌고 들어갑니다. 거기서 "쇼카쿠지의 정문을 가득 메운 이 근방에서 유명한 후리소데긴난(振袖銀杏)의 고목은 무성하게

---

34 맏아들이 아직 가독 상속을 받지 않았을 때의 신분.
35 현재 도쿄도 다이토구(台東区)의 동네 명칭.

자라 있습니다"라고 적고 있습니다. 은행나무로 유명한 구라마에하치만(藏前八幡)[36]에는 일명 '이테후하치만(銀杏八幡)'이라는 은행나무가 있었지만, 가야테라에는 그런 은행나무가 없습니다. 더욱이 '후리소데긴난'이라는 이름의 은행나무는 없습니다. 불에 타버리기는 했지만 쇼카쿠지는 지금도 본지에 있습니다.

쇼카쿠지의 본당 앞에서 요키치는 방금 건넨 금화에 문제가 있으니 그것을 보여주었으면 한다며 에이사부로에게 돈을 꺼내라고 합니다. 50량은 거액인데 길에서 꺼내 보이라는 것은 있을 수 없습니다. 거액을 취급하는 방법을 모르니까 제안을 하는 것인데 애초에 말이 안 되는 거래입니다. 게다가 무가에게 후다사시, 아니 후다사시가 아니라 조닌이어도 그러한 태도로 대할 리가 없습니다. 만약 그런 무례한 요구를 한다면 사기꾼인 것을 자청하는 것과 같습니다. 조닌과 조닌 사이라도 거액을 그렇게 함부로 취급하는 경우는 없습니다. 에도 시대도 지금도 마찬가지입니다. 거기서 입씨름을 하는 와중에 "사무라이의 소지품에 트집을 잡다니 자네 어지간히 목숨이 필요 없는 놈 같구나"(41페이지)라는 말을 합니다. 이후에도 '트집을 잡다'라는 말은 언급을 할 테지만 그런 말은 웬만한 사무라이가 쓸 말이 아닙니다. 절대 쓰는 자가 없을 것이며 조닌이라도 그랬습니다.

입씨름 끝에 에이사부로는 료구치야까지 동행하라고 하며 나옵니다. 에이사부로가 당연히 이런 경우라면 정말 송구하지만 방금 건네 드린 돈에 대해 말씀드릴 것이 있으니 가게까지 잠시 되돌아 가 주실 것을 부탁드린다고 해야 합니다. 그 뒤에서 요키치가 "쓱 벗은 가이키(甲斐

---

36 구라마에 신사(藏前神社)로 에도 시대 정식 사호(社号)는 이와시마미즈하치만궁(岩清水八幡宮)인데 일반적으로는 구라마에하치만으로 불렸다.

絹)[37] 안감의 한텐(半纏)[38]을 투망처럼 뒤집어씌우고는 아무 말 없이 달려들었다"라고 적고 있습니다. 작자는 방금 39페이지 부근에서 "앞치마 차림의 점원인 것 같다"라고 막 적고서는 여기서는 다시 한텐을 입고 있다고 합니다. '가게 사람'이면 점원인데 그런 사람이 하오리나 한텐을 입고 있을 리가 없습니다. 특히 가이키 안감이 붙어있는 것은 말할 것도 없습니다. 한텐을 입고 있다고 하면 한텐에 앞치마를 두르고 있는 모습이 됩니다. 그런 모습의 사람은 뒷골목의 여편네라면 모르겠지만 남자의 경우는 없습니다. 가게 사람이라면 더욱 그렇습니다. 교호 시대만 그렇다는 것이 아닙니다. 어느 시대나 마찬가지입니다. 이에 대해서는 10페이지쯤에서 작자가 두 번 빨리 옷을 갈아입게 했다 라고 밖에 생각할 수 없습니다.

42페이지에서는 머리부터 한텐을 쓰게 된 에이사부로의 왠지 모르게 묘하게 이상해진 심리 상태에 대해 "마치 자신이 차반(茶番)[39]이라도 하고 있는 것처럼" 운운 적고 있습니다. 오늘날의 희극이 예전의 차반인데 이 차반이라는 말이 언제부터 있었다고 생각하는 것일까요?

요키치는 여기서 에이사부로에게 잡혀 내동댕이쳐집니다. 그때 재빨리 에이사부로의 품에 있었던 50량이 든 지갑을 집어 들었습니다. 소매치기는 이런 짓을 잘하니까 말이 됩니다. 그렇지만 교양이 없는 인간이라면 모르겠지만 에이사부로는 일류 부인을 모신 사람입니다. 그런 사

---

37 견직물의 일종으로 우산, 이불이나 기모노 위에 걸치는 하오리의 안감 등으로 사용되었으며, 독특한 광택과 촉감으로 에도 시대 때부터 대중들에게 인기를 끌었다.
38 일본의 전통 방한복으로 하오리와 닮았으나 깃을 뒤로 젖히지 않고 옷고름이 없는 것이 특징이다.
39 손님의 차 시중을 드는 사람.

람이 소매치기에게 품속의 물건을 뺏긴다는 것은 있을 수 없는 일입니다. 만약 그랬다고 하면 에이사부로의 무예 실력이 미심쩍습니다.

이렇게 옥신각신하다 요키치는 뺏은 지갑을 내던지고 도망갑니다. 에이사부로는 요키치의 뒤를 좇아갑니다. 던져진 지갑은 계획대로 겐주로가 챙겨 버립니다. 그러자 신선 같은 이상한 사람이 나와서 "하늘이 알고 땅이 알고 사람들이 안다... 양검을 차고 도쿠가와(德川)의 녹봉을 먹는 자가 백주에 노상강도 짓을 하고 있다니 놀랍다"(46페이지) 운운 적고 있습니다. 에도 시대 때 막부의 신하를 '도쿠가와의 녹봉을 먹는 자'라고 절대 말할 리가 없습니다. 도쿠센케(德川家)라는 말도 유신 이후에 생긴 것으로 유신 전까지는 도쿠가와케(德川家), 도쿠가와시(德川氏) 등은 사무라이뿐만 아니라 아무도 사용하지 않았습니다. 시대 상황을 모르니까 아무리 해도 이런 것들이 다수 나옵니다. 대중 소설 작가 무리들은 이런 경향이 있는 것 같습니다.

겐주로는 그 신선 같은 남자를 베려고 했지만 남자는 겐주로의 손을 제압하여 움직이지 못하게 합니다. 손가락을 허우적대며 안달이 난 겐주로도 "허정을 요체로 삼고 사물에 동하지 말라는 요신류(擁心流)가 부드러운 무술임을 알자마자 쉽지 않은 상대라고 본 것인지" 운운(47페이지)이라고 적고 있는데, 무슨 유도의 해설 같고 또 무슨 말인지도 모르겠습니다. 이런 엉터리 같은 것도 대중 소설의 부속물 같은 것임으로 어디에서 발견하더라도 캐고 따질 필요가 없습니다. 이런 것을 왜 읽는 것인지 대중 소설 독자의 의중을 모르겠습니다.

48페이지에서는 또 이 신선 같은 남자의 말로 "정치를 사유화하고, 백성을 옥죄는 거물 도둑 도쿠카와의 개답게, 히즈케토조쿠아라타메(放火盜賊あらため)[40]가 도둑질을 한다"라고 적고 있습니다. 이 남자는 앞에서 겐주로에 대해 '핫초보리인가?'라고 했는데 여기서는 '히즈케토조쿠

아라타메(火付盜賊改)'라고 고쳤습니다. '히즈케토조쿠아라타메'라는 것은 핫초보리의 요리키 병졸에 따로 있었기 때문에 마치부교 소속과는 다릅니다. 오사키테(御先手)[41]라고 해서 창 부대인 야리구미(槍組), 소총 부대인 뎃포구미(鉄砲組) 중에서 출역합니다. 때문에 이것을 가야쿠(加役)[42]라고 했습니다. 핫초보리의 요리키와는 많이 다른 것인데 여기서는 뒤죽박죽되어 있습니다. 이는 당연히 작자가 모르고 있기 때문입니다.

그리고 에도 시대 때 "정치를 사유화하고, 백성을 옥죄는 거물 도둑 도쿠카와"라고 하는 사람은 절대 없었습니다. 이런 것을 호언장담하는 자는 없었습니다. 게다가 겐주로와 같이 막부의 녹봉을 받는 사람이 그런 것을 가만히 듣고 있을 리가 없습니다. 아무리 타락한 야쿠자 하타모토여도 이런 것을 듣고 흘려버릴 수 있는 사람은 없습니다. 또 하나 이 한 구절을 보고 생각났는데 삿초(薩長)[43]가 신정부를 발호함과 동시에 에도 막부에 대해 터무니없이 나쁘게 얘기하기로 하고 학교 교과서 따위에서도 그런 뜻의 말을 썼습니다. 대중 소설 작가들은 이유도 모르고 그런 교육을 받아 자신도 모르게 이런 것들을 적고 있습니다. 막부의 공과 죄는 60년이 지난 오늘날에도 제대로 고찰이 되는 일이 적습니다. 교육은 무서운 것으로 때로는 빨간 것을 검다고 하는 경우도 있습니다. 메이지가 되고 난 뒤의 교육에 이상한 사정이 있었던 것은 중화민국이

---

40 에도 시대 중죄로 취급되었던 방화, 강도, 도박을 단속했던 조직.

41 에도 막부의 군제 중 하나로 사키데쿠미(先手組)라고도 하며 치안 유지 역할을 맡았다.

42 히즈케토조쿠아라타메(火付盜賊改)의 속칭.

43 여기서 삿초는 삿초 동맹(薩長同盟)으로 에도 시대 후기에 사쓰마번(지금의 가고시마현)과 조슈번(지금의 야마구치현)이 맺은 정치적, 군사적인 동맹을 가리킨다. 1866년 3월 7일에 맺어졌으며 에도 막부를 타도하는 것이 목적이었다.

라고 불리게 된 지나가 반일 교과서를 만든 것과 닮은 구석이 있습니다. 그것이 오늘날 다시 사상의 악화가 되어, 터무니없는 것을 적은 대중소설에 허위로 도쿠가와를 저주하는 말이 많은 것을 보고 우리는 깊이 통감합니다. 이 작자들이 모르고 있다기보다는 이렇게 생각이 얕은 사람을 만들어 낸 교육이라는 것이 정말 마음을 아프게 합니다.

52페이지에서는 에이사부로가 자기 마음에 든 여자가 있는 미즈차야에 옵니다. 그 미즈차야는 '아사쿠사산샤(浅草三社) 앞'의 "쭉 늘어서 있는 가케차야(掛茶屋)⁴⁴ 중 하나로 아타리야(当り矢)라는 가게이다"라고 적고 있습니다. 교호 시대 때 산샤 앞에 가케차야가 쭉 늘어서 있었다는 것은 어떤 책에도 적혀 있지 않습니다. 어디에서 이런 것을 가지고 온 것일까요? 가케차야라고 하면 잠시 쉬며 차 한 잔 마시는 곳인데 여기에 있는 여자, 즉 에이사부로가 반한 오쓰야(お艶)에 대해 "보랏빛 향기도 새롭고 잔무늬가 있는 천을 앞에 걸친 붉은 어깨띠"라고 적고 있습니다. 이것도 한참 시대에 뒤떨어진 이야기입니다. 구니사다(国貞)⁴⁵ 때의 니시키에(錦絵)⁴⁶에 이런 모습이 남아있습니다. 도저히 교후 시대 때 이야기라고 생각할 수 없습니다. 생각할 수 없을 뿐만 아니라 교후 시대 때의 이야기가 아니란 것은 산샤 앞에 쭉 늘어선 가케차야와 마찬가지입니다.

이 오쓰야라는 여자의 친부는 오쿠슈 나카무라의 영주 소마 다이젠노

---

44 길거리나 공원 등에서 갈대발을 치고 걸상을 놓고서 지나가는 사람들을 상대로 차와 과자를 팔던 휴게소.
45 우타가와 구니사다(歌川国貞, 1786~1865). 에도 말기 풍속화인 우키요(浮世絵)에 화가로 본명은 스미타 쇼고로(角田庄五郎)이다.
46 우키요에(浮世絵) 중 메이와(明和) 시대 이후 확산된 다양한 색으로 정교하게 찍은 목판화.

스케(相馬大膳亮)의 가신이라고 하니, 앞에서 도조아라시였던 외눈박이 단게 사젠이라는 놈과 같은 번(潘)입니다. 사젠은 오카치(御徒士)[47]였는데 오마카나이카시라(御賄頭)[48]로 어느 정도 직책이 좋습니다. 이 사람이 긴 휴가를 내어 에도에 와 있었는데 병으로 죽어 버렸습니다. 아버지가 투병 중이기 때문에 아사쿠사 산겐초(浅草三間町)의 '가치토미(がち富み)'라는 자가 형편을 많이 봐주고 있었는데 아버지가 죽자 어머니는 본가인 하타모토 스즈카와 겐주로의 하녀로 고용살이를 하러 갑니다. 딸 오쓰야는 미즈차야로 일을 나가게 됩니다. 시절 탓이라고는 하나 무사의 딸이 차야에서 일하는 여성이 된 것은 매우 안타까운 일입니다. 그런데 이제까지 형편을 봐준 가치토미가 오쓰야가 미즈차야에 나가게 되자 갑자기 태도를 바꿔 전에 빌려주었던 돈을 계산해 달라며 점점 재촉해 오는 것입니다. 그 액수는 거금 50량입니다. 50량이라는 돈을 어떻게 계산한 것인지는 모르고, 또 가치토미가 어떤 사람인지도 모르지만 로닌이나 부모·자식에게 자금 융통을 하려고 하는 것은 가능하지 않습니다. 교후 시대 때 금화로 50량이라는 거액의 돈을 빌려준다는 것은 작자가 돈의 시세를 모르기 때문입니다.

차야의 여자가 이래저래 해도 50량의 돈을 마련할 수 없습니다. 좌우간 매일 같이 재촉을 해오니 오쓰야는 매우 괴로워하며 에이사부로에게 상담을 했습니다. 에이사부로는 즉시 알았다고 하며 뛰어나가 형의 인감도장을 훔쳐 료구치야에서 형으로 사칭을 한 것입니다. 그렇게 쇼카

---

47 말을 타지 않는 무사로 쇼군이나 다이묘 행렬 시 선두에 서서 도로를 경비하고 평소에는 성내 경비를 담당하였다.
48 쇼군의 식사를 조달하는 대표로 식료품을 공급하고 식기 관리, 준비 등을 담당하였다.

구지에서 한 차례 활극이 있고 난 뒤, 여기로 가지고 온 것인데 마침 그날 에이사부로의 형 오쿠보 도지로(大久保藤次郞)의 하인이 료구치야에 들렀다가 에이사부로가 50량을 빌려 갔다는 것을 들었습니다. 그리고 "인감도장을 빼내서 거액을 사취한 것은 아무리 젊은 영주라도 해서는 안 될 일이라며 흰 머리를 곤두세운 주베(重兵衛)"라고 적고 있습니다. 형 후지로는 녹봉 300가마를 받지만 그래도 영주라고는 하지 않습니다. 가문에 따라서는 반드시 영주라고 부르기도 하지만 앞에서와 마찬가지로 300가마로는 영주라고 하지 않는 집이 더 많습니다. 설사 형 쪽을 영주라고 한들 귀찮은 존재인 에이사부로를 '젊은 영주'라고 부를 이유가 없습니다. '젊은 영주'라고 부를 때는 반드시 그 상속인이어야 합니다. 작자는 그런 것도 모르는 것 같습니다.

56페이지에서 나는 너무 놀라 기겁했는데 이제까지 '가케차야'라든지 '미즈차야'라고 했던 오쓰야의 가게가 활놀이터였다는 것입니다. "과녁에 화살이 박힌 아타리야의 초롱"이라고 하니 이것은 놀이용 작은 활의 과녁에 틀림이 없습니다. 활놀이터라면 가케차야도 미즈차야도 아닙니다. 미즈차야와 활놀이터를 겸해서 하는 가게는 없을 터입니다. 무엇을 적은 것인지 이 사람에 대해서는 전혀 모르겠습니다.

그리고 이 가게가 어떤 모습인지에 대해서는 57페이지에 "발이 드리워져 있고 히모센(緋毛氈)[49]을 깐 늘어선 의자, 밥공기에 도빈(土甁),[50] 조금 어두운 곳 구석에는 반질반질하게 닦은 주전자가 빛나고 과자 상자가 2~3개 주변에 나와 있다. 흔한 미즈차야의 모습"이라고 적고 있습

---

49 바닥에 까는 붉은 융단 재질의 천.

50 일본 전통 식기의 하나로 물을 끓이거나 찻잎이나 약초를 다릴 때 사용하는 토기 주전자.

니다. 과자를 파는 활놀이터는 절대 없습니다. 이곳이 활놀이터라고 하면 도빈이 빛나고 있다는 것은 모르겠으나, 거기서 일하는 여성에게 잘 보이기 위해 손님이 과자를 대량 사는 일은 자주 있었습니다. 이 경우 과자 장수가 과자 상자에 넣어서 옵니다. 그렇지만 이것은 막부 말기부터 메이지 때까지의 이야기로 교호 시대 때는 아닙니다.

이어 여기로 겐주로가 와서는 '아타리야'에 있는 에이사부로를 칼로 치려는 순간 "뒤편의 갈대밭을 베어 내 풀린 틈의 흰 빛에 재빨리 몸을 낮춘 에이사부로가 걸상을 차서 뒤엎자마자"라는 대목을 보면 미즈차야인 것 같습니다. 그리고 또 예의 그 판에 박은 듯한 그 "교스이류이아이(去水流居合), 세키레이(鶴鴒) 양검의 비법"이라고 적고 있습니다. 무엇을 말하는지 여전히 모르겠습니다. "신펜무소류(神変夢想流)의 히라세이간"도 있는데 '히라세이간(平青眼)'이라는 말은 들어 본 적도 없습니다. 이 작자도 '세이간(正眼)'을 '세이간(青眼)'이라고 잘못 표기한 것입니다.

겐주로와 에이사부로가 그렇게 옥신각신하고 있을 때, 요키치는 스즈카와의 저택에 가서 단게사젠에게 에이사로가 있는 곳을 알립니다. 그래서 63페이지를 보면 "사젠 님, 단게 사젠 영주님" 하고 요키치가 부릅니다. 가난해도 무사는 무사인데, 한량인 요키치 따위가 그 이름을 부르는 것은 있을 수 없는 일입니다. 그리고 단게 사젠은 신분이 낮습니다. 막부의 가치(徒士)라고 해도 70가마를 받는 신분입니다. 그런 사람을 일컬어 '영주님'이라고 하는 것은 절대 있을 수 없습니다. 이 "사젠 님, 단게 사젠 영주님"은 둘 다 좋지 않습니다. 이는 에도 시대 무사의 계급을 모르고, 그 계급에 따라 사용하는 말도 모른다는 것입니다. 이 작자뿐만이 아닙니다. 이러한 점은 대중 작가 모두 무지하고 무식하다는 것을 피로하고 있는 것입니다.

이야기가 바뀌어 에이사부로와 오쓰나 두 사람은 쌀 창고 뒤편의 슈비노마쓰(首尾の松)⁵¹에 있는 배에 타고 있습니다. 오쓰야가 가게를 닫고 마을을 "정처 없이 헤매다가" 여기에 왔다는 것인데, 이 배를 어디서 탄 것인지 에도 지도를 봐도 그 당시 배가 있는 곳은 산야보리(山谷堀)⁵² 나 아사쿠사고몬(浅草御門)까지 와야 합니다. 그 배에서 오쓰나는 에이사부로를 '젊은 영주'라고 부르고 있습니다. 젊은 영주는 앞에서도 나온 것 같은데, 이 여성도 아까 하인과 마찬가지로 아무것도 모릅니다. 사무라이의 딸이면 아직 부모 신세를 지고 있는 셋째 아들을 '젊은 영주'라고 부르지 않을 거라는 정도는 알고 있을 것입니다.

두 사람이 이것저것 얘기하고 있을 때, 오쓰야는 에이사부로에게 초조해하는 야요이에 대해 말하며 아무래도 신경이 쓰여 죽겠다고 합니다. 이에 대한 에이사부로의 대답에 매우 큰 문제가 있습니다. "가령 야요이 님이 어떻게 말을 걸어와도"(65페이지) 에이사부로는 이 소설에서는 상당히 인품이 좋은 사람으로 되어 있는데 이 말은 무엇일까요? 이래서는 닌조본(人情本)⁵³에 나오는 인물 같습니다. 무사의 말투도 모르며 무사의 신세, 특히 많이 보이는 무사의 뒷도 전혀 모릅니다. 그만큼 무사에 대한 이해가 없는 작자가 왜 무사에 대해 적으려고 하는 것일까요? 아사쿠사바시(浅草橋)에서 온 것도 아니고 산야(山谷)⁵⁴에서 온 것도 아니고 연유도 모를 배를 슈비노마쓰까지 가지고 온 작자는 정말 대단한 구석이 있습니다.

---

51 에도 시대 아사쿠사 구라마에(蔵前)의 스미다(隅田)강 변에 있던 소나무.
52 에도 시대 스미다강(隅田川)의 이마도(今戸)에서 산야(山谷) 사이에 있던 수로.
53 에도 시대 후기 일반 서민의 애정 생활을 묘사한 풍속 소설.
54 현재 도쿄도 다이토구(台東区) 북동부의 구 명칭.

이런 묘한 장면이 있고 난 뒤, "에헴" 하고 가까이에서 기침 소리가 들립니다. 두 사람이 귀를 쫑긋 세우고 들어 보니 "들리는 것은 멀리 가고 있는 우동 포장마차의 호객 소리와 언덕 높이 울리는 송풍 소리뿐, 벌써 밤은 깊은 것 같이 오카와(大川)의 검은 물이 말뚝에 휘감겨 흘러 내려가고"(66페이지)라고 적고 있는데, '우동 포장마차'라는 것이 이 상황에서 게다가 이 시대에 괜찮은 걸까요? 에도 시대면 우동은 없었을 것입니다. 우동은 넘어가더라도 이 시대에 그런 것을 팔러 밤에 돌아다녔을까요? '언덕 높이'라고 하지만 슈비노마쓰 주변은 맞은편 언덕도 높지 않습니다. '오카와'라는 명칭은 료코쿠바시(両国橋)의 앞쪽을 말하는데 슈비노마쓰 근처에 오카와라는 강은 없습니다.

그러자 "애정 행각을 방해해서 정말 미안하지만 나도 좀 적적해서 왔다. 이제 가도 괜찮겠지?"라고 하는 말이 들렸습니다. 지금까지 뱃머리쪽에 배 용구인 그물이라도 정리하고 있는 것인가 했던 곳에서 사람이 일어났습니다. 따라서 이 배는 어디에서 타고 온 것이 아닙니다. 슈비노마쓰에 묶여 있던 배라는 것을 알 수 있습니다. 에이사부로와 오쓰나는 산샤 앞의 미즈차야에서 여기까지 걸어와 슈비노마쓰에 묶여 있던 배에 탄 것이 됩니다. 그렇다면 슈비노마쓰에는 항상 묶여 있는 배가 방치되어 있다는 것인데 그것은 당치도 않습니다. 또 배가 묶여 있다고 해도 어디에서 그 배를 탔는지 이것도 이상한 이야기입니다. 여기에 지붕이 있는 배가 묶여 있다고 하는데 그것은 더 나중의 일로 교호 시대 때는 없습니다. 슈비노마쓰에 메어진 배에서 이루어지는 남녀의 사랑은 그 뒤 지붕이 있는 배에서의 이야기인데 이 두 사람이 탄 배, 뱃머리쪽에 거적을 쓴 사람이 자고 있었다는 것은 대체 어떤 배를 작정하고 적은 것인가요? 도무지 이유를 모르겠습니다.

68페이지에서는 이 수상한 사람이 오쓰야의 얼굴을 들여다보며 "고

신조(御新造)"라고 부릅니다. '고신조'라는 말은 특정 계급의 아내를 가리킴으로 이런 챠야에서 일하는 여자를 부를 때 사용하는 말이 아닙니다. '고신조상'이라고 하면 너무 과하고 장사꾼 집안이면 '오카미상(おかみさん)', 무사 집안이라면 '고신조'라고 대략 정해져 있었으니 우습게 하려고 차야의 여자에게 그런 호칭을 사용할 리가 없습니다. 이 자는 앞에 쇼카쿠지 은행나무 주변에서 겐주로를 제압하고 50량의 돈을 에이사부로에게 돌려주게 한 신선 같은 인물인데 에이사부로가 존함을 묻자 "가모 다이겐(蒲生泰軒)이라고 합니다"라고 합니다. 어디에 사시는지 여쭈니 이 주변에 정박 되어 있는 배는 모두 자신의 숙소다. 그러니 나한테 용건이 있으면 여기로 와서 강에 돌을 세 개 던지라고 합니다. 이것을 보면 슈비노마쓰에는 항상 묶인 배가 방치되어 있다고 라고 밖에 생각할 수 없습니다. 밀회를 하거나 뭔가를 하기에는 지붕이 있는 배가 아니면 힘든 상황인데 이 배는 어떤 배인지 작자가 아무 설명을 하지 않으니 모르겠습니다.

이때 사젠, 겐주로 외 많은 사람들이 에이사부로를 공격하려고 옵니다. 그리고 그 협극이 시작되는 것인데 여기에 나오는 말이 이상합니다. "마구 밀어대며 오는 세이간진(青眼陣)의 겐린쇼(劍林処)", "지겐류(自源流) 스이게쓰(水月)의 모습"(70페이지), "소리 없는 바람을 일으켜 베어 죽이는 에이사부로의 예리한 도검"(71페이지) 모두 이상하고 연유를 모르겠는 말들입니다. 마찬가지로 71페이지에 "땅에 엎드려 귀신 울음소리를 내며 악무는 사람"이라는 것이 있는데 '귀신 울음소리를 내며 악무는 사람'이라는 것은 애초에 무엇일까요? 정말 연유를 모르겠는 말입니다.

72페이지에도 "신펜무소류(神変夢想流)의 매의 털로 만든 살 깃", "다시 호란에 뛰어들려고 할 때"와 같이 이상한 말이 많이 나옵니다. 그렇게 두 사람이 맞붙고 있을 때 그 소동을 듣고 "다이겐이 힘껏 노를 젓자

배가 한 차례 마구 흔들렸다"라고 하는데 묶여서 버려진 배에 노가 있을 까요? 배를 묶어서 버릴 때 노 정도는 선장이 가져갈 터인데 이 배에는 노가 남아있는 것으로 보이며 다이겐이 계속 젓고 있습니다.

여기서 또 이야기가 바뀌어 에이사부로의 형 오쿠보 도지로(大久保藤次郎)의 저택에 오노즈카 뎃사이의 사촌 남동생인 쓰치야 다몬이라는 하타모토슈가 에이사부로를 자신의 양자로 삼고 싶다(그 이유는 뎃사이의 딸 야요이를 임시 딸로 맡고 있는데 시집을 보내기 위해 에이사부로를 달라는 이야기입니다.)고 부탁하러 왔습니다. 거기에 "탕 탕! 하고 오늘도 근처 대장장이가 망치를 휘두르는 소리가 계속해서 들린다"(76페이지)라고 적고 있는데, 에도 거리에 사는 대장장이는 없었습니다. 더욱이 도리고에(鳥越) 주변이라면 더욱더 그러합니다.

도지로는 계속해서 타몬의 양자 이야기를 거절하고 있는데 "이쪽은 구라마에토리(蔵前取り)[55]이고, 귀하는 지카타(地方)이다"라고 하고 있습니다. 도지로는 소유지 지배권이 없고 구라마에의 다와라토리(俵取り)[56]라는 자, 쓰지야 쪽은 소유지 지배권이 있습니다. 그러나 구라마에토리라고 해서 천하고, 소유지 지배권이 있다고 고귀한 신분상의 차이가 있는 것은 아닙니다. 여기에는 복잡한 계산 문제가 있어서 셈을 하지 않으면 모르는데 그러한 것도 생각해서 이렇게 적은 것일까요? 그렇다면 다와라토리도 지교토리 사이에는 신분의 높고 낮음의 차이가 분명히 있는 것처럼 들립니다.

---

55 에도 시대 녹봉으로 막부나 여러 번의 창고에 보관되어 있던 미곡을 지급 받았던 무사.
56 에도 시대 영지가 없는 소록(小禄)의 가신에게 봄, 여름, 겨울 3회에 한해서 지급하던 봉미를 받던 자.

도지로는 또 "언젠가 오야쿠데(お役出)라도 가시면"이라고 하는데 '오야쿠데'라는 것은 무슨 말인가요? 백수가 일자리를 얻거나 어떤 일을 하게 될 경우 '고반이리(御番入)'[57]라고 하는 것이 막부 시대의 통례로 고반이리를 하지 않으면 출세할 수 없습니다. 때문에 고반이리를 하는 것을 매우 기뻐했습니다. 그러나 '오야쿠데'라는 말은 에도 시대에 없었습니다. 이것이 도지로가 한 말이라면 그런 것도 모르는 남자라는 이야기입니다.

그리고 에이사부로가 료구치야에서 50량을 훔쳤다는 이야기를 듣고 타몬이 생각한 것이 다음과 같이 지문으로 적혀 있습니다. "헤야즈미에게 징수된 쌀이 얼마 되지 않는다는 것을 생각해 보면 살짝 붓으로 장부를 고치면 될 일을 어찌 이리도 눈치가 없는 요닌인가?"(78페이지) 헤야즈미에게 징수된 쌀이 적다고는 하지만 헤야즈미는 분마이(分米)[58]를 받는 사람은 아닙니다. 성가신 존재로 평생 형에게 독립하지 못하고 신세를 져야 합니다. 응당 신분으로 보면 분지(分知)라고 해야 하지만 어쨌든 300가마를 받는 신분이니 형 쪽이 거의 정도가 뻔합니다. 남편의 남동생이라고 해서 장부를 조작해서 봐주는 요닌이 있을 리가 없고, 또 300가마의 재산으로 50량이라는 돈을 어떻게 속일 수도 없습니다. 셈을 할 줄도 모르고 무사의 생활도 모르기 때문에 이렇게 엉터리로 적는 것입니다. 또 형의 인감도장을 훔쳐 후다사시에서 돈을 빌리는 짓은 인품이 있는 사람이 할 일이 아닙니다. 사랑에 빠져 근성을 잃어버린 사람이 하는 짓입니다. 이 정도로 에이사부로는 하찮은 사람이 되어버립니

---

57 에도 시대 정해진 관직이 없는 고부신이리(小普請)에서 선발하여 료반(両番), 오반(大番), 간조(勘定) 등을 보좌하도록 하던 것.
58 에도 시대 토지 1필(筆) 당 쌀로 지급되던 녹봉.

다. 야요이도 무가의 무사 딸이라면 단념해야 합니다. 오늘날의 본능주의를 주장하는 동물과는 달라야 합니다. 또 타몬도 근성을 잃어버린 사람을 원하고 있을 리가 없습니다.

81페이지에서는 쓰치야 다몬에게 맡겨진 야요이가 병이 났다는 것을 "민첩하게 검에 반응했던 죽은 아버지의 기질을 야요이는 그대로 사랑에 적용한 것이지 모르겠다"라고 적고 있습니다. 사랑 때문에 죽네 사네 하는 것은 무사 가문에서 태어난 사람이라면 남자든 여자든 그것을 가장 부끄러운 일이라고 생각했습니다. 야요이도 철저하게 그런 것을 교육받았는데 여기에 그러한 것을 적고 있습니다. 그렇게 근심에 빠져 있을 때, 쓰치야 다몬이 돌아옵니다. "현관에 가마가 내려지자 마중 소리로 웅성웅성하고, 곧 하녀가 들고 있는 본보리(雪洞)[59]가 앞의 현관을 지나가자 뒤따라 쓰치야 다몬이 요닌을 거느리고 지나갔다"(82페이지)라고 하는데 500석을 받는 타몬이 집에 돌아올 때 하녀가 현관에 마중을 나온다고 생각할 정도로 이 작자는 무가에 대해서 알지 못합니다. 고하타모토(小旗本)로 아주 간소한 생활을 하는 가난한 집이라면 도저히 하녀는 들이지 못합니다. '고귀한 부인 중개일 해야 하는 궁핍한 생활'이라는 센류(川柳)[60]가 있는데 이 쓰지야는 그렇게 심하게 가난한 것도 아니고 평균 하타모토인 것 같습니다. 그렇다고 한다면 여자들이 현관까지 마중을 나오는 것은 있을 수 없는 일입니다.

앞으로 더 읽으면 아직도 많이 지적할 것이 나오겠으나 도무지 발전

---

59 나무로 짠 상자 모양의 틀에 백지를 바르고 한곳에 창을 내어 풍로에 씌우는 물건.
60 에도 시대 중기에 유행한 5, 7, 5조의 17음 정형시로 주로 구어로 인간 삶의 전반을 해학적으로 읊는다. 같은 형식인 하이쿠(俳句)와 달리 형식상의 제약이 없는 것이 특징이다.

이 없어서 할 수가 없습니다. 이는 대중 소설의 원문이라는 것이 어느 것이나 다 같은 형식을 따라가다 보니 자연히 같은 것이 되어 버리는 것입니다. 이 작자의 작품도 이제 이쯤에서 그만하겠습니다. 잠깐 페이지를 건너 띄고 보면 "의지와 고집을 끝까지 굽히지 않는 후카가와(深川)의 명물 하오리 게이샤(羽織芸者)[61]"라는 것이 나옵니다. 오오카의 마치부교 재직 중에 하오리 게이샤가 있었다고 이해하고 있을 정도로 도리에 맞지 않게 적고 있으니 할 말이 없습니다. 왜 이런 것을 계속 상대로 하여 읽는 것인지 그게 정말 이상해서 참을 수 없습니다.

---

61 에도, 후카가와의 게이샤를 가리키는 말로 후카가와의 게이샤가 객석에 하오리를 입고 나온 것에서 유래하였다.

지은이 미타무라 엔교(三田村鳶魚, 1870~1952)

에도 문화, 풍속 연구자. 본명은 만지로(万次郎), 훗날 겐류(玄龍)라 한다. 다양한 갈래에 걸친 연구의 업적 덕분에 '에도학'의 시조라고도 불린다.

1870년, 무사시노쿠니 하치오지(현재의 도쿄도 하치오지시)의 하치오지 센닌도 신의 집안에서 태어났다. 미타무라가는 덴보 시대에 상인이 되어, 직물 중간도 매상을 운영했다. 1952년에 피난지였던 야마나시현 시모베 온천 근처에 있던 유자와 온천의 후지 호텔에서 세상을 떠났다.

자유 민권 운동에 참가하여 청일 전쟁에서의 종군 기자, 호치 신문 기자 등을 거쳐 에도 풍속이나 문화를 연구하고, 또한 이를 위한 연구회를 주최했다.

엔교의 연구 저술은, 에도 시대의 수필이나 구술 기록을 사료로 삼아, 그 시대를 논하는 것이었다. 사료의 출처를 알 수 없기 때문에, 당시의 역사학계에서는 그리 평가받지 못했다고는 하지만 엔교를 재평가한 역사학자 야마모토 히로후미에 따르면 전후 역사학의 마르크스주의 계급 투쟁 사관에서 주로 문제가 되었던 농민 반란(百姓一揆)에 대해 논하지 않았기 때문에 그리 인용되지 못했고 이것을 저평가의 원인으로 보고 있다. 헤이세이 시대에 들어서 야마모토 히로후미 등에 의해, 다른 재야 에도 학자와 마찬가지로 재평가 받고 있다.

엔교의 에도학은 매우 광범위하여 다양한 갈래로 뻗어 있어, 엔교 에도학이라고 불러도 지장이 없을 만큼 개성적이다. 업적이 너무나 방대하기 때문에, 사후에 고증사가인 이나가키 시세이가 엔교의 연구 성과를 사전 형식으로 정리한 『미타무라 엔교 에도 무가 사전』, 『에도 생활 사전』(세이아보 출판사)을 편찬했을 정도이다.

훗날 『미타무라 엔교 전집』(전 28권, 주오코론샤/신편 「엔교 에도 문고」 주코분코 전 36권)이나 『미간 수필 백종』(전 12권, 주오코론샤)로 집성되었다.

옮긴이 하성호(河盛晧)

고려대학교 대학원 중일어문학과 박사 과정 수료. 근현대 아동 시각 문화 속의 전쟁과 기계 병기 묘사와 리얼리즘의 관계 및 의의를 살펴보고 있다.

옮긴이 김보현(金寶賢)

고려대학교 대학원 중일어문학과 박사. 충남대학교 학술연구교수. 근현대 일본 문학 전공으로 식민지기 외지(外地)와 재일조선인의 일본전통시가를 주로 연구하고 있다.

일본대중문화총서 04

일본 여명기 대중문학 비평

2023년 11월 15일 초판 1쇄 펴냄

지은이 미타무라 엔교
옮긴이 하성호·김보현
펴낸이 김흥국
펴낸곳 보고사

책임편집 이소희
표지디자인 김규범

등록 1990년 12월 13일 제6-0429호
주소 경기도 파주시 회동길 337-15 보고사
전화 031-955-9797
팩스 02-922-6990
메일 bogosabooks@naver.com
http://www.bogosabooks.co.kr

ISBN 979-11-6587-559-6   94830
　　　979-11-6587-555-8   94080 (세트)
ⓒ 하성호·김보현, 2023

정가 17,000원

EXPO'70 FUND
(公財) 関西・大阪21世紀協会